Bärbel Schäfer
Achim Winter
Zen im Gurkenbeet
Roman

weissbooks.w

Zen im Gurkenbeet

1

Montagmorgen!

Alle vernünftigen, also kinderlosen Menschen, dachte Carlo Rümmel, können es locker angehen lassen, als er die klebrigen Teller vom Vorabend in die Spülmaschine räumte. Verdammte Schule!

Mit Kindern zeigt die Woche gleich zu Anfang ihr hässliches Gesicht. Carlo fühlte sich wie ein Zenmönch, der, wie er kürzlich gelesen hatte, mitten in der Nacht zur ersten Meditation aus dem Tiefschlaf gerissen wird. Mit einer schrillen Glocke selbstverständlich. Auch wenn es bei Rümmels nur elektronisch piepte, war die Wirkung doch die Gleiche. Viel zu früh stand man an Orten, die man sich eigentlich gerne für später aufheben würde. Zum Beispiel übermüdet an der Küchenbar vor der Espressomaschine.

Carlo machte sich erst einmal lautstark einen doppelten Crema, während seine Familie in allen Ecken ihres großzügigen Hauses ebenfalls Störgeräusche verursachte.

Tochter Undine, vierzehn, kam um die Ecke. Ihre Haare standen wie immer in alle Richtungen ab. Carlo fragte sich: War das schon ihr Styling – oder noch ein Schlafnest am Hinterkopf? Als Mann traute man sich das ja kaum zu fragen. Ihr Justin-Bieber-Shirt spannte – etwas zu straff – über der gelben Röhrenjeans. Sie trommelte mit den Fingern an die Kühlschranktür und überlegte, was sie essen könnte. Es würde auf jeden Fall süß sein.

Matthies, zwölf, schlurfte derweil mit seinen halboffenen Turnschuhen übers Parkett ebenfalls in Richtung Kühlschrank. Er hatte das Hemd wieder einmal falsch geknöpft. Für eine freundliche Antwort auf Carlos »Guten Morgen« fehlte ihm offenbar noch die Kraft. Er ließ sich mit einem Nutellabrötchen ins Sofa fallen und schwieg.

Carlo bekam von seinem Sohn auf Fragen ohnehin nur noch grummelnde Antworten. Wozu hatte er früher in den Ferien auf Amrum dem Jungen nächtelang hunderte von Kinderbüchern vorgelesen? Um die Sprachkompetenz zu stärken! Alles Quatsch. Spätestens mit zwölf schienen die Jungs jedwede Kommunikation einfach aufzugeben. Zumindest den Eltern gegenüber. Kinderbücher hin oder her. Als würden ihre Daumen auf den Spielekonsolen nicht gegnerische Dschihadisten auslöschen, sondern ihre Stimmbänder. Sie in eine Art Schlafmodus versetzen, den sie höchstens noch bei der Pizzabestellung oder einer Taschengelderhöhungsanfrage deaktivierten.

Immerhin hatten die beiden schon alle notwendigen Morgenformalitäten hinter sich gebracht. Müssten eigentlich längst auf dem Weg in die Schule sein! Ihre Körperhaltung verriet aber keinerlei Aufbruchsspannung. Sie saßen jetzt vielmehr beide in stand-by auf dem weißen Ledersofa und starrten regungslos auf ihren kaffeetrinkenden Vater. Die Nutella-Kriegsbemalung schon im Gesicht.

Mutter Maike war noch nicht aufgetaucht. Nur ein energisch brummender Hochleistungsfön verriet, dass auch sie bereits wach war. Und wo sie sich aufhielt. Im Elternbad. Obergeschoss links.

Carlo trank hastig einen Schluck, den Mantel schon in der Hand. Er wollte versuchen zu verschwinden, bevor sie herunterkam. Zu spät.

»Hallo? Carlo? Wo bist du denn, Liebling?«

Maike lehnte sich gefährlich weit über die Galerie, um noch einen Blick auf ihren Mann zu erhaschen, bevor dieser in den nächsten vierzehn Stunden wieder einmal die Frankfurter Immobilienwelt umpflügen würde.

»Du? Du weißt doch, ich mag es gar nicht, wenn du ohne Abschiedskuss aus dem Haus gehst. Komm her, mein Leben! Kuss-Kuss für Maikilein. Fährst du die Kinder heute früh? Bitte, Schatz! Ich brauche noch zwanzig Minuten hier mit meinen Haaren. Die wollen heute einfach nicht so, wie ich will.«

Mist. Erwischt. Er hasste rührselige Abschiedsszenen – und Lippenstift auf seinem frisch rasierten Gesicht.

»Moment mal, Maike!«, rief Carlo zurück in einer Lautstärke, von der er hoffte, dass sie den Fön übertönen würde: »Dienstags bis sonntags fahre ich sie gerne, montags nicht!« Er wartete die Antwort mit leicht schräg gestelltem Kopf ab. Da erschien Maike auf der Treppe und ging ihm entgegen.

Jetzt kam Leben in den zerzausten Haarschopf auf dem Sofa: »Papa! Halloooo! Ich hab doch in der ersten Stunde Mathe«, maulte Undine. »Und ich will nicht gleich total gestresst ankommen! Wenn du uns jetzt nicht sofort fährst, dann schaffe ich es nicht mehr, die Rechenaufgaben abzuschreiben. Dann riskiere ich bei der ollen Strumpf einen Eintrag ins Klassenbuch.«

Carlo schnaubte hörbar.

»Bin ich eigentlich euer Chauffeur hier? Schreibt euch von mir aus als *Reminder* ins iPhone: Montags früh Rad oder Bus! Ich muss jetzt auch los, Geld verdienen. So geht das nämlich, Undine, wenn man selber denkt und nicht nur abschreibt.«

»Papa! Jetzt ist echt nicht der Zeitpunkt für deine Supernanny-Sprüche. Wir müssen los! Pappaaa!«

»Montag nicht! Montags kümmert sich jeder wieder um *sein* Leben!«

Maike küsste ihre Tochter. Sie trug den beigen Seidenmorgenmantel, den Carlo ihr vor zwei Jahren aus Hongkong mitgebracht hatte. Die Rundbürste stak noch in der unvollendeten Frisur.

»Wir wollten doch nicht mehr den Montag-Morgen-Macho machen, Schatz«, sagte sie übertrieben freundlich zu Carlo. Während sie ihm sanft über den linken Arm streichelte, rutschte ihr der Stiel der Rundbürste langsam zwischen die Augenbrauen.

Carlo wusste, was jetzt zu tun war: Klappe halten und den geordneten Rückzug ins Büro antreten.

»Erziehung heißt nicht nur, in eine Richtung zu *blicken*, sondern auch in eine Richtung zu *gehen*«, dozierte seine Ehefrau wie vor einer Klasse Schüler mit geringer Auffassungsgabe. »Vielleicht könnte der werte Senior Sales Manager Dr. Carlo Rümmel montags auch eine halbe Stunde eher aus dem Bett fallen, dann wäre der ganzen Familie geholfen. Mal was für andere tun, Carlochen! Wie wärs damit?«

»So wie du, nicht wahr? Wer ist denn hier noch nicht einmal angezogen?«

»Ich habe eben heute *auch* eine wichtige Präsentation. Wenn meine Haare gut sitzen, fühle ich mich in der Besprechung sicherer. Es geht schon um zehn Uhr los!«

Carlo klopfte auf seine Rolex. »Maike! Es ist jetzt halb acht. Noch zweieinhalb Stunden bis zehn.«

»Die Uhr lesen kann ich selber, danke«, erwiderte Maike.

»Bis dahin könntest du dir ja sogar noch Extentions kleben lassen.«

»Nur ich weiß, wann wirklich alles stimmt auf meinem Kopf!«

»Ououhaa«, stöhnte es vom Sofa herüber. Matthies. »Immer die alte Leier, jeden Montag!«

»Krass!«, sagte Undine. »Wir fallen durchs Abi, weil ihr zwei euch benehmt wie die Kinder!«

»Welche Kinder«, brüllte Carlo zu den beiden hinüber. »Meint ihr die Kinder, die diese Hütte hier abbezahlen? Das Rugby für den jungen Herrn, die Hip-Hop-Stunden für das werte Fräulein und Mamas Kickboxerei?!«

»Hallo?! *Tough shit,* Papa! Ihr habt uns nicht gefragt, ob wir auf die Welt wollten«, erwiderte Undine frech. »Sorry, wir sind nun mal da! Jetzt müsst ihr euch kümmern!«

Maike wandte sich jetzt Carlo zu, wie einem bissigen Pitbull, den man nach dreiwöchiger Hundeschule ohne Maulkorb im Griff zu haben meint. »Carlo«, hauchte sie. »Okay. Geh ruhig zu Kilago. Ich rufe ein Taxi für die Kinder.«

»Taxi! Ich glaub, ich spinne! Jeden Montag Taxi! Warum nehmen die Herrschaften nicht mal ihre teuren Mountainbikes? Ich bin früher auch vierzig Minuten bei Wind und Wetter mit dem Rad zur Schule gefahren. Radelt gefälligst – dann werdet ihr auch nicht so fett!«

»Carlo!« Das Fett-Wort hatte Maike so entsetzt, dass ihr die Rundbürste aus dem Pony flog. Sie verdrehte unauffällig, wie sie dachte, die Augen in Richtung Undine.

Undines Kinnlade war aber schon heruntergefallen. Wieder mal hatte Papa ihr einen reingesemmelt.

»Du fieser Arsch«, knurrte sie kaum hörbar und richtete den Blick auf Carlos Körpermitte, wo ganz früher einmal eine Taille gewesen sein musste.

»Sorry, Undine.« Carlo merkte erst jetzt, dass er die Empfindlichkeiten seiner Tochter wieder einmal vergessen hatte. »Mach dir keine Sorgen! Selbstverständlich führe ich dich mal zum Altar, egal in welcher Kleidergröße.« Er begriff einfach nicht, dass es nicht darum ging, wie sie *ihm* gefiel.

»Papa!«

»Ach egal, ich hab euch lieb«, sagte er eilig und startete in Richtung Haustür.

Beim Rückwärtsausparken dachte er nur: Wer braucht das? Familie! Andere Männer, die *ohne*, George Clooney zum Beispiel, würden an einem so strahlenden Frühlingstag bestimmt gerade von einer gut gebauten Bikinischönheit einen herrlichen Latte serviert bekommen. Gut. Er war ja selbst schuld. Er hatte sich das selbst versaut. Durch sexuelle Unbeherrschtheit. Man durfte eben nicht jeder Schwärmerei einer Verlobten nachgeben. Wie oft er das gehört hatte: viele Kinder, großer Tisch, lachen, gemeinsam essen. Blablabla. Dafür tauschte man ein entspanntes Leben mit wechselnden Geliebten, einem Sky-Abo und einer Dauerkarte für die Eintracht gegen den grauen Alltag, den er täglich erlebte. Blöd muss man sein.

Heute schaffte er es höchstens einmal pro Saison ins Stadion. Und Gemeinsames fiel ohnehin flach. Stichworte Pubertät und zweite Karriere seiner Frau.

Komisch. Man heiratet die Frau, die man liebt, setzt Kinder in die Welt – und nach fünf Jahren kennt man seine eigene Familie nicht mehr.

Ja! Auch der coole Rümmel hatte sich einen Fehler erlaubt, der jeden Geist letztlich an die Kette legt: Gefühle. Und er fand Maike noch immer, und trotz allem, nach fünfzehn Jahren Ehe – wunderbar. Selbst mit ihren Lockenwicklern und dem dauernden Geföne.

Energisch drückte Carlo den Startknopf seiner anderen Liebe, des gebrauchten schwarzen Porsche Cayenne.

Auch gute Typen haben es nicht leicht, dachte er noch und fuhr, wie immer mit Tempo 80, den Tannenweg entlang.

2

Der Mann mit dem karierten Hemd stand wie jeden Morgen in seiner Einfahrt, der einzigen Parkmöglichkeit an Carlo Rümmels Lieblingsmetzgerei. Wahrscheinlich ein Frührentner, zu dessen Hobbies *Trainspotting* an der Bahnlinie Hanau–Offenbach gehörte. Carlo fuhr ihm wie immer mit seinen Breitreifen fast auf die Schuhe.

»Dicke Schlappen unterm Achtzylinder, aber kein Benehmen. Ich hole wieder die Polizei«, schrie der Karierte so laut, dass man es durch die getönten Scheiben des Geländewagens hören musste.

Du armer Leihblockwart, dachte Carlo, öffnete die Tür, ließ sich von den glatten Ledersitzen auf den Bürgersteig gleiten und sagte betont lässig: »Dann mal los! Bis die hier sind, habe ich einen Monatseinkauf erledigt. Beruhigen Sie sich, in zwei Sekunden bin ich doch wieder weg.«

»In einer Einfahrt herrscht prinzipiell Halteverbot! Zumindest hier in meiner«, insistierte der Angesprochene.

»Mensch, mach doch mal halblang!«, erwiderte Rümmel. »Soll ich Ihnen was mitbringen? Leberkäs oder Salami? Ich geb einen aus!«

»Nein danke, ich zahle mein Frühstück selbst. Sie Vettel für Arme.«

»Einmal Bierschinken trocken für den Herrn Doktor«, sagte die rotwangige Fleischereifachverkäuferin zu ihrer jungen Kollegin hinter der Kachelwand, die morgens die Brötchen im Akkord zu schmieren schien. Sie wusste bereits, dass auf Carlo Rümmels Brötchen weder Butter noch Senf Platz hatten, damit seine Krawatte das Autofrühstück fleckenfrei überstand.

Den ersten Biss nahm Carlo schon auf der Straße.

Er sah, dass das Karohemd etwas in einen kleinen schwarzen Notizblock kritzelte. »So langsam müssten Sie doch mein Kennzeichen auswendig kennen.«

»Tue ich auch. Ich führe Protokoll. Für den Prozess.«

»Sehr schön!«, erwiderte Carlo. »Viel Erfolg! Ich erkenne Sie im Gerichtssaal ja am Hemd. Bis morgen!«

Sportlich setzte Carlo den Wagen vom abgesenkten Bordstein zurück. »Arme Wurst«, murmelte er und biss in sein Brötchen.

Unweigerlich fielen ihm dabei die Hänseleien seiner Schulzeit ein: »Der Rümmel, der Rümmel, der krümelt aus dem Lümmel.«

Er freute sich auf das nächste Klassentreffen, bei dem er den ganzen Schüttelreimdichtern, die jetzt als Erdkundelehrer oder Schwimmmeister ihr Dasein fristeten, von seiner interessanten und vor allem relevanten Tätigkeit als Investmentbanker erzählen konnte. Beim Anblick der Brötchenkrümel auf den Ledersitzen kam ihm die gute Idee, den Arbeitslosen unter seinen ehemaligen Mitschülern anzubieten, samstags seine beiden Luxusautos auszusaugen. Natürlich gegen ordentliches Trinkgeld.

Sein Handy spielte den Klingelton *Highway to Hell* von AC/DC. Das Display zeigte das Foto seiner Sekretärin Dagmar. Wo sind Sie, Herr Doktor, wo bleiben Sie, Herr Doktor, äffte er sie wie *Sponge Bob* nach, ohne ranzugehen. Jetzt wusste Carlo, auch ohne auf die Uhr zu schauen, dass es cirka fünf nach neun sein musste. Der Ungeduldsspiegel der Kollegen schwoll also bereits an.

Reine Schikane, ein Montagsmeeting um neun Uhr! Ein typischer Termin für Subalterne.

Da wollte der Chef doch nur wissen: Sind auch alle da? Nach einem langen versoffenen Wochenende, frühmorgens bereits fit für den Konkurrenzkampf? Carlo sah nicht ein, warum auch er dabei sein musste. Schaffte er doch Ertrag, unabhängig von Dienstzeiten. Wer holte denen denn die Kastanien aus dem Feuer? Er war es doch, der allen den Bonus sicherte, wenn es sein musste, auch nachts oder vom Liegestuhl aus! Wie wäre *Kilago Investments* ohne ihn durch die jüngste Finanzkrise gekommen? Links und rechts lag doch die Konkurrenz leblos herum, wie die Leichen in der Todeszone am Mount Everest. Eigentlich müsste der Vorstand ihn mit einer Sänfte zuhause abholen lassen, sich täglich tief vor ihm verbeugen und sich dankbar zeigen, dass er, Dr. Carlo Rümmel, ihm überhaupt Bericht erstattete. Und zwar nicht vor 14 Uhr!

Gut: Er war zweiundvierzig. Aber immer noch der heißeste Hund in der Hütte. *Topseller.* Listenführer bei den jährlichen Boni. Da würden die Jungen, und allen voran dieses neue MBA-Küken da, Elvira McFarlane, noch den

Beginn ihrer Wechseljahre erleben müssen, bevor sie nur daran denken konnten, an seinem Stuhl auch nur zu schnüffeln.

Naja: Immerhin nahm diese Elvira ihm ja pflichtbewusst die Powerpoint-Lästigkeiten ab, die die realitätsferne Führungsebene regelmäßig zur gruppendynamischen Freizeitgestaltung abfragte.

Sitzung um neun Uhr! So ein Quatsch.

Gott sei Dank gab es vor dem Kilago-Büroturm keine Parkplatzprobleme: Die geräumige Feuerwehreinfahrt wartete geduldig. Er stellte den Wagen wie immer halb schräg auf dem Halteverbotszeichen ab, so dass zumindest die Neuen unter den Politessen glauben konnten, er wäre gleich zurück. Diese armen Aufpasserwürstchen. Aber irgendwo mussten ehemalige Stasimitarbeiter und deren Brüder im Geiste ja unterkommen …

Im Foyer warf er seinen Autofunkschlüssel auf den Tresen des Pförtners.

»Hier, Matze, wenn die Mädels in Blau auftauchen, gib Gummi. Und wenn die Feuerwehr kommt, sowieso.«

»Schon klar, Meister. Langsam kostet das aber, Herr Doktor.« Securityman Matze grinste über das ganze Gesicht.

»Wieder was für den Rauchmelder«, lachte Rümmel.

»Stange Marlboro akzeptiere ich. Training für unsere Sprinkleranlage.«

Mit seinem langen Zopf und dem zwieseligen Oberlippenbart verwandelte sich Matze in Carlos Schlitten blitzschnell von einem zuverlässigen Ordner in einen zwielichtigen Autoschieber. Matze genoss die beinahe tägliche Spritztour auf der vierspurigen Strecke zwischen Frankfurt und Darmstadt. 320 PS unter der Sitzheizung, ein wohliges Gefühl. Was Carlo Rümmel nicht wusste: Er hatte die Nummer des Frankfurter Ordnungsamtes auf seinem Smartphone gespeichert. Für den Fall, dass die Politessen ihn im Stich ließen und woanders die Runde machten.

Rümmel verschwand lachend im gläsernen Außenfahrstuhl und sah, wie Matze sein BIN-GLEICH-WIEDER-DA-Schild schon aus der Schublade holte, obwohl noch gar keine Gesetzeshüterin in Sicht war.

3

Die Fahrstuhlfahrt war der letzte freie Moment vor einem Tag voller Zwänge. Carlo warf noch schnell einen Blick in den Ganzkörperspiegel. Nicht schlecht. Höchstens sechs Kilo hinderten seine Frau noch daran, Strandfotos von ihm im Freundeskreis herumzuzeigen. Aber er war im Job ja meistens angezogen. Die Maßkonfektion war ihr Geld wert. Und für den *Beachbody* wochenlang zum … Wobei rackerten sich die jungen Kollegen für ihren Sixpack noch mal ab? Im *Spinning*? *Bodypump*? Nur Praktikanten oder DJ's beschäftigten sich ernsthaft mit diesem Unsinn, aber doch keine Leute, die Millionbeträge jonglieren. Leute wie er.

Die Jungs, die man auf dem Laufband im Studio ONE strampeln sah, waren doch nur dritte Garde. Kollegen, die Einladungen für *After Work Partys* oder Mails mit Messages wie ENDLICH WE herumschickten. Und das bereits am frühen Donnerstagnachmittag. Diese *Loser*! Was nützte es, wenn der Bizeps im Oberhemd spannte, aber jeder zweite Auftrag in die Hose ging? Sport hieß für einen Rümmel: Energieverschwendung.

Wie jeden Morgen suchte seine Zunge zwischen *labial 23* und *24* nach der eingeklemmten Bierschinkenfaser, die sich jedes Mal dorthin verirrte. Mit dem Nagel seines kleinen Fingers versuchte er, Abhilfe zu schaffen. Stress!

Man wusste ja nie, wann die nächste PR-Praktikantin zusteigen würde.

Pling!

»Guten Morgen, Herr Doktor Rümmel!«

Blitzschnell zog er die Hand aus seiner Mundhöhle zurück.

Mist! Nun musste er also wieder auf der Herrentoilette nacharbeiten. Morgen würde er endlich die Packung Zahnseide fürs Büro besorgen. Wenigstens würde er aber vor dem Klospiegel, anders als im Fahrstuhl, seine Lesebrille benutzen können. Altersweitsichtigkeit! Schrecklich. Offen getragene Sehhilfen konnte man sich im Kilago-Tower beim besten Willen nicht leisten. Eine Lesebrille war hier so verpönt wie Achselbehaarung in der Fitnessclubsauna. *Geht gar nicht*, wie seine Tochter Undine abfällig zu sagen pflegte.

Seine aktuelle Stuhlsägerin Elvira guckte mit ihren Anfang dreißig wahrscheinlich scharf wie ein Uhu. Und las ihm beim nächsten Geschäftsessen auf der Restaurantkarte noch im Schummerlicht mühelos die Liste der Zusatzstoffe vor.

Die Fahrstuhltür öffnete sich.

Er wusste: Seine Sekretärin Dagmar Nörk saß schon seit mindestens zwei Stunden zwischen ihren Orchideenablegern. Gleitzeit! Sie hatte die Lage dabei fest im Auge. Und dieses Auge – unter hellblauem Lidschatten – verhieß heute nichts Gutes. Sie klopfte mit ihrem perfekt lackierten Fingernagel auf ihr Großmutter-Erbstück. »Neun Uhr zwanzig! Sind schon alle drin, Carlo. Brausewang hat schon zweimal nach Ihnen gefragt! Und übrigens ....« Nörk deutete auf ihren rechten Mundwinkel.

»Ja?«

»Sie haben da noch Krümel.«

»Danke, Dagmar, was wäre ich ohne Sie! Zumindest an der Krümelfront.« Diesen Spruch kannte Nörk so gut wie die Kalorien ihrer Lieblingsgerichte. Trotzdem kicherte sie auch heute wieder artig.

»Alles im Griff«, sagte er noch, nicht ohne im Vorbeigehen zu bemerken, dass Nörks pechschwarze Bluse wieder einmal schön spannte. Der oberste Knopf kämpfte tapfer darum, nicht aus dem Loch gesprengt zu werden. Aha: Eisprung!, schoss es Rümmel durch den Kopf, bevor er die schwere Tür zum Konferenzsaal öffnete. Wie die Zeit vergeht! Und schon wieder ein Monat vorbei ...

Beim Eintreten in den Konferenzsaal traf sein Blick sofort auf Dagmars körperlichen Gegenentwurf: auf die streichholzhafte Elvira, die ihm vom CEO zur Seite gestellt worden war. Völlig grundlos. »Die soll Ihnen doch nur ein bisschen über die Schulter schauen«, hatte Brausewang bei ihrer Einstellung gemeint. Nur kurz! Stattdessen war sie in den vergangenen fünf Monaten zu Carlos ständiger Begleiterin geworden, zu seinem Schatten, der wie ein Geier nur darauf zu warten schien, dass er den Geist aufgab.

Brausewang sorgte offenbar vor. Frisches Blut! Und das Ergebnis? Update und Exceltabellen zum Stand von Nichtigkeiten. Er brauchte keine Exceltabellen, er hatte alles im Kopf.

Elvira McFarlane rollte pikiert die Augen, als sie Carlo mit zweiundzwanzigminütiger Verspätung hereinkommen sah. Unpünktlichkeit war ihr so fremd wie unrasierte Frauenbeine.

Ehrgeiz macht nicht gerade sexy, dachte Rümmel – und freute sich sofort auf die Unterhaltung mit Nörk über deren wachsende Figurprobleme nach der Sitzung.

McFarlanes Körper hingegen zeigte erste Spuren eines intensiven Halbmarathontrainings. Die Halsfalten hatten genauso an Schärfe gewonnen wie ihr Kommunikationsstil. Dabei hätte sie sich doch freuen müssen: Die magische Gewichtsgrenze von 50 Kilo war endlich unterschritten. Ihre Lippen aber führten seit letztem Donnerstag ein sonderbares Eigenleben. Hier hatte offenbar eine Chemikalie für einen beeindruckenden Schlauchbooteffekt gesorgt. An sich keine schlechte Idee, dachte Rümmel amüsiert, nur leider am falschen Körperteil. Aber egal, ihm musste es ja nicht schmecken, denn in dieser Sache war CEO Brausewang Maß aller Dinge. Er hatte während ihrer zahllosen gemeinsamen Überstunden sicherlich Gelegenheit genug gehabt, Elvira seine persönlichen Vorstellungen von Schönheit nahezubringen.

Der Chef hatte den ersten doppelten Espresso schon intus, und seine Stimmung war für einen Montag gar nicht mal so schlecht.

»Morgen, Rümmel! Na, Wecker kaputt? Sie trauen sich ja was, nach der versiebten Ladengalerienummer da oben in Hamburg«, bellte er ihm entgegen, verbales Schulterklopfen sah anders aus.

»Warum?«, verteidigte sich Rümmel. »Alles in allem lief es doch ganz rund bei der momentanen wirtschaftlichen Situation.«

»Man kann sich immer alles schön reden, Rümmel. Das war auf Messers Schneide. Sie können sich bei Gelegenheit gerne unsere Renditevorstellungen nochmal von Frau McFarlane vorlegen lassen.«

Elvira lächelte aufreizend süßlich.

Brausewang war an diesem Montag voll in Fahrt. Er wollte Ergebnisse.

»Wie siehts denn bei unserem kostbaren Baby aus, dem Einkaufszentrum *Dreamland* hier in Frankfurt?«, fragte der CEO mit dem nach vorne gereckten Kinn, vor dem sich alle Mitarbeiter fürchteten. Wenn er die untere Zahnreihe zeigte, wurde es gefährlich.

»Noch 48 Prozent Leerstand bei den Vermietungen in den Verkaufsräumen«, beeilte sich McFarlane einzufallen. »Und außerdem haben wir nach wie vor Ärger mit den renitenten Schrebergärtnern.«

»Ah, die Wutschreber! Das hat mir noch gefehlt hier, ein Gartenzwergeaufstand in Frankfurt«, stöhnte Brausewang.

»Alles andere läuft nach Plan«, fuhr McFarlane fort. »Wenn wir die erst vom Gelände haben, kann es sofort losgehen. Aber die Kuh ist noch nicht vom Eis. In zahlreichen Vorgesprächen, Einzelgesprächen und Sitzungen im Bürgerverein haben wir eine Übergabewilligkeitsquote erreicht von, Moment«, McFarlane schaute auf ihren Laptop, »annähernd 80 Prozent. Das heißt: Fast alle würden im Ernstfall an Kilago verkaufen. Es handelt sich lediglich um einen Kern von Altbesitzern, die noch unschlüssig sind.«

»Unschlüssig oder unwillig? In diesem Fall ein entscheidender Unterschied«, warf Brausewang ein.

»Unwillig«, gab McFarlane zu. »Ein paar von denen kleben an ihrer Parzelle wie – ein Ströbele an seinem Bundestagsmandat! Wobei wir ja noch froh sein müssen, dass es sich nicht um klassische kommunale Schrebergärten handelt, sondern um Einzelbesitz. Ein Sonderfall hier im Stoltze.«

McFarlane wandte sich lächelnd an Carlo. »Über kurz oder lang haben wir sie ja immer alle klein gekriegt. Es muss also wieder mal unser bester Mann ran.«

Du kleines Miststück, dachte Carlo, das Problem löse ich dir tatsächlich am *casual friday* in der Mittagspause, auch wenn es dir nicht gefällt. Plustere dich hier bloß nicht so auf, nur weil der Chef hin und wieder mal Hand an dich legt.

»Aber Kinder«, schrie Brausewang, »ihr wisst: Grundstückserschließung ist im Spätsommer. *Dreamland* wird doch hoffentlich kein Sorgenkind für uns, oder? Das können wir uns nicht leisten. Und immerhin ist für alle ja wieder ein schöner Bonus drin.«

Alle schauten Rümmel auffordernd an. Dieser zog die Luft durch die Zähne, vorbei an der Bierschinkenfaser, die immer noch da war. Montagsmeetings waren nicht sein Ding, aber es konnte schon zu Beginn der Woche gut tun, zu wissen, dass die Kollegen von deiner Leistung abhängig sind.

»Kein Problem, Dieter! Wir machen ihnen wie immer einfach ein Angebot, das sie nicht ablehnen können. Außerdem handelt es sich nur um sechs oder sieben Verkaufsunwillige. Die anderen sind schon kurz vor der Unterschrift beim Notar.«

»Und dieser alten Dame, dem Gartenmaskottchen, kannst du doch mit Geld nun wirklich nicht mehr kommen«, warf Müller vom Controlling über den Konferenztisch ein. »Wie willst du es denn dann bitte machen, Carlo?«

Müller, unser Zahlentierchen, kann ja sprechen, kommentierte Carlo innerlich den plötzlichen Redeschwall seines sonst so schweigsamen Kollegen. Gott, wie sie ihn alle hier anödeten. Über das Wochenende hatte er wie immer vergessen, wie anstrengend Teamarbeit war.

»Jeder hat seinen Preis, Müller, auch diese Oma. Übrigens, wie viel habe ich für den Job zur Verfügung? Die kleinen Blumenscherenspießer wissen mittlerweile ganz genau, was ihre Stauden wert sind. Portokasse reicht nicht.«

»Soviel Sie brauchen, Rümmel!«, versicherte Brausewang über seine dritte Schokorollwaffel hinweg. »McFarlane hilft Ihnen gerne, nicht wahr, Elvira? Sollen sich die Laubenpieper woanders eine goldene Hütte zusammenzimmern. Und sich meinetwegen mit unserer Kilago-

Kohle Koikarpfen in den Teich setzen. Daran soll es nicht scheitern.«

Er schaute erneut eindringlich in die Runde: »Ich will *Dreamland!* Wir alle wollen *Dreamland*. Und: Auch Frankfurt braucht *Dreamland*!«

Carlo blickt abwesend nickend aus dem Fenster.

»Aber vergesst nicht, wir dienen auch der Gesellschaft. Dem Mitbürger! Den Wichtigen! All denen, die andere Dinge im Kopf haben als eine mickrige Gemüseparzelle. Leuten mit Wünschen und Zielen! *Let's face it*, Leuten wie uns!«

»Kein Problem, Dieter, kein Problem!«, sagte Rümmel in *dem* Brustton der Überzeugung, den er jederzeit abzurufen gelernt hatte. »Ich kümmere mich darum. Persönlich und vor Ort.«

»Aber Achtung, Rümmel!«, sagte Brausewang: »Sie wissen, das ganze Ding hat so einen grünen Touch, Konsumterror gegen Idylle und so. Wir müssen für unsere Zertifizierung zum Jahresende an unserem Ökoimage arbeiten. Da sind wir noch im Minusbereich. Also: Samthandschuhe, Rümmel. Bloß keine miese Presse!«

»Also ich drücke deshalb jetzt nicht zweimal die Stopptaste am Büroklo«, versuchte McFarlane die Situation mit einem Scherz aufzulockern. Carlo und Brausewang warfen ihr einen verständnislosen Blick zu.

»Elvira, hör zu, wir trennen auch keinen Müll im Büro, aber hier geht es ums Geschäft«, blaffte der Chef sie erstaunlich barsch an. Und zu Rümmel sagte er: »Sie müssen das in Betracht ziehen. Behutsam sein. Unser Zielobjekt, die Schrebergartenanlage Heinrich Stoltze, ist nicht Afghanistan – und Sie nicht von *Blackwater*.«

»Genau dein Stil, oder?«, zischte McFarlane dazwischen, so dass sich ihr mühsam gefönter Pony von ihrer Stirn hob.

»Du magst mich ja für den Mann fürs Grobe halten, liebe Elvira. Ich kann aber auch zärtlich, auch wenn du das nicht glauben kannst. Und außerdem: Für Kilago frisst ein Rümmel Fliegen.«

»Oder der Teufel …«, piepste McFarlane, die soeben zu spüren bekommen hatte, dass sie bis zur Kerntruppe um Dieter Brausewang noch einen eisenharten Anstieg zu bewältigen hatte.

Brausewang atmete tief ein: Alle wussten, was jetzt kommen würde. Der berüchtigte Kilago-Schlachtruf für den Teamspirit. Jedesmal ein Anlass zum Fremdschämen.

»Ki – la! Ki – la! Ki – la – go! Haka – Haka – hey!«

Die Sitzung galt damit als beendet.

Wie macht er das nur, grübelte Rümmel auf dem Gang zurück in sein Eckbüro, diese dauernde Energie. Dabei noch die nächtlichen »Einzelbesprechungen« mit Elvira, hausintern von allen nur »Promo-Petting« genannt. Dieter war mit Mitte fünfzig noch erstaunlich fit. Wahrscheinlich weil seine Ehefrau in dieser Hinsicht seit Jahren seine Reserven nicht abrief. Abwarten, dachte Carlo, am Ende des Jahres läuft er noch einen Halbmarathon mit Elvira. Oder kauft sich ein ultraleichtes Carbon-Rennrad.

Er versuchte sich Brausewangs Wampe im hautengen Rudolf-Scharping-Trikot vorzustellen, in gepolsterten Rennhosen in Textmarker-Grün.

Carlo hingegen war seltsamerweise nicht mehr unbegrenzt belastbar. Was war nur los mit ihm? Ein schlafender Virus, den er sich in Südafrika eingefangen hatte? Irgendetwas stimmte jedenfalls nicht. In letzter Zeit war er sogar öfter auf seinem Bürostuhl eingenickt, wie Onkel Erwin, der Familienloser vom Katasteramt, nach drei Maltesern auf den Familienfeiern. An der Arbeit konnte es nicht liegen, die hatte ihn immer nur inspiriert und motiviert. Obwohl er zugeben musste, dass ihn in letzter Zeit die Kilago-Nummern zunehmend nervten, besonders seitdem Brausewang ganz offensichtlich seine Erfolgshoffnungen in andere Kanäle lenkte. Dagmar füllte jedenfalls seinen Bürokühlschrank seit Wochen mit Red-Bull-Classic. Nur in Verbindung mit ihren starken Lattes und seiner täglichen Dosis Orthomol M fühlte er sich fast wie früher. Was Brausewang wohl nahm? Obwohl: Es gab stressigere Jobs als CEO bei Kilago. Das war doch viel Gelaber. *Management* bei *Walking Around.* Der sollte nur mal einen Monat das wahre operative Geschäft an der Front erleben, statt lebensferne Renditen einzufordern. Der würde untergehen wie Guido Westerwelle beim Außenministertreffen.

Carlo riss sich zusammen, denn in seiner Zuständigkeit brannten noch drei weitere Projektfeuer, über deren tatsächlichen Zustand Brausewang und Elvira im Unklaren gelassen werden mussten.

Er schickte seiner Frau eine kurze SMS: *Hier brennt es! Es wird leider spät.*

Seine Frau antwortete ihm binnen Sekunden: *Hier auch! Wer zuerst zuhause ist, stellt ne Flasche kalt. Es gibt etwas zu feiern.*

Werde ich wieder Vater?, schoss es ihm kurz durch den Kopf. Unmöglich! Daran hätte er sich doch erinnert. Und: Einen Sekt würde sie in diesem Fall ja sicher nicht trinken wollen. Doch dann fiel ihm ein, dass es für Maike in ihrer Firma zur Zeit ganz gut lief. Vielleicht bekam sie endlich einen eigenen Firmenparkplatz.

Der Bierschinken quälte ihn noch immer. Wenigstens ein Problem, das er alleine, ganz ohne *okay* von oben, rasch lösen konnte. Er verließ sein Büro Richtung Toilette und warf Dagmar ein gewinnendes Lächeln zu. Sie griff in eine ihrer Schubladen und reichte ihm wortlos eine Rolle Oral-B-Zahnseide. Verblüfft nahm er sie entgegen. Diese Dagmar wusste einfach zuviel über ihn.

McFarlane galoppierte, natürlich hellwach – dank Effedrin? -, mit einer Riesenflasche Volvic an ihm vorbei. »Bis 11 Uhr 30 maile ich dir alles! Das Protokoll«, zwitscherte sie ihm zu, bevor sie in der Toilette verschwand.

Beim Bierschinkenfaserpuhlen dachte er darüber nach, warum große Unternehmen so viel Wert auf junges Gemüse wie McFarlane legen. Klar. Sie sind hypermotiviert – bereit, auch ganze Nächte im Büro zu verbringen. Widerspruchslos. Diese Mitarbeiter glaubten eben noch daran, dass nach dem Gerackere des beruflichen Aufstiegs das ganz große Glück auf sie wartet – und nicht die große Müdigkeit. Ha! Carlo wischte die Bierschinkenfaser vom Klospiegel. Da sind wir alle mal darauf reingefallen! Leute seines Alters hatten hingegen die Erfahrung schon gemacht, dass man als Mitarbeiter jahrelang hundert Prozent geben und trotzdem bei der ersten Gelegenheit gnadenlos entsorgt werden kann. Und auch *wird*!

Erste Gefahrenzeichen für den Abstieg waren Sätze von Chefs wie: »Hey, haben Sie schon bemerkt, mit welchem Biss sich die Neue in die Projekte reinschmeißt? Toll, oder?« Genau das hatte Brausewang auch zu ihm gesagt.

Carlo spürte plötzlich den tiefen Wunsch, sich auf seinem hochflorigen Führungskräfteteppichboden im Büro auszustrecken. Ohne Dagmar Nörk und ihrem riesigen Latte Macchiato, mit dem sie gleich hereinkommen würde, hätte er es auch getan.

Carlo spürte am eigenen Leib, dass auch der schnellste Porsche irgendwann nach Osteuropa exportiert werden würde. Diese Erkenntnis führte unweigerlich dazu, dass der für dieses Geschäft nötige Biss bei ihm nachließ wie bei einem alten Hund. Eine Tatsache, die man natürlich so lange wie möglich geheim halten musste. Je weniger Carlo die Renditen interessierten, desto heftiger fuhr er seinen

Lärmpegel in den Sitzungen hoch. Ein weiteres Problem: Er war zu faul für Marathonläufe.

So begann er sich eben langsam in der Silhouette von den jüngeren Kollegen abzusetzen. Der tägliche Barolo machte taillenlos.

»Wars schön, Ihr Wochenende mit den Kindern, Herr Doktor?«, fragte Dagmar mit ihrer samtigen Stimme, die so wunderbar zu ihrer weiblichen Erscheinung passte.

»Eher anstrengend, Nörkchen. Jetzt mal dreißig Minuten bitte keine Störungen. Ich muss nachdenken. Schönes Oberteil übrigens.«

Sie zupfte ihre Bluse zurecht: »War gar nicht teuer, Chef.«

»Gefällt mir! Ihr Geschmack.«

Carlo fühlte sich jetzt wie in Watte gepackt. Irgendwie *down*, ausgebrannt, etwa so wie die Leute, die in den Zeitschriftenartikeln als *burnout* beschrieben werden. Maike drängte ihn schon seit Wochen, mal einen richtigen *checkup* bei seinem Hausarzt machen zu lassen. Sie hatte sogar von Wechseljahren bei Männern gesprochen. Papperlapapp! Er mochte Ärzte einfach nicht. Die machten einen doch nur richtig krank. Und er reagierte allergisch auf Latexhandschuhe.

Wechseljahre bei Männern, das hieß: ein Golfsack im Kofferraum – *so* schlich sich das Alter bei seinem Geschlecht an! Nicht bei Carlo Rümmel. Sein Hormonhaushalt wurde geprägt von Erfolg. Von Serotonin und Cortisol. Er brauchte keine *checkups*. Oder konnte man sich

George Clooney mit Hitzewallungen am Set vorstellen? Genau das war die Liga, in der er zu spielen glaubte, nur andere Branche eben.

Noch fünf Tage bis zum Wochenende. Vielleicht war er auch nur einfach schon zu lange bei Kilago. Wahrscheinlich musste er nur noch mal richtig durchstarten! Ganz neu und woanders …

Carlo legte seine Beine auf seinen Besprechungsglastisch. Sein Blick fiel dabei auf etwas Seltsames. Etwas, das sich von seiner Lampe abseilte! Ungefragt und ohne Termin. Ein kleines, schwarzes, krabbeliges Ding, das im Design dieses zeitlosen Büros nicht vorgesehen war. Ein Lebewesen ohne Krawatte, das rein gar nichts mit *Investment Banking* zu tun hatte. Eine Spinne! Unfassbar. Er musste kurz dem Drang widerstehen, sie mit einem Hochglanzprospekt für *Dreamland* zu erschlagen. Denn immerhin hatte dieses Tierchen ja eine außerordentliche Leistung vollbracht. Ohne fremde Hilfe in den 26. Stock des Kilago-Towers. An Matze vorbei. Durch welche Lüftungsschächte hatte es sich hochgearbeitet? Oder war am Ende gar Nörks Blumentopfansammlung sein Transportmittel gewesen?

Aus einer Laune heraus beschloss er, diese kleine tapfere Kreatur nicht nur zu begnadigen, sondern sie auch – ja – nach Hause zu bringen. Er war selbst über diese sanfte Seelenregung überrascht. Und dabei war heute noch nicht einmal Welttierschutztag oder so etwas. Carlo war fast ein wenig stolz auf sich und klopfte sich innerlich auf seine Naturschützerschulter, die er bisher noch gar nicht gekannt hatte. »Hey Alter!«, dachte er, »Jetzt wirst du auch noch weich. Sind das doch die Wechseljahre?«

Behutsam schloss er die Spinne in seinen Händen ein. Doch was nun? Es kribbelte leicht auf seinen Handinnenflächen. Hoffentlich war dieser Achtbeiner nicht giftig.

»Nöööööööörk!«

Dagmar steckte ihren dunklen Schopf überrascht zur Tür herein. »Ja? Ja, was machen *Sie* denn da? Beten Sie etwa, Chef?«

»Sie werden es nicht glauben, es gibt noch Leben bei Kilago.«

»Wo?« Nörk blickte sich ängstlich um, zurück in den leeren Büroflur. Mit dieser Neuigkeit hatte sie nicht gerechnet!

»Nörk! Hier! Sie werden es nicht glauben, aber ich habe eben eine echte Spinne gefangen.«

»Iiiihhhhh!«, schrie Nörk und sprang zurück durch die Tür. Ängstlich lugte sie um den Türrahmen.

»Keine Angst. Sie ist hier, zwischen meinen Händen.« Er deutete mit der Handhöhle in ihre Richtung.

»Dann machen Sie sie bitte tot, Herr Doktor! Ich habe echt Angst vor dem Krabbelzeug«, Nörk schüttelte sich angewidert.

4

Rüdiger Wengler nahm für einen kurzen Moment seinen Strohhut ab, um sich mit einem großen rotkarierten Taschentuch den Schweiß von der Stirn zu wischen. Sein liebevoller Blick ruhte auf dem prallen Rosenbusch der Sorte Sonja.

»Wart noch e Woch, Rüdiger, dann komme die mit mehr Kröte rübber, ich sag ders.«

Das Gesicht seines Parzellennachbarn Bruno Bender war fleckig vor lauter Aufregung. Es machte ihn verrückt, dass Rüdiger sich in der Krise immer noch so geruhsam dem Rückschnitt seiner Rose widmete.

»Jetzt sag doch endlich aach emal was? Wie entscheidst de dich? Machste mit, odder net?«, rief er aufgeregt über die Kirschlorbeerhecke. Bruno warf Rüdiger eine seiner Supermarkt-Aprikosen direkt an den Gartenhut. Seine Eigenzüchtung war ja noch nicht so weit.

»Uff was fer einer Seit stehsten du?«, kläffte er wie ein Spitz auf dem Biokompost. »Bist du aaner von dene, die mer gekaaft hat odder biste degege?«

Rüdiger hatte sich ihm immer noch nicht zugewandt. Behutsam betastete er einige Rosenblätter. Die nächste Aprikose war schon unterwegs und landete neben seinem Gummistiefel.

»Hallooooo!«, rief Bruno jetzt ziemlich laut. »Stoltzekassewart an normales Mitglied ohne Funktion!«

Rüdiger musste nun lachen. Er hob die Aprikose auf und biss hinein. »Danke, Bruno. Ein Gespräch mit dir ist immer gut für meine Vitamin-C-Versorgung. Aber Spaß beiseite. In Sachen Einkaufszentrum verhalte ich mich wie das Wasser, das den Fels umspült. Für mich ist das Leben eine Reise. Es kommt also auf euch an. Wenn ihr kämpft, kämpfe ich auch, wenn nicht, dann ziehe ich weiter.«

»Also bist du hunnertprozentig aaner von uns. Aach en Widerständler, du Yoga-Weichei. Mit de Oma Veigele sin mer dann schon zu dritt.«

Oma Veigele war mit ihren neunundsiebzig Jahren die Seele im Stoltze. Sie hatte hier bereits Kaffee gekocht und den Birnbaum gepflanzt, als die Berliner Mauer gebaut wurde.

»Aalleins schon wege ihr kett ich mich an de Aprikosebaum, wenns sein muss. E fast Achtzigjährig verpflanzt mer doch net mehr. Die geht uns doch ei wie e Priemel, wenn die ihr Stoltze net mehr hat.« Dabei hackte Bruno Bender mit dem Spaten wütend auf den Rasenkanten herum.

»Mir sin immer noch en Rechtsstaat, die Heuschrecke könne uns net so schnell fresse. Aach mir kleine Leut könne noch viel bewege.«

»Aber gegen Heuschreckenplagen ist doch kein Kraut gewachsen, Bruno. Und ich fürchte, am Ende hat jeder seinen Preis.« Rüdiger bückte sich geschmeidig zur Gießkanne, um seine Sonja zu verwöhnen.

»Ich net!«, schrie Bruno! »Ich hab e Haltung un kein Preis. Die meine, die könne grad mal so erscheine mit em

Scheckheft un glaube, sie könnte uns kaufe. So was mächt mer doch net. Ohne mich! Ich scheiß uff die Kohle!«

»Du hast ja auch keine Frau, die sich seit Jahren ein Cabrio wünscht«, erwiderte Rüdiger. »Und keine Kinder, bei denen der Führerschein ansteht oder die nächste Rate für die Hypothek. Und wenn man das alles haben kann *und* noch einen billigen Schrebergarten, nur eben anderswo, also ich versteh das, wenn da einer das Angebot dieses Investmenttypen annimmt. Für viele ist doch Schrebergarten gleich Schrebergarten.«

»Na Klasse! En Schrebergarte ist doch kein Leasingwage. Da hängt mer doch dran! Guck doch, wie du hier dei Fraa verwöhnst, Rüdiger. Da kann e Fraa doch nur träume. Un mir all mitenanner hier, unser schö Gemeinschaft. Unser Sommerfest, die Versammlunge, die Ordnung, die mir habbe.«

»Na ja«, traute sich Rüdiger zu bemerken, »manchmal wäre etwas mehr Einsamkeit und weniger Ordnung schon wünschenswert.«

»Ach! Stört es den Bonsai-Ghandi, wenn mern mal belästigt? Un was is en mit dene Bekloppte, mit dene du dienstags immer des Weiße uff de Wänd in deiner Hütt anstarrst? Des könnste aach alleins mache.«

»Das ist Zenmeditation, lieber Bruno«, wehrte sich Rüdiger mild, »das macht man am besten zu mehreren, wegen der Astralkraft. Und außerdem wird dabei ja geschwiegen, Bruno, geschwiegen, also kein Lärm gemacht. Kennst du das?«

»Is ja schon gut! Also die Ruh interessiert net so sehr. Ich hab devon mehr als wie genug, wenn ich später die Radiesjer von unne beguck.«

»Und genau deshalb mähst du ja auch mit dem Benziner, damit jeder was davon hat.«

»Is ja schon recht! Abber nemm doch emal die Oma Veigele. Für die is unser Stoltze doch des Paradies uff Erde. Meinst du, die intressiert des Geld? Die braucht ihr Umgebung, die se kennt, frisch Luft – und auch uns, ihr Freunde hier.«

5

»IIIHHH! Wie eklig ist das denn?«, schrie Nörk. »Und ausgerechnet heute, wo ich keine Strümpfe anhab! Wie kommt denn diese Scheißspinne hier rein?«

»Tja, keine Ahnung«, sagte Carlo gespielt mitleidig. »Kommen Sie, Nörkchen, wir lassen das Tierchen jetzt gemeinsam frei.«

»Bah! Nicht, solange *ich* hier arbeite. Treten Sie doch einfach drauf!«

»Nörk. Mein Gott, beruhigen Sie sich doch. Ich lass es unten frei.«

»Wie *unten*?« Nörk ärgerte sich, dass sie heute keine Stiefel und nur diesen luftigen Tanga anhatte, der nun wirklich kaum schützte. Sie verspürte den Drang, sich überall zu kratzen und die Beine übereinanderzuschlagen, obwohl sie stand.

»Wie? Sie wollen das Ungeheuer etwa *retten*? Und das Meeting mit Herrn Vogelmann?«

Es gab Termine, die Dagmar Nörk auch in Stresssituationen nicht vergaß.

»Ja, ja, Nörk, das schaffen wir. Die kommen doch immer etwas zu spät. Da sind wir schon längst wieder hier oben im Warmen. »Mensch, nun helfen Sie mir doch mal und machen Sie die Tür auf, Nörk.«

»Warum das denn?«

Carlo gefiel der leichte Schweißfilm auf ihrer Oberlippe. Genau wie ihre Schutzbedürftigkeit angesichts der Gefahr. Ein paar Jahre früher hätte er nur allzu gerne die Rolle des souveränen Beschützers eingenommen.

»Wohin gehen wir denn mit dem Tier, Chef?« Aha. Sie schien sich langsam in die Situation zu fügen.

»Runter, in die Rosen.«

»Ins Freie? Da muss ich mir aber was überziehen.«

»Quatsch! Wollen Sie etwa, dass der Brausewang denkt, Sie haben hier einen Halbtagsjob und gehen mit mir zum Essen aus?«

Dagmar Nörk zitterte leicht, als sich die Tür des Glasfahrstuhls mit einem leichten Summen hinter ihnen schloss. Gefangen! Zwischen Himmel und Erde! Mit Chef und Spinne. Ihr Dekolleté hob und senkte sich. Im Ausschnitt zeigte sich ein Hauch von Gänsehaut. Sie riskierte einen Seitenblick auf Carlos Handkugel:

»Lebts denn noch?«

»Keine Ahnung«, Rümmel spähte umständlich durch einen Fingerspalt.

»Oh Gott!«, schrie Nörk und spannte den Rock straff um ihre kräftigen Knie.

»Scherz, Nörk, Scherz.«

»Wie groß ist sie denn eigentlich?«

»Na, so ein bisschen wie ich!«

»Wie? So ne richtig dicke, fette?«

»Ja. Fett und haarig«, Carlo imitierte die Stimme Freddie Krügers aus *Nightmare on Elm Street.*

»Waaaas?« Ihre Stimme überschlug sich beinahe.

»Nein. Europäisches Normmaß. Keine Vogelspinne, sondern eher Mückenschiss.«

»Warum dann der ganze Aufwand?«

»Nörk! Wer nur *ein* Wesen rettet, rettet die ganze Welt«, hörte Carlo sich selber sagen. Er wunderte sich über sich selbst.

Die Fahrstuhltür öffnete sich – und gab den Blick auf Carlos Elf-Uhr-Termin frei: Joseph Vogelmann und seine Entourage warteten vor dem Aufzug. Vogelmann sen. streckte zur Begrüßung seine Hand aus. Es entstand eine peinliche Pause, als Carlo Rümmel diese nicht gleich ergriff und stattdessen mit gefalteten Händen vor der Brust stehenblieb.

Nörk flüsterte rasch ein leicht verschämtes »Guten Morgen« in die Gruppe. Und spulte sofort ihr übliches Programm ab: »Darf ich vorstellen? Herr Dr. Rümmel – Herr Vogelmann sen. – Herr Vogelmann sen. – Herr Dr. Rümmel. Herr Dr. Rümmel – Herr Dr. Knöpp, und Ihren Namen« – sie wandte sich an den zweiten Begleiter – »kenne ich noch gar nicht?«

»Lingenthal.«

»Herr Lingenthal. Ah ja, wir hatten gemailt.«

Carlo verbeugte sich tief.

Vogelmann zog angesichts der gefalteten Hände Carlos seine eigene langsam zurück. Er blickte fragend in Richtung Nörk, die sich ebenfalls verbeugte und jetzt zögernd ein »Namaste« hervorbrachte.

Knöpp und Lingenthal taten es ihr nach: »Namaste!«

»Shalom!«, sagte Rümmel, lachte kurz auf, verbeugte sich ebenfalls und sagte: »Ich muss nur noch mal kurz an den Wagen. Frau Nörk wird Sie gerne nach oben begleiten.«

Als der Fahrstuhl nach oben glitt, sah man Carlo Rümmel bereits durch die Rosenrabatten stapfen.

»Sucht er seinen Geländewagen?«, fragte Vogelmann. Und Herr Dr. Knöpp: »Ist Kilago jetzt buddhistisch? Oder nur Rümmel? Oder haben die Chinesen hier auch schon ihre Finger drin?«

»Nee«, sinnierte Nörk, »nicht dass ich wüsste. Sushi mag er jedenfalls nicht.«

»Was macht er denn jetzt?« Vogelmann starrte weiter durch die Fahrstuhlscheibe nach unten. »Wieso bückt er sich denn in die Büsche?«

»Na, vielleicht sucht er noch den Autoschlüssel«, bemerkte Lingenthal.

Ping.

Der Fahrstuhl erreichte den sechsundzwanzigsten Stock.

»Na, auf *das* Meeting bin ich ja mal gespannt«, murmelte Joseph Vogelmann.

6

»Vertragt euch, Kinder – ich habe Bienenstich, kommt doch rüber auf ein Tässchen Kaffee«, rief Oma Veigele mit ihrer dünnen Stimme von ihrer Gartenbank aus.

Noch bevor Rüdiger und Bruno antworten konnten, hörten sie von fern, gedämpft wie aus einer Baugrube, noch eine weitere Stimme: »Komme!«

Bruno stemmte die Hände in die Seiten seiner beigen Anglerweste: »Oh je, de Priktopil! Hat der net emal nachmittags Unnericht?«

»Nenn ihn nicht immer so, Bruno«, entgegnete Rüdiger.

»Wieso? Einer, der soviel buddelt in seiner Hütt … da macht mer sich schon emal Gedanke.«

Helfried Mohn wurde von manchen im Stoltze so genannt, weil er nie jemanden in seinen Schuppen ließ. Und weil er geheimnisvolle unterirdische Lagerstätten grub. Angeblich für seinen vor sich hin gärenden Apfelmost. Für einen Mann seines Körperumfangs kein ganz leichtes Unterfangen. Seine Fingernägel waren permanent pechschwarz, und an seiner verschwitzten Glatze klebten Erdkrümel, die er sich beim Buddeln und Ausschachten auf den Kopf warf. Wer weiß, vielleicht versteckte er ja wirklich eine vermisste Schönheit in seinem Verließ hinter den Kunststofftanks?

Rüdiger öffnete das Gartentor und winkte Oma Veigele. »In unserer Karawane ist eben Platz für jeden, der mit will«, sagte er noch zu Bruno.

»Ja, ja«, entgegnete der, »mir nemme aach jeden Dorchgeknallte! Wo anners könnt der doch nie all des mache, was der hier veranstalt. Aber egal, in unserer jetzigen Situation könne mir jeden gebrauche , der sich mit uns solidarisiert. Gege des Kapitalistepack brauche mir jeden Freak. Mit Priktopil …«

»Schsch …«, zischte Rüdiger.

»Is ja schon recht. Mit dem Heldfried sin mir schon vier in unserer Wiederstandgrupp gege *Dreamland*!«

»Genau«, sagte Rüdiger, »Quasi die Stoltze-Quadriga unter den Veigele-Linden. Grüß dich, Oma.«

»Moinmoin, Kinder!« Erna Veigele stellte die Kuchenplatte ein wenig zittrig auf den Tisch. »Heute muss aber jeder zwei Stücke essen. Ich frier davon nichts mehr ein!« Ihren Hamburger Akzent hatte sie in all den Jahren in Hessen nie ganz abgelegt.

Rüdiger hielt ihr einen Kuchenteller hin und sagte: »Toll, wie du das alles noch schaffst.« »Aber der Bienenstich, der ist doch von meiner lieben Nele.«

»Was? Selbstgebackenes von deiner Punk-Enkelin? Hoffentlich net zusamme in eme Backofe, wo se ihr Haschplätzjer macht«, kommentierte Bruno.

»Nee«, erwiderte Oma Erna, »Bienenstich kauft man heute, Bruno. Das kann doch keiner mehr selber machen, allein die Buttercreme. So. Nun greift mal ordentlich zu, Jungs.«

»Kei Angst, Oma, de Priktopil kommt doch aach noch, un du weißt doch, wie der rinhaut!«

»Wer?«

»Helfried, Oma. Helfried.«

Oma Veigele lachte: »Ja, ja, so viel Kuchen kann meine Nele gar nicht kaufen. Und sie braucht so viel Geld für die ganzen sozialen Organisationen und die Grünen da. Die, die immer überall Frieden wollen.«

»Der Helfried hat doch en Bandworm! Un der muss gefüttert werrn«, lachte Bender laut.

»Iiiiiihh!« Eine verschlafene Nele steckte ihren Kopf müde aus Omas Gartenhäuschen und ließ sich schwer in die Hollywoodschaukel plumpsen. Ihr Irokesenhaarschnitt hatte unter ihren nächtlichen Aktivitäten und dem kurzen Schlaf auf Omas Liege sichtlich gelitten.

»Gute Morsche!«, sagte Bruno gewollt enthusiastisch. »Blöd, wenn mer erst um halb vier heim kommt, odder?«

»Woher weißt du das?«

Bruno zuckte nur mit den Schultern und schaute Nele verstohlen zu, wie sie sich mit den Händen ihren Haarkamm in die Senkrechte strich. »Haste dann heut schon geduscht?«, wollte er noch wissen.

»Das musst du gerade fragen!«, konterte Nele. »Du riechst doch jetzt schon nach altem Mann!«

Ihr Iro zitterte jetzt ein wenig, und ihre glattrasierten Schädelseiten glänzten in der Sonne. Gelangweilt schaute sie auf ihr Handy.

»Ich wäsch der gern emal de Rücke, Nele«, sagte Bruno schlüpfrig und stellte sich dabei vor, wie er sie in Oma Veigeles Zinkwanne vom Schmutz der Nacht befreien würde. Eine Vorstellung, die er sich für später aufzuheben vornahm. Dabei machte ihm Nele eigentlich ein wenig Angst. Verfügte sie doch über die Gabe, ihre schwarzlackierten Fingernägel mit absoluter Treffsicherheit in all die Wunden zu legen, die ein Mann seines Alters zwangsläufig mit sich herumträgt. In der Tat vernachlässigte er vor der Schrebergartenarbeit gerne einmal die Körperpflege. Warum auch nicht? Beim Rasenkantenschneiden schwitzte man ja eh wieder.

Nele Veigele zeigte allen Kaffeetrinkern ihren genervtesten Gesichtsausdruck – und gleichzeitig den Ansatz ihrer linken Brust, der in dem ausgeleierten Armausschnitt ihres Tanktops nur allzu gut sichtbar war. Bruno sah den Schweif eines tätowierten Reptils, dessen Spitze sich wahrscheinlich um eine von Neles Brustwarzen schlängelte. Au weia. Ein kurzer heißer Neid auf Tätowierer schwoll in ihm an.

Nele war sehr oft im Stoltze. Immer dann, wenn es zuhause mal wieder zu Spannungen mit ihrem Vater kam. Sie liebte ihre Oma so sehr, dass sie ihr auch gerne das ständige Herumnörgeln an ihrem Irokesenschnitt verzieh. Oma verstand einfach nicht, dass es heutzutage Frisuren gab, denen nicht mit Haarnetzen und Kämmen beizukommen war.

»Hast du etwa Läuse, Kind?«, fragte Oma dann auch immer wieder angesichts der rasierten Stellen von Neles Kopf.

Nach anfänglicher Irritation war Nele mittlerweile im Stoltze akzeptiert. Außer vielleicht bei der einen oder anderen Ehefrau, die Neles Reize ebenso klar erkannte wie Bruno Bender. Gerne stellte sie ihr Talent als Sprayerin zur Verfügung. So hatte sie Brunos Schreberschuppen mit einer Art Trompe-l'oeil-Technik optisch um gefühlte vier Meter vergrößert. Gerne wurde Nele von den Stoltzefreunden für die Instandsetzung defekter Rasenmäher und Heckenscheren gerufen. Satellitenschüsseln gaben seit Neles Anwesenheit endlich für Fußballübertragungen scharfe Bilder ab. Nachdem ihre autonomen Kumpel die Sky-Verschlüsselung geknackt und so den sozialen Zusammenhalt im Stoltze enorm beflügelt hatten, war Nele endgültig integriert. Nie zuvor hatte Helfried so viel Selbstgegorenes an die Gartengemeinschaft verloren wie während der letzten Bundesligasaison.

Seitdem war das Stoltze auch die einzige Schrebergartenkolonie, in der auf Sommerfesten nicht nur zu den *Oberkrainern, Abba* und *Rosenstolz* getanzt wurde, sondern auch gerne mal zu Punk oder Heavy Metal. »Diese Band passt doch perfekt!«, sagten die Nele-Jungs aus Bornheim immer, wenn sie augenzwinkernd die *Toten Hosen* auflegten.

Nele selbst hatte überraschender Weise angefangen, sich ausgerechnet für Rüdiger Wenglers Rosen zu interessieren. Eine Tatsache, die bei Bruno Bender nicht geringe Eifersuchtsgefühle hervorrief. Es tat einfach weh, wie wissbegierig sie den immerhin gleichaltrigen Nachbarn ansah, wenn er ihr die Prinzipien der Veredelung erklärte. Bruno hatte nichts Vergleichbares zu bieten. Er musste sich eingestehen, dass selbstgemachte Aprikosenmarmelade einfach nicht genug war, um junge, gut gebaute Autonome für sich einzunehmen. Rasenkantenstichtechnik, Baumschnitt, alles wertlos. Auch die geheime Zusammensetzung seines Stickstoffspezialdüngers, ohne den auch Wenglers Sonja bestenfalls aussähe wie eine Primel nach dem ersten Nachtfrost, spielte in Neles Interessenwelt offenbar keine Rolle. Es zählte eben der schöne Schein des Endprodukts. Mit ihm betörte dieser Schöngeist Wengler, der sich nie um profane, aber notwendige Dinge wie Abwassermanagement kümmerte, das Mädchen seiner Träume. Rüdiger erntete – quasi mit seiner Gülle – den Ruhm auf dem Feld der Liebe. Ungerecht! Am Ende würde es Bruno nicht erspart bleiben, sich auch in die Rosennummer einzulesen. Dann würde er eine Züchtung *Nele* schaffen. Eine schwarze Rose, die viel besser zum Geschmack – und zum Nagellack – der Verehrten passen würde als Wenglers blöde Sonja. Bis dahin würde er sich eben mit dem Internet und Seiten wie *www.tatoo-lovers.org* begnügen müssen.

Helfried setzte sich mit dem für ihn typischen *Ach-gibt-es-was-umsonst?*-Gesichtsausdruck an den Tisch. Sein genüssliches »Hmmh …! Bienenstich« wurde von Nele mit einem sarkastischen: »Na, Prikto, bei dir ist Geiz wohl immer noch geil, was?« quittiert. »Immer schön Omas kleine Rente verfressen. Morgen kaufst du mal Kuchen.«

»Ja, ja«, sagte Helfried, um sogleich unbeeindruckt und entschlossen zuzugreifen, bevor die drei Kinder der Familie Meuser von Parzelle drei gegenüber auf Omas Leckereien aufmerksam werden würden.

Rüdiger Wengler verzichtete vorausschauend auf sein Stück.

Und richtig: Mit einem gellenden Pfiff alarmierte Nele die Kinder, die gerade mit ihrem Vater angekommen waren.

»Hey, ihr Zwerge!«, rief sie so laut in Richtung Nachbarparzelle, dass alle über ihren Kaffeetassen zusammenzuckten – außer Oma Veigele, die mal wieder nicht ihr Hörgerät im Griff hatte.

»Kuchen?«, schrie Nele.

»Kommt rüber! Senkt mit mir den Altersdurchschnitt! Und tut was gegen Helfrieds Wampe.« Das ließen sich Jakob, Leonie und Sophie nicht zweimal sagen. Sie wussten: Bei Oma Veigele gab es, anders als zuhause, auch Köstlichkeiten fernab von Dinkelkeksen und Fruchtschnitten.

»Kinder! Denkt dran. Nicht zuviel naschen! Überall lauert Zucker!«, rief ihnen ihr Vater noch über die Hecke nach. Die drei griffen dennoch wie ausgehungert zu. Es war nur eine Frage der Zeit, wie sie wussten, bis ihre Mutter auf dem Gelände erschiene und dem süßen Treiben ein Ende setzte. Dann waren wieder Karottenstifte und getrocknete Apfelringe angesagt.

Amüsiert wandte sich Bruno Rüdiger zu, der als Einziger im Kampf um den Bienenstich unbeteiligt zu sein schien: »Na , Rüdiger, was machten die Sonja?«

»Wächst und gedeiht«, lächelte Rüdiger. »Du weißt ja: Die Lilien auf dem Felde! Sie säen nicht, sie ernten nicht, und dennoch sorgt Gott der Herr für sie.«

»Was? En Bibelspruch! Biste jetzt widder bei de Christe. Ich hab gedacht, du bist so en Zenbuddhist. Odder wechselst du dein Glaube so schnell wie de Hugh Hefner sei Bunnies?«, fragte Bruno und schlug sich einen Löffel Sahne auf den Bienenstich.

»Nein, nein, lieber Bruno, gerne noch einmal für dich: Ich bin Zen-Anhänger. Aber trotzdem einer von euch. Das hat mit Buddhismus nur sehr bedingt zu tun. Ich konzentriere mich auf den universellen Kern aller Religionen – akzeptiere also auch dein Christentum und die Bibel und ihre Weisheiten.«

»Buddhisten sind doch diese Glatzköpfe da, oder? Die arbeiten doch nichts Richtiges, so wie der Dalmalama.«

»Dalai Lama heißt der, Oma!«, korrigierte Bruno sie.

»In der Bahn hat letztens einer neben mir gesessen, der hatte gar keine Karte, der arme Kerl. Und seine Kleidung, alles in Orange. Komische Farbe.« Oma Veigele schüttelte den Kopf. »Ich hab da mal ne ganz andere Frage an dich,

Rüdiger: Was ist denn das mit dem Brief da, dass wir hier jetzt alle wegmüssen? Wegen dem Kaufhaus?«

»Halblang, Oma Erna. Keiner muss hier weg. Mir müsse nur laut und deutlich sage, dass mir degege sin, also *nein* sage. Des langt völlig.« Bender tauchte seine Gabel in die Puddingfüllung und schmatzte los.

»Auja! *Revolution Number 9*! Mit alten Säcken. Krass«, warf Nele ein.

»Mir werrn hier noch jahrelang dein Bienestich uns schmecke lasse«, bemerkte Bruno Bender und guckte neidisch auf die Kuchenteller der drei Kinder der Familie Meuser.

»Ach ja, Bruno. Das wäre nu mal schön«, sagte Oma Veigele kaum hörbar. »Am liebsten wäre mir ja, wenn sie mich mit den Füßen zuerst hier raus tragen würden. Und bei dem Ärger möglichst bald.«

»Oma!«, riefen fast alle gleichzeitig.

»Ich zieh doch nur noch einmal um, und das nur, um meinem Herrgott endlich nah zu sein.«

Nele schloss ihre Großmutter liebevoll in den Arm.

Bruno wandte sich ihr zu: »Hier begegent keiner irgendeinem Herrgott, Erna. Des hat Zeit. Keiner zieht um. Es sei dann, de Helfried wird an e anner Schul versetzt und die Rüdiger schafftst dann doch noch ins Nirwana.«

Helfried kratzte die Bienenstichreste vom Teller der Kinder, die mittlerweile auf dem Rasen Federball spielten. »Mit fünfunddreißigtausend Tacken im Nacken würde es mir – offen gesagt – auch in der Anlage Ginnheimer Wäldchen gefallen. Das würde dort für mindestens siebzig Jahre Pacht reichen.«

Bruno hob argwöhnisch die Augenbrauen: »Wie meinsten des?«

»Na ja, Bruno, ehrlich, wann schenkt uns schon mal jemand fünfunddreißigtausend Euro? Nur für eine Schreberparzelle und ein lumpiges kleines Ja-Wort? Wer da nicht zugreift, ist doch blöd! Selbst Oma könnte sich dann ein Gartenhäuschen mit einer gescheiten Heizung leisten.«

»Aha, die Ratten verlassen das sinkende Schiff!« Nele sprang auf. »Aber vorher noch schnell den Kuchen mitnehmen.«

»Halts Maul, Nele.«

»Ho-Ho-Ho-Helfried«, intervenierte Rüdiger tadelnd. »Spricht so ein Pädagoge?«

»Manchmal schon! Ist doch wahr! Ich bin keine Ratte, nur weil ich als erster zugebe, dass ich die Kohle gerne mitnähme und mein Leben nicht von Stoltze abhängt.«

»Es geht hier um mehr, Helfried.« Bruno konnte sich kaum noch auf Omas Gartenstuhl halten: »E alt und gewachsen Anlag wie die unser hier, die derf doch net einfach zubetoniert werrn. Des geht doch net. Und für was des alles? Nur wege so em abgefackte Zara-, Douglas-, H&M-. Sportarenapalast, den mer hier hinstelle will. Ja, wo man dann mit billiger Kaufhausmusik vollgedudelt werrn solle. Da leist ich Widerstand! Ich sag nur: Stoltze 21!«

Helfried rieb seine Wange und murmelte durch seine Finger: »Ihr seid doch alle verblendete Ökofaschisten!«

»Jetzt wirds lustig.« Nele rückte Helfried bedenklich auf die Pelle und schaute ihm tief in die Augen: »Wenn hier einer nach dem anderen abspringt, dann kommen bald die Bagger! Und Oma wird als Letzte auf ihrer Gartenbank von den Bullen rausgetragen, während du deinen Judaslohn im *Dreamland*-Baumarkt auf den Kopf haust!«

»Faschisten, ich sag es noch einmal! Ich bin hier doch nur als linientreuer Stoltzianer noch euer Freund. All die Jahre meiner Mithilfe zählen überhaupt nicht!«

»Genauso is es, Helfried«, erwiderte Bruno. »Mensch, werd wach! Darum gehts doch grad, um die viele Jahrn, die Sommer un die Winter, die mir hier zusamme verbracht habbe. Mir all zusamme gemeinsam! Es geht ausnahmsweise um des *mir* un mal net um des *mich*. Es geht um alles oder nix.«

7

»Hallo, jemand zu Hause?« Die Tür fiel krachend ins Schloss. Wie immer kämpfte Carlo mit dem Sechserkarton der Weinhandlung Klüver. In Zukunft kaufe ich zwei Flaschen in der Tüte, dachte er. Ich komme doch ohnehin jeden Tag dort vorbei. Er stolperte über den Schuhhaufen vor der Garderobe.

»Undine! Matthies! Räumt hier sofort eure Treter weg!« Dann rief er: »Maike?«

Wo war seine Frau nur wieder? Stimmt, sie hatte ihm ja gesimst: länger im Büro. Aber wieviel länger? Er sollte was kaltstellen. Schampus. Nichts für Männer also. Er würde sich vorher ein Gläschen Roten gönnen.

»Mama ist noch nicht da«, antwortete Undine genervt, während sie ihre mit Kugelschreiber beschmierten *Chucks* aufstellte.

»Gut, dass *du* wenigstens jetzt da bist, Papa, wir haben nämlich tierischen Hunger! Hast du auch noch was anderes eingekauft außer Alk?«

Carlo stellt den Weinkarton auf der Küchenbar ab.

Matthies schaufelte einen dieser eklig-bunten Chemiejoghurts in sich hinein, die Maike immer aus der Agentur mitbrachte.

»Ihr habt ja noch gar nicht gedeckt! Heißt ja wohl ...«

»Pizza oder Chinese!«, schallte es wie aus einem Kindermund.

»Pizza Salami für mich und zum Nachtisch Tiramisu!«, schob Matthies noch nach.

»Vielleicht noch mit Blattgold und geriebenen Trüffeln für den jungen Herrn?«

»Für mich nur einen Salat bitte, Papa«, sagte Undine.

»Du bist schon wie die Mama!« Matthies wuschelte seinen Pony wieder korrekt vor die Augen. »Eigentlich liebst du doch die Nummer 10, Vier-Käse-Pizza, oder? Jetzt machste einen auf Keira-Knightly-Hungerhaken, und heute Nacht schleichst du dich wieder an den Kühlschrank.«

Undine schlug ihrem Bruder auf den Oberarm: »Laktoseintoleranz, vergessen, du Honk?«

»Undine! Sei doch nett«, ermahnte Carlo sie und fragte: »Honk? Was ist das eigentlich?«

»Was wie *das* da.« Undine deutete mit dem Daumen auf Matthies. »Was total Unnützes jedenfalls, das nervt und stinkt.«

»Undine! Nicht in diesem Ton!«

»Und nächste Woche haste dann eine Weißmehlallergie oder *anorexia nervosa*«, sagte Matthies. »Entspann dich doch, du kannst dir sogar eine Calzone reinzimmern. Dicksein ist doch jetzt in seit Beth Ditto, und unser Dad ist ja auch als Dickerchen erfolgreich.«

»Wie bitte?«

»Ist doch wahr, Papa.«

»Iiiih, Beth Ditto, die ist so fett. Wenn die nicht singen könnte, wäre die sowas von einsam an der Uni.« Undine zog ihr T-Shirt weit über ihre Schenkel.

»Na ja, wäre jedenfalls ganz geil, wenn du langsam mal oben herum ein bisschen mehr hättest.« Matthies duckte sich, um dem von Undine geworfenen Joghurtbecher auszuweichen.

Carlo bestellte artig die Nummer 14, die 28 und den Salat bei Luigi und rief ins Telefon:

»Luigi, wo wohne ich seit zehn Jahren? Du kennst die Straße!«

Die Kinder wussten, was Luigi jetzt am anderen Ende sagen würde: »Isch habä einä noiä Fahrrä, Carlo! Warum bäställst du hoitä? Frauen abände isse doche Dienstagge?«

»Luigi, jetzt auch Montagge.« So langsam wurde Carlo selber hungrig. Maikes Verspätung hatte auch Vorteile: Klüvers Rotwein und die Fernbedienung in Reichweite sorgten für das wohlige Gefühl, das Männer überkommt, wenn sie beides nicht mit einer Frau teilen müssen.

Die *Jacky-Chan*-Sammelbox im Regal verstaubte ohnehin schon viel zu lange.

»Um neun seid ihr aber im Bett. Ohne Streit und mit geputzten Zähnen, ich kontrolliere das!«, rief er den beiden Kindern noch zu, als er es sich auf dem weißen Ledersofa gemütlich machte und die Flasche entkorkte. Carlo ahnte aber, dass sich die Beiden noch eine Zeit lang in Facebook, Schüler-vz – oder Schlimmerem – tummeln würden. In zwanzig Minuten würde er oben kontrollieren müssen.

»Papa, jetzt haben wir umsonst bestellt. Guck mal, Mama hat Spaghetti Bolognese für uns in den Kühlschrank gestellt. Und Salat auch noch.«

»Das können wir morgen doch auch noch essen.« Luigi war bestimmt schon unterwegs. Carlo entkorkte die erste Flasche.

»Na, Carlochen, schläfst du schon?« Die junge hübsche Kung-Fu-Kämpferin schnurrte ihm ins Ohr und bot ihm ihren Erdbeermund zum Kuss dar. Dabei roch sie seltsamer Weise leicht nach Alkohol – Sake? Carlo wunderte sich, spitzte aber dennoch die Lippen zum Kuss – und erwachte.

Statt der Chinesin schaute ihm Maike tief in die Augen. »Bingo!«, hauchte sie lasziv. Ihre Wimperntusche bröckelte.

»Ich hab die *Put-Stop-Kampagne*!« Sie küsste ihn flüchtig auf den Mund und knallte eine offene Champagnerflasche auf den Glastisch. Es lief offensichtlich gut für sie in der Werbeagentur.

»Mutti mischt wieder mit, Carlochen! Der neue Chef mag mich. Ich hab jetzt den Beweis.« Oha, dachte Carlo. Welchen Beweis? Was sie dafür wohl in den Überstunden alles machen muss? Er verdrängte das Bild gleich wieder, um seine gute Stimmung nicht zu gefährden. Maike tat so etwas nicht. Das wusste er. Seine Frau würde nie nie, nie für die Karriere das Spielbein des Chefs zwischen ihre Jacketkronen lassen – und wenn, dann nur gegen ihren Willen.

»Ich betreue die wichtige bundesweite Auspuffkampagne. Ab jetzt alleine.«

Carlo war sofort klar: Das bedeutete goldene Zeiten für Luigi und den Glutamat-Chinesen und für ihn gut drei Kilo mehr auf den Hüften. Aber er würde auch die *Kung-Fu*-Film-Sammelbox in Ruhe sichten können.

»Schatz, darauf musst du mit mir anstoßen! Schenk doch schon mal ein.«

Er erkannte an ihrem Blick, dass sie heute mit Anstoßen nicht nur die Bleikristallgläser ihrer Mutter meinte. Carlo fragte sich kurz, ob eine Flasche Merlot ihn daran hindern würde. Er horchte ängstlich Richtung Hose. Nichts – in seinen Boxershorts waren schon die Lichter aus. Er würde für die Performance mit Maike also auf schmutzige Fantasien mit der *Kung-Fu*-Schönheit zurückgreifen müssen.

»Sind die Kinder im Bett?«, säuselte Maike leicht lallend und ließ, ohne seine Antwort abzuwarten, ihr Kostümchen gekonnt auf den flauschigen Teppich gleiten.

»Denke schon«, murmelte Carlo unsicher.

Sie hatte in Vorahnung ihres Erfolgs schon morgens ihre schärfste Waffe angelegt: die Netzstrumpfhose. Das bedeutete für Carlo jetzt definitiv den Ernstfall. Und schon schwang Maike ihren immer noch attraktiven Körper auf seinen Schoß und machte sich gleich an seiner Gürtelschnalle zu schaffen. Dabei warf sie ihre brünette Mähne zurück, eine Geste, die ihre Wirkung auf Carlo auch in fünfzehn Jahren Ehe noch nicht verloren hatte. Jetzt empfing er positive Signale aus der Lendengegend.

»Schlafen die beiden wirklich, Carlo?« Er wusste genau: In diesem Stadium wollte Maike nicht mehr selber nachsehen. Als Liebeslager müsste wieder einmal der türkische Schafswollflokati vor ihrem Sofa herhalten.

Sie saugte an seinem Ohrläppchen. Damit hatte Maike bei ihm noch immer jede Schillerlocke zum Stockfisch gemacht.

Carlo begann sich fallen zu lassen.

»Papa, das WLAN geht wieder nicht«, rief es genervt in seine Fantasie hinein.

Maike und Carlo erstarrten wie die Leichen in Pompeij nach dem Ascheregen. Maike – leicht unvorteilhaft – den Hintern nach oben gestreckt.

Von der Balustrade lugten zwei Gesichter erschrocken auf den Teppich hinab.

»Ihh, was macht ihr denn da unten? Und die Mama in Netzstrümpfen!«, schrie Undine.

»Geil«, brummte Matthies, »wie Omas Rollbraten.«

8

»Keinerlei Reaktion! Wie aus Marmor sind diese Laubenpieper. Spießbürger im Handtuchgarten.« Elvira McFarlane nippte wütend an ihrem Kaffee.

»Nimm doch lieber einen Latte«, sagte Carlo zu ihr. »Dagmar und die neue *Jura* sind echt ein tolles Team, dann erholst du dich schneller.«

»Keine Milch. Das unterscheidet mich eben von Frau Nörk.«

Wie so manches andere auch, dachte Carlo.

»Beim nächsten Mal kommst du aber mit zu dieser öden Schrebergartensitzung. So was von einer Abfuhr habe ich mir schon lange nicht mehr abgeholt. Diese verpilzte Strickjackenszene war überhaupt nicht bereit, mir auch nur eine Sekunde zuzuhören. Und da lief in der Jukebox noch so ein Kram, den meine Eltern schon nicht mehr gehört haben. Irgendwas mit MA-MA-MA-*Baker*, oder so.«

»Boney M.«, knurrte Carlo, » ist mittlerweile eigentlich verboten.«

»Mit Geld ist da nichts zu machen! Die sind so *gestrig*. Die klammern sich nicht an ihren Garten, die klammern sich nur an die Vergangenheit. Ich bin echt froh, dass ich mir auf dieser kaputten Holzbank mein Kostüm nicht eingerissen habe.«

Carlo konnte sich vorstellen, wie die Spatenschwinger aus dem Stoltze auf Elviras engen Zweiteiler reagierten.

Wie sie ihre schwarzbestrumpften Beine übereinanderschlug, um ihre Designerlaptoptasche auf einer Bierbank auszupacken! Elvira im Stoltze – ein sexy Alien.

»Ich glaube, die haben dort noch nicht mal eine Spülmaschine. Die Blümchentasse hatte so eine Art Relief beim Anfassen. Kennst du das? Uah!« Elvira schüttelte sich.

»Du, keine Ahnung, die spülen alles in einem ollen Kartoffelsalateimer ab.«

»Meinst du wirklich?«, fragte Elvira fast panisch.

»Scherz!«

»Wie arm! Wie kann man nur seine ganze Freizeit in diesen Fascho-Radieschen-Parzellen verbringen? *Wir* bieten ihnen Kohle für zehn all-inclusive-Urlaube mit Sonne und Vollpension. Und *die* wählen Nieselregen und Jägerzaun. Das nächste Mal gehst du jedenfalls hin!«

»Lass mal, Elvira, ist doch ganz gut, wenn die mich nicht gleich kennen.«

»Du trinkst hier gemütlich deinen Kaffee, und ich versaue mir die Absätze auf dem Kiesweg. Wenn das hier ein Kindergarten wäre, würde ich sagen: Das sage ich dem Dieter …!«

»Okay, dann lass mich jetzt mal ran.«

»Und wie, bitte schön?«, fragte Elvira zurück.

»Ich zeige dir doch nicht mein Geheimwaffenarsenal.«

»Na, Charme kann es ja jedenfalls nicht sein.«

»Gib mir einen Monat. Und schick mir Dagmar noch mal rein.«

Elvira raffte ihre Unterlagen zusammen. Sie hasste es, wenn er sie so behandelte.

»Okay«, sagte sie schnippisch, »einmal bin ich noch bereit, bei Dieter gute Stimmung für dich zu machen.«

»Sag mal, Elvira, wie machst du das eigentlich genau, gute Stimmung?«, fragte Carlo gespielt naiv.

Elvira merkte, dass sie sich verplappert hatte, und stand auf.

»Durch Kompetenz, lieber Carlo. Bis später.«

»Ja, bis später. Dagmar!!« Die Gerufene steckte ihren dunklen Schopf ein wenig zu schnell durch die Tür. »Ja, Herr Doktor?«

Elvira rauschte an Dagmar vorbei, ohne diese zu beachten. Devotes Miststück!, dachte sie dabei.

»Sagen Sie mal, Dagmar, sie gärtnern doch auch, oder?«

»Ich habe aber nur einen kleinen Balkon.«

»Aber einen sehr, sehr schönen, nehme ich an«, erwiderte Carlo schleimig. Er schenkte ihr einen Blick aus alten erfolgreichen Zeiten.

»Wie wärs, hätten Sie Lust, mich in der Mittagspause ins Gartencenter zu begleiten? Ich brauche dringend Ihren Rat!«

»Wieso? Hat Ihr Gärtner gekündigt?«

»Manchmal muss man selber ran, liebe Nörk. Ich brauche Gummistiefel, Schaufel und die ganzen Grünzeug-Klamotten, da müssen Sie mich beraten.«

»Aber Sie kennen doch Ihre Schuhgröße selbst, oder? Ich topfe auch nur einmal im Jahr meine Geranien um. Da reichen mir ein Löffel und die Hausschuhe.«

»Und ihre wunderschönen Orchideen hier auf der Fensterbank? Nein, ich brauche Sie heute Mittag. Sie sind einfach näher an der Natur dran als ich.«

9

»Warum macht er das, Mama?«, fragte Matthies besorgt.

Undine, Matthies und Maike schauten entsetzt.

»Keine Ahnung.« Maike zuckte schwach mit den Schultern und atmete die Fensterscheibe an.

Undine zeigte auf ihren Vater: »Das ist ein Anfall! Glasklar. Epilepsie oder so was.«

»Und seit wann verkleidet man sich als Gärtner, wenn man spürt, dass der Anfall kommt?« Matthies drückte seine sommersprossige Nase ebenfalls an der Panoramascheibe platt.

»Ist vielleicht Teil der Störung«, vermutete Undine.

Ihr Vater wälzte sich vor ihren Augen in einer riesigen Pfütze. In braunen Cordhosen, Holzfällerhemd und Gummistiefeln. Carlo hatte sich auf dem heimischen Rasen mit dem Gartenschlauch ein Schlammloch gewässert. Er sah aus wie ein junger Elefant beim Anbaden, winkte jedoch gutgelaunt in Richtung Wohnzimmer. Alles okay, schien er ausdrücken zu wollen.

Aber konnte man ihm das glauben? Die meisten Irren verschleiern ihren Zustand meisterhaft. Und die vielen eingesperrten Napoleons in den Anstalten waren ja auch nicht immer schlecht gelaunt.

»Papa hatte schon immer eine Schwäche fürs Suhlen, das wisst ihr doch«, sagte Maike. »Wie er die Säue im Wildpark immer beneidet hat! Wisst ihr das noch? Das kommt jetzt alles raus. Nur: weshalb?«

»Mama, ruf bitte sofort Doktor Conrad an«, flehte Undine.

Carlo näherte sich dem Haus. *Shrek* hätte nach einem Schlammbad nicht glücklicher aussehen können. Alle drei wichen automatisch einen Schritt von der Scheibe zurück. Carlo strebte Richtung Haustür.

»Zieh um Gottes Willen diese dreckigen Gummidinger aus«, schrie Maike durch den Windfang. Die ganze Familie bewegte sich aneinandergedrängt Richtung Eingang, Maike traute sich, ihren Mann vorsichtig anzusprechen. »Ich weiß nicht, ob du es weißt, Schatz, aber du zahlst einen Gärtner!«

»Keine Panik, das tue ich doch alles für mein neues Projekt«, erwiderte er.

Matthies setzte nach: »Für Fango muss man sich aber ausziehen, Papa.«

Carlo wunderte sich, woher sein Sohn Schlammpackungen kannte.

»Hörst du mit den Geldkramgeschäften auf? Kämpfst du jetzt bei der Bundeswehr im Regenwald? Cool! Kann ich da mit?«, fragte Matthies.

»Gar nicht schlecht, Matthies. Ich gehe in einen wichtigen Undercover-Einsatz. Da kann ich nicht mit nagelneuen Klamotten ankommen. Dafür brauche ich Patina auf der Buchse.«

»Seit wann ist in der Obdachlosenszene finanziell was zu holen?«, fragte Maike. Undine hielt sich die Nase zu: »Papa, du stinkst wie Dünger.«

Carlo hatte natürlich nicht an den Pferdemist gedacht, den sein Gärtner vor fünf Tagen auf dem Rasen verteilt hatte. Er roch wie die Reiterstadt Warendorf zur Hengstparadenzeit.

Er ließ die Hosenträger fallen. Sein Feinripp-Muskelhemd war leicht angeschwitzt. Maike roch denselben Duft, den sie 1991 im Zelturlaub auf Elba kennen und lieben gelernt hatte. Kurz wurde ihr warm ums Herz.

»Zieh dich um«, sagte sie zärtlich. Und etwas strenger: »Bei Kilago ist aber alles okay, Schatz, oder muss ich mir Sorgen um dich machen?«

»Nein. Nein. Kannst du die Sachen so waschen, dass sie richtig benutzt aussehen? Vielleicht mit Chlor oder so?«

»Finanzgeschäfte im Bauernlook? So klein müsst ihr Banker euch nach der Krise nun auch nicht machen.«

»Nee, lass mal, ist schon ganz okay. Dieses Mal lässt mich Brausewang sogar einen ganzen Monat an die frische Luft.«

»Na, solange er dich nicht an dieselbe setzt.«

»Sehr witzig, Schatz. Immer schön, dich an meiner Seite zu wissen. Nein: Es ist alles im grünen Bereich. Diesmal sogar wörtlich.«

10

»Na, da wartet aber noch ein ganzes Stück Arbeit auf Sie. Der Garten liegt schon länger brach. Mutig von Ihnen, hier noch mal anzufangen und alles zu beleben.«

Rüdiger Wengler stützte sich auf seine Harke und lächelte.

Carlo Rümmel schaute sich ein wenig ratlos auf seinem neuen Schreberanwesen um. Alles war in erbärmlichem Zustand. Der Gartenschuppen, der vermooste Restrasen und die verwitterte Hollywoodschaukel.

Carlo wandte sich seinem Nachbarn zu. Es war warm geworden. Der erste schöne Frühsommertag in diesem Jahr. Seine Kopfhaut juckte unter dem neuen Strohhut.

»Ich mach mich nicht verrückt. Ich habe alle Zeit der Welt«, sagte er.

»Da haben Sie aber Ihre Rechnung ohne den Wirt gemacht«, entgegnete Wengler. »Bruno Bender wird schon dafür sorgen, dass ihre Parzelle spätestens im Frühherbst so perfekt aussieht wie die Rabatten vor der Deutschen Bank.«

»Ein scharfer Hund«, sagte Rümmel, »ist mir beim Kauf gleich aufgefallen. Wird schon werden. Außerdem liebe ich die Gartenarbeit.«

Das sieht man, dachte Wengler mit Blick auf Carlos brandneue Gummistiefel. Nach vier Wochen ohne Regen läuft der hier rum wie ein Hochseefischer bei Windstärke neun. Wer weiß, vielleicht angelt er in der Regentonne?

»Bevor Sie mit der Arbeit anfangen, darf ich Sie erstmal auf ein Bierchen zu mir einladen, ja? Bei mir ist nämlich schon aufgeräumt.«

Dies war untertrieben. Der nette Nachbar hatte seine Hütte offenbar im japanischen Stil ausgebaut. Weit und breit kein aufgerissener Düngersack, keine verschmutzte Gartenschaufel, kein Geruch nach Rattengift und Blumenerde. Stattdessen sah Carlo durch die geöffnete Holztür Bambusmatten, einen schwarz lackierten Beistelltisch und kleine runde Kissen auf dem Boden.

Wengler kam mit zwei Flaschen Bier in der Hand aus seiner Behelfsküche hinter einem Paravent hervor.

»Asienfan?«, fragte Carlo. »Gibt es denn jetzt auch ein kühles Asahi-Bier?«

»Sie werden lachen, genau das.« Und tatsächlich reichte ihm Rüdiger Wengler die typischen Flaschen der japanischen Brauerei.

»Schön! Meine Frau liebt auch Feng Shui.«

Wengler wies Carlo einen schattigen Platz auf einer Holzbank vor der Hütte zu. Dort saßen sie ein paar Minuten schweigend nebeneinander.

Carlos Handy pingte laufend vor sich hin. Mühevoll widerstand er dem Impuls, nachzuschauen, was los war. Gift für seine Nerven. Was, wenn er verpasste, was in der Welt geschah, während er hier dünnes Bier aus kleinen Flaschen trank?

Verstohlen blickte er in Richtung seines Gastgebers und stellte fest, dass der diese Probleme offenbar nicht hatte. Er sah ganz ruhig einer Amsel zu, die ohne Scheu auf dem Rasen nach Regenwürmern pickte. Auch schien Wengler die Stille zwischen den Beiden nichts auszumachen.

Carlo zwang sich selbst zur Entspannung und ließ die Schultern fallen, wie er es einmal in einem Autogenes-Training-Seminar für Führungskräfte gelernt hatte.

Wengler war da schon weiter. Er forderte ihn noch nicht einmal auf, über Job, Anzahl der Ehen oder Lieblingsclubs zu sprechen.

Rümmel merkte zum ersten Mal, wie sehr ihn alle Art der Alltagskommunikation sonst stresste. Las dieser Wengler denn überhaupt Mails? Kümmerte er sich um Updates und Voicemails? Hatte er überhaupt sein Handy mit? Wahrscheinlich nicht! Unvorstellbar, dass ein Mann so ruhig dasitzen kann, während das Leben – und mögliche Erfolge – anderswo an ihm vorbeirauscht. Kurz innehalten ist ja ganz schön, aber dauernd, das machte einen doch auch vogelig, dachte Carlo.

Carlo bemerkte den Geruch der Rosen. Und die tröstende Wirkung des Bieres.

»Bereit für noch eins?«, fragte ihn Wengler auf eine Art und Weise, die Carlo fast zärtlich vorkam.

Die Aussicht auf eine zweite Flasche erfüllte ihn mit Glück. Unglaublich, welche Wirkung dieser Ort auf ihn hatte. Er ertappte sich bei dem Gedanken, sich heute gar nicht mehr um Kilago-Belange kümmern zu wollen. Warfen ihn am Ende zehn Minuten mit einem Waldschrat völlig aus der Bahn?

Und wieder: Das leise PING. SMS. Carlo konnte nicht länger widerstehen. Er schaute nach: Elvira! *Wo bist du? Sitzung! Das Projekt in Hannover brennt gerade ab!*

»Danke für das Bier. Ich muss mal telefonieren.«

»Keine Ursache. Dann auf gute Nachbarschaft.«

Beim dritten Versuch, Elvira zu erreichen, antwortete sie endlich.

»Hallo«, hörte er sie in den Hörer flüstern, »wo bist du?! Wir haben doch alle heute Sitzung!« Sie kruspelte mit der Hand auf dem Handy herum. Er hörte dennoch, wie sie zu den Anderen sagte: »Rümmel!«

Sein Blick fiel auf einen Zitronenfalter. Von Ferne hörte er Hundegebell.

»Können wir mit dir rechnen? Ja oder nein? Wir sind hier noch eine halbe Stunde zugange.«

»Das schaffe ich nicht, ich muss jetzt hier dran bleiben, bin im Stoltze. Alles weitere später. Gruß an Dieter.«

»Mensch, dann nutz doch mal den E-Mail-Verteiler, dann wissen wir wenigstens auch alle Bescheid und warten hier nicht umsonst auf dich. Und Nörk ist uns auch keine Hilfe. Die hält dicht wie eine Latexunterhose, wenns um dich geht.«

Die grundgute Nörk!, dachte Carlo, als er sein Handy wieder einsteckte.

Wengler saß nicht mehr auf dem Kennenlernplatz. In der Luft lag ein Hauch von Patchouli. Diesen Geruch kannte er, seitdem er ihn im Autoscooter im Nacken seiner ersten Schulfreundin Britta gerochen hatte.

Die Tür zu Wenglers Schuppen war nur angelehnt. Carlo öffnete sie leicht: »Herr Wengler?« Stille.

Wengler saß mit dem Gesicht zur Wand im Schneidersitz auf einem roten Kissen und reagierte nicht.

»Na? Spanner?«

Carlo fuhr zusammen. Eine junge Frau mit Irokesenschnitt und grünen Augen sah ihn durchdringend an. Ihre Nase war nur etwa fünf Zentimeter von seiner entfernt. Sie roch nach Pfefferminzkaugummi und selbstgedrehten Zigaretten.

»Wer sind Sie? Und was glotzen Sie hier unangemeldet bei Rüdiger rein?«

»Ich bin Carlo. Der neue Nachbar. Und mit wem hab ich es hier zu tun, mit der Gartenstasi?« Sie schwiegen sich wie zwei Hunde an der Reviergrenze an.

»Ich bin eine Freundin. Sorry, habe meine Visitenkarte gerade nicht zur Hand. Geile Cordhose übrigens. Neu?«

»Ja, wenn es Ihnen nichts ausmacht. Ich wollte mich nur von Herrn Wengler verabschieden. Und hat die werte Freundin auch einen Namen?«

»Klar, erst Sie!«

»Carlo.«

»Nele.«

»Und seit wann gärtnern Punks?«

»Wie spießig ist das denn? Ich bin kein Punk! Das ist mein Style. Hallooo?!«

»Aha. Style. Und was ist jetzt mit Rüdiger los? Inspiziert er den Putz? Sucht er Risse an der Wand?«

»Mein Gott! Das sieht man doch! Er *meditiert.*«

»Okay.«

»In der Stille!«

»Okay, okay! Und wie lange noch? Ich meine: Wann kann ich wieder normal mit ihm reden?«

»Nach genau vierzig Minuten.«

»Aja! Geht das nicht aufs Kreuz? Und: Woher wissen Sie das alles? Das mit den vierzig Minuten und so?«

»Wo kommst du denn her? So was weiß man doch.«

11

Schlammspuren auf dem cremefarbenen Kilago-Teppich waren eine Premiere.

Naja, dachte Carlo, da kommt die Putztruppe mal aus der Routine. Dagmar brachte grünen Tee.

»Sieht super aus, Chef, Ihr Gartenoutfit. Ich weiß nur nicht, was der Brausewang dazu sagt, wenn Sie hier am Dienstag schon in Casual-Friday-Klamotten herumlaufen – und das halbe Rosenbeet mit anschleppen.«

»Für Kostümwechsel habe ich eben keine Zeit«, erwiderte Carlo leicht gereizt und griff zum Hörer. Er wählte die Nummer des Gartencenters Sunflower.

Elvira McFarlane umtanzte die Erdkrümel auf der Auslegeware, als sei es Yak-Kot. Sie trug einen Stapel Akten in leuchtendem Rot. Das stand bei Kilago für das Projekt *Wunderwelt*, ein marodes Discountcenter in der Nähe von Hannover. Die andere Baustelle, die Carlo eigentlich große Sorgen machen sollte.

»Hallo!« Carlo stand auf und wendete sich, den Telefonhörer am Ohr, dem Panaromafenster zu. »Liefern Sie auch Hollywoodschaukeln? Ich habe im Internet Ihr verstärktes Model *Sitting Bull* Orange-Grün gesehen. Das würde ich gerne mit dem 24-Stunden-Lieferservice bestellen. Ja – ins Stoltze. Ja, in Frankfurt. Dornröschenweg, Parzelle 34. Gut. Wie ist Ihr Name? Ich rufe Sie morgen Vormittag nochmal an. Danke. Ja, ja. Ihnen auch einen schönen Feierabend.«

McFarlane schaute ihn erstaunt an: »Wie? Noch Zeit zum Chillen? Kannst du dir das überhaupt leisten, wenn das mit *Wunderwelt* nicht flutscht? Seit der RICK-Shop da raus ist, haben wir nur noch die halbe Miete. Wo warst du überhaupt, als es hier heute Mittag brannte? Ist das schon die innere Kündigung – oder die midlife crisis, dein grässliches Garten-Outfit?«

Carlo drehte sich um: »Midlife Crisis? Wer schreit denn Tag und Nacht nach Daddy? Komm du erst mal aus der Pubertät und lerne alleine laufen.«

Elvira schaute ihn verdattert an. Mit dieser plötzlichen Breitseite hatte sie nicht gerechnet. Carlos Ton ging definitiv zu weit. Dieter würde außer sich sein.

»Ja, sorry! Dein Welpenschutz ist langsam zu Ende! Wenn wir ein Team sind, dann beweise es, und zwar jetzt!«

Dagmar Nörk, das Teetablett noch immer in der Hand, drehte den Kopf zwischen den beiden hin und her wie bei einem Tennismatch.

»Und bleiben Sie mir mit dem Tee vom Hals!«, sagte Carlo zu ihr.

»Der ist doch für Elvira.«

»Gut. Dann stellen Sie ihn ab und lassen Sie uns kurz allein!«

Elvira holte tief Luft und setzte sich. Sie schaute ihr Gegenüber jetzt direkt an.

»Wir wollen jetzt mal ganz sachlich bleiben, Carlo. Schwamm drüber über die Szene gerade. Ich mache gerne viel alleine, aber wenn du so abtauchst …«

»Einen Tag, Elvira, war ich jetzt mal nicht im Haus. Wovon reden wir denn hier? Ich bin im Außendienst, im Stoltze. Meinst du, mir macht das Spaß, mich da mit den Regenwürmern im Rindenmulch einzugraben? Undercover heißt das Zauberwort, schon vergessen? Keiner geht da laufend an sein Handy. Und ich als Neuling kann auch nicht dauernd den Hektiker mimen. Da muss ich auch mal Unkraut jäten – und zwar in Ruhe.«

»Ach hör doch auf, Carlo, niemand muss für so eine Nummer Tag und Nacht dem Rasen beim Wachsen zuschauen. Vormittags könntest du wirklich hier reinkommen! Wir brauchen echt schnell einen neuen Mieter für *Wunderwelt*. Keiner labert Kunden in einen Mietvertrag so gut rein wie du.«

Carlo strich sich durchs Haar: »Mann, geht hier denn gar nichts ohne mich. Das nervt! Elvira, alle müssen hier überzeugend sein. Auch du, auch ohne mich.«

»Muss man dazu wirklich jedem Irren bis zur Halskrause in die Poperze kriechen, Carlo?«

»Ja. So ist das Geschäft. Du hast die Jungs doch gesehen«, antwortete er verblüfft. Elviras ordinäre Seite kannte er so gar nicht. Poperze – unglaublich! Sie verlor offfenbar die Nerven. Anfängerin.

»Wenn du da im Edelzwirn reinstiefelst, liebe Elvira, weil du dir zu fein bist, dann vererben die ihren Garten noch an die übernächste Generation. Schon aus Prinzip.«

»Alles schön und gut, Carlo.« Sie versuchte das Gespräch abzuwürgen, nicht ohne am Ende wieder Druck aufzubauen: »Aber Stoltze muss bis Ende des Monats in trockenen Tüchern sein, sagt Dieter. Schaffst du das denn wirklich?«

Carlo nickte nur und nahm routiniert den Hörer zur Hand. »Hallo Matthies! Sag Mama, dass es heute später wird. Wie? Auch nicht? Na, dann macht euch eben wieder eine Pizza warm. Nein! Dann wieder Luigi. Geld ist in der Schublade.«

12

»Okay, okay. Setzt sie direkt in ein Taxi. Tannenweg 4.«

Carlo legte auf und wandte sich seiner Frau zu. Sie war in einem erbärmlichen Zustand. Maike knetete verzweifelt das rotkarierte Küchenhandtuch, in dem sogar ihre wasserfeste Wimperntusche tiefschwarze Spuren hinterlassen hatte.

»Und wir wussten von nichts! Ich schäme mich so.«

»Quatsch! Beruhige dich, Schatz.« Er nahm sie in den Arm und schaute ihr tief in die rotgeränderten Augen. Unweigerlich fühlte er sich bei ihrem Anblick an *Der Exorzist* erinnert. »Die sind doch nur auf der Kinderdisco im Tennisclub und haben einfach die Zeit vergessen, Schatz.«

»Um halb zwölf Uhr nachts. Kein Anruf, kein Zettel, nichts!« Sie jammerte wie eine Vierzehnjährige. »Hast du etwa vergessen, ihre Prepaid-Karte fürs Handy zu bezahlen?«

»Die beiden haben einfach ausgenutzt, dass wir nicht zuhause sind. Nicht mehr und nicht weniger.«

Maike umschlang ihre Knie mit den Armen und blickte zu Carlo, der nervös mit seinem Blackberry hantierte.

»Wie kannst du jetzt Geschäfte machen, wenn die Kinder weg sind! Wo warst du denn auch heute Abend? *Du* warst doch dran mit Aufpassen!«

»Heute war ein Notfall, du kennst doch meinen neuen Job.«

»Was ist das eigentlich für eine Scheißfirma, deine Kilago-Truppe. Kaum habe ich beruflich auch mal ein bisschen Stress, bricht hier alles zusammen. Ich muss wieder aufhören zu arbeiten. Wo ist mein kleines Undinchen und mein Fröschchen – Matthies.« Maike raufte sich ihre Haare.

Er reichte ihr ein Rotweinglas. Er bemerkte, wie sie das Glas in beide Hände nahm. Binnen Sekunden würde es wieder aussehen wie die Scheibe einer Wursttheke nach dem Besuch einer erkälteten Großfamilie. Wie er das hasste: Fingerschlieren an Weingläsern.

»Wie peinlich ist das denn, dass wir sämtliche Freunde nachts anrufen müssen, um zu erfahren, wo unsere Kinder sind. Das ist so asozial!« Ihr Schluchzen wurde durch das Weinen ins große Weinglas skurril gedämpft.

»Jetzt mach mal halblang, Maike. Das kommt in den besten Familien vor. Spätestens in drei Wochen ist bei Kilago alles wieder im Lot, und dann widme ich mich wieder mehr unserer Familie – versprochen, Liebling.«

»Pah!«, entgegnete Maike, »das kenn ich, dein Kümmern.«

Carlo nahm sie in den Arm und küsste die Tränen von ihren verschmierten Wangen.

Dingdong!

»Hallo, Papa.« Matthies stand blässlich und kleinlaut in der Haustür.

»*Home sweet home.* Lieber spät als gar nicht. Komm nur rein, Matthies. Wo ist deine Schwester?«

»Noch im Taxi«, sagte Matthies und drückte sich eilig an seinem Vater vorbei.

»Ich muss ja dann wohl noch zahlen, junger Mann, oder hast du das schon übernommen?«

»Nimm lieber gleich Eimer und Lappen mit, der Taxifahrer ist stinksauer.«

13

»Sind Sie Polizist?«, fragte Rüdiger Wengler.

»Nein. Wieso?«, fragte Carlo zurück.

Er richtete den Strahl des Gartenschlauchs auf die Rosen, die sein Vorbesitzer noch gepflanzt hatte.

»So wie Sie hier wässern, sieht das aus, als verteidigten Sie einen Castortransport mit dem Wasserwerfer. Sie gärtnern noch nicht lange, oder?«

»Richtig. Ich habe sonst nur ein paar Orchideen im Büro. Und die gießt meine Sekretärin. In der Tat, ich habe keine Ahnung. Bin aber lernwillig.«

»Dann drehen Sie doch mal ein bisschen vorne am Ventil.«

Der Wasserstrahl veränderte sich von »Brandeinsatz« in Richtung »sanfter Regen«.

»Ah, schön«, rief Carlo erfreut.

Die beiden setzten sich auf die frisch gelieferte *Sitting-Bull*-Hollywoodschaukel.

»Viel geschafft habe ich ja noch nicht«, sagte Carlo, »ich bin aber jetzt schon schlagskaputt. Das kenne ich so gar nicht von mir.«

Rüdiger Wengler wippte entspannt mit dem Fuß und nahm das von Carlo gereichte kühle Fläschchen, diesmal ein lokales Gebräu, entgegen.

»Wenn du müde bist, dann ruh dich aus. Wenn du isst, dann iss. Wenn du gehst, dann geh.«

»Ja, ja, klar«, entgegnete Rümmel, »das ist die schöne Theorie. Da müsste ich mich in der Praxis ja permanent ausruhen. Erklären Sie das mal meinem Chef. Ich bin in der Immobilienbranche, in der das Konzept Ausruhen gar nicht existiert. Gemietet wird schließlich immer!«, lachte Rümmel.

Eine dicke Hummel summte gemächlich um Carlos Flaschenhals.

Das leichte Schaukeln machte ihn noch dösiger, als er ohnehin schon war. Carlo und Rüdiger versanken in den weichen Polstern der Schaukel. Die Knie der beiden Männer berührten sich zwangsläufig. Normalerweise hätte Carlo seines längst zurückgezogen. Nun saß er aber so entspannt, dass er dem Impuls nicht nachgab. Sollten die Knie doch liegen, wo sie wollen, gerade war ihm alles egal. Aber komisch war die Situation schon. Da lungert er nun herum, auf üppigen Kissen, auf Tuchfühlung mit einem älteren Mann. Gestern noch wäre er schreiend davongerannt!

Er erlebte hier eine Facette seines Charakters, die seit Jahrzehnten in seinem Seelenkeller angekettet gewesen sein musste. Der zahme Carlo!

Obwohl er diesen Wengler erst seit vier Tagen kannte, spürte er ihm gegenüber sogar eine seltsame Art von Freundschaft. Vielleicht, weil ihn dieser Kauz ausdrücklich ermunterte, sich in seiner Gegenwart nicht ständig beweisen zu müssen.

Die Hummel ließ sich auf dem Rand seiner Flasche nieder. Von Ferne erklang das Abendgeläut der St. Jakobskirche. Carlo fühlte sich zurückversetzt in die Zeit der wunderbar entspannten Nachmittage, die er mit seinem Opa Karl verbracht hatte. Er dachte ans Rosenschneiden und Kakaotrinken in Oma Käthchens Küche. Es wallte in ihm ein Glücksgefühl hoch, das er so seit seiner Kindheit nicht mehr gekannt – und mittlerweile längst vergessen hatte.

»Ist das herrlich«, murmelte Carlo mit halbgeschlossenen Augen.

Wwt-wwt-wwt machte das Handy in seiner Hosentasche. Vibrationsalarm. Er kümmerte sich nicht darum. Sollte Elvira sich wundbrummen. Jetzt nicht! Wenn du müde bist, ruh dich aus, hatte Wengler gesagt. Und er *war* müde. Sogar sehr!

»Hallo, Rüdiger!«

Die beiden Männer schreckten hoch. Sie hatten gar nicht bemerkt, dass Nele den Gartenweg hochgekommen war.

»Dienstag. Zeit für *Zazen*!«, rief sie, wobei sie die beiden »z's« wie ein weiches »s« aussprach: *Sasénn*.

Sie hatte eines der Kissen dabei, das Carlo schon in Wenglers Häuschen gesehen hatte. »Macht der da mit?«, fragte sie und warf ihren Kopf in Carlos Richtung, dass ihr Irokese nur so schwankte.

»*Der* hat auch einen Namen«, sagte Carlo, immer noch ein wenig matt.

»Carlo«, sagte Rüdiger, »so heißt unser neuer Nachbar.« Er erhob sich.

»Weiß ich doch«, entgegnete Nele, »der hat uns doch schon mal gestört. Ich hoffe, du schickst ihn jetzt weg. Time to go, Carlito.«

»Nele!«, sagte Rüdiger tadelnd. »Jeder ist in unserer Karawane willkommen, auch wenn er schon tausend Schwüre gebrochen hat.«

Nele sagte nichts, obwohl diese Weisheit des muslimischen Dichters Rumi doch eigentlich immer schon ihr Lieblingsspruch gewesen war. So wie es aussah, musste sie es aushalten, dass der Neue mit ihnen *Zazen* ausprobierte.

14

Carlo spürte Neles Nähe. Obwohl sie vollkommen reglos neben ihm saß. Kerzengerade blickte sie mit halboffenen Augen gegen die Wand. Carlo sollte, so hatte Rüdiger ihn angewiesen, dasselbe tun. Stattdessen schielte er dauernd zu Nele hinüber. Die Haut an ihrem Hals schimmerte samten. An ihrem Nacken bemerkte er im Gegenlicht einen leichten blonden Flaum. Hätte er sie nicht vor fünf Minuten reden hören, würde er glauben, sie sei eine perfekt in Stein gemeißelte vedische Göttin. Wann konnte man eine Frau schon mal so in Ruhe beobachten? Normalerweise nur, wenn sie schlief.

Das tat sie aber nicht.

Ohne sich zu bewegen, zischte sie plötzlich: »Nicht glotzen!« Da saßen sie nun, die drei, nebeneinander, etwa dreißig Zentimeter vor dem Rauputz.

In Rüdiger Wenglers perfektem japanischen Meditationsraum. Eine Oase der Stille. Auf der Fensterbank brannten Kerzen. Räucherstäbchen verbreiteten einen süßlichen Duft.

Seit fünf Minuten saß Carlo nun auf den Knien. Eine Ewigkeit! Die Wandstruktur erwachte zum Leben. Das erste Anzeichen, dass sein Hirn sich zu langweilen begann. Genau, wie Rüdiger es prophezeit hatte. Reißende Tiger, Dämonen, auch weibliche Rundungen, wechselten sich vor seinen Augen ab und tänzelten auf dem flirrenden Weiß. Nicht uninteressant. Wenn das Zen ist, brauche ich keine Internetseiten mehr, dachte er.

»Die Augen lassen wir offen, damit mir hier keiner einschläft«, hatte Rüdiger ihm erklärt. »Eine Meditation ist eben kein Mittagsschläfchen. Und wir versuchen auch, uns eine halbe Stunde mal gar nicht zu bewegen. Selbst wenn es wehtut.«

Carlos linkes Knie schmerzte aber schon nach zehn Minuten höllisch. Zum vierten Mal hatte er bereits sein Gewicht verlagert, was aufgrund des Kirschkernkissens nicht unbemerkt blieb.

»Schüühhht!«, kam es aus Rüdigers Ecke, beantwortet mit einem leisen »Aua« Carlos.

Nele atmete hörbar genervt aus.

Wwt-wwt-wwt vibrierte es wieder in Carlos Hose. Gut, dass er wenigstens den Klingelton abgestellt hatte. Die AC/DC-Nummer wäre hier jetzt bestimmt nicht so super angekommen.

»Also, jetzt echt Ruhe mal!«, zischte Nele. »Mach dieses Scheißding aus. Vierzig Minuten mal den Ball flach halten, ist doch wirklich nicht zuviel verlangt. Du armer Workaholic!«

Carlo widmete sich wieder seinem Tapetenfilm. Eigentlich bescheuert, dachte er. Warum hocke ich hier wie ein Kater auf dem Kissen? Nur, um der kleinen Punkerin zu beweisen, dass ich auch als alter Sack für alles offen bin?

Ein Blödsinn, den er wahrscheinlich mit tagelangen Durchblutungsstörungen bezahlen würde. Die alte Falle: jung und hübsch, und er machte sich gleich zum Trottel. Obwohl er hier seine Hauptwaffe, das flapsige Großmaul, überhaupt nicht ausfahren konnte. Er hatte sich ja eigentlich nur aus einer erotischen Laune heraus breitschlagen lassen, bei der Meditation mitzumachen. Atemzüge zählen! Schöne Erleuchtung ist das, wenn einem die Kniescheibe dabei herausspringt.

Er versuchte sich vorzustellen, wie er all das der hyperaktiven Elvira erklärte.

»Also, liebe Elvira, ich setze mich in ein Gartenhäuschen neben eine achselbehaarte Punkerin, deren senile Oma uns mit ihrer Verweigerungshaltung das Geschäft versaut. Wir sind praktisch schon auf dem Fußboden, und ich mache eine geschlagene halbe Stunde, nein, nicht Petting oder so was, sondern: rein gar nichts!«

Undenkbar!

Atemzählen!

1 … *pfffff*. 2 … *pffff* …3 … *pffff* …kommt Maike heute wieder nicht nach Hause – ob sie wohl ihrem Chef für die Karriere zu Diensten sein muss, wie die Elvira dem Dieter … *pffff* … Nicht denken! Nur zählen, nur zählen: 1 … *pfffff*. 2 … *pffff* … 3 … *pffff* … Patchouli. Nele riecht nach Patchouli! Wie damals Steffi bei »Rock am Ring«. 1 … *pfffff*. 2 … *pffff* … 3 … *pffff* … Ich muss wirklich mal den Weinkeller auffüllen …*pffff* …ruhig Carlo, ruhig …Wie machen

die das eigentlich im Winter, hat diese Hütte überhaupt eine Heizung … 1 … *pfffff* … 2 … *pfffff* … 3 … *pfffff* …

Wie lange eine halbe Stunde sein konnte! Und was man alles in dieser Zeit gedanklich abarbeiten konnte!

Gong … gong …

Wengler schlug die große Klangschale. Das Signal für das Ende der Runde. Dann erhob er sich schweigend und verbeugte sich vor der Wand wie vor einem Freund. Na, kennengelernt haben sich die beiden ja jetzt, dachte Carlo. Er selbst blieb sitzen. Er konnte nicht anders: beide Beine waren eingeschlafen. Nele reichte ihm ihre Hand, um ihm aufzuhelfen. Er fühlte ihre unerwartete Kraft, als er sich mühevoll aufrappelte. Langsam fingen seine Beine an zu kribbeln. Ah, jetzt kam das Blut zurück. Gleich würde es besser werden.

»Und?«, fragte Wengler, während er sein Kissen in den Schrank räumte.

»Nichts!«, erwiderte Carlo und zuckte mit den Schultern.

»Gut! Dann bist du auf dem richtigen Weg. Den ersten Schritt bist du jetzt gegangen, auch wenn du nichts gespürt hast. Noch nicht einmal die Knie?«

»Wenn diese Knieschmerzen das *Nichts* sind, dann sehne ich mich nach dem *gar Nichts*! Wie oft soll ich das jetzt bis zum Nirwana machen?«

Wengler blies die Kerzen aus. »Keiner weiß das. Ich empfehle täglich – und wenn es dir passt, einmal in der Woche hier mit mir.«

»Gerne.« Carlo lächelte gequält, rieb sich die Cordhose, angelte sein Handy aus der rechten Tasche und schaute unter den entgangenen Anrufe nach. Elvira. Neunmal.

15

»Hallo, wo seid ihr denn alle?« Maike Rümmel ließ ihre Tasche fallen und warf den Haustürschlüssel in die Schlüsselschüssel. Die Wohnung lag wie ausgestorben vor ihr. »Hallööchen! Kuckuck?«

Ihre Familie hatte anscheinend plötzlich fliehen müssen. Wie in einem amerikanischen Horrorfilm! Was war hier los? *Die Nacht der lebenden Toten* im Tannenweg?

Maike ging vorsichtig in Richtung Küchenbar. Sie fühlte ihren Herzschlag. Im Pizzakarton schwitzte noch ein Stück Salamipizza. Mit der Fingerspitze stellte sie fest, dass es noch lauwarm war. Keine Frage: Aufbruch in Panik!

»Undine? Matthies?«, rief sie jetzt halblaut.

»Hört auf, euch zu verstecken? Das macht mir Angst!« Zum Glück war es draußen noch einigermaßen hell. Wo waren sie nur? Vielleicht bei Dakota und Finn nebenan?

Die Kellertür stand offen. Maike ging auf Zehenspitzen zurück an die Garderobe und angelte sich ihr Pfefferspray aus der Handtasche. Die Kellertreppe war hell erleuchtet, es war mucksmäuschenstill im Haus. Ihr kamen die Bilder der letzten XY-Fernsehsendung im ZDF in den Sinn, in der eine Geschäftsfrau ihres Alters die Leichenteile ihrer Familie in der Tiefkühltruhe gefunden hatte.

Maike fasste sich ein Herz und schlich hinunter. Ein Blick nach rechts: auch im alten Tobezimmer der Kinder niemand! Der Weinkeller: menschenleer.

Doch da! *Wwwt-wwwt-wwwt*! Stark gedämpft, aber unverkennbar: Carlos Vibrationsalarm! Jetzt packte sie wirklich die Angst. Lagen die drei am Ende leblos hinter dem Wäschetrockner? Sie sah schon, wie der Gerichtsmediziner sein Telefon mit weißen Plastikhandschuhen aus der Hosentasche zog.

»Carlo? Hör auf mit dem Scheiß!« Das Pfefferspray in ihrer Hand zitterte wie ihre Stimme. Vorsichtig bog sie um die Ecke zum Bügelzimmer. Sie erschrak. Ihr Mann und die zwei Kinder saßen im Schneidersitz vor der Wand. Wie drei abgestellte Staubsauger!

Absolut still. Kein Hüsteln, kein Kichern. Kein Hallo. Nichts.

»Kinder, alles okay?«, fragte sie wie eine, die Angst hat, eine Horde Zombies zu wecken.

»Was ist mit euch?«, flüsterte sie und kniete sich neben ihren Sohn. Matthies pochende Halsschlagader signalisierte zumindest, dass er am Leben war. Sollte sie den Notarzt rufen? Wie war nochmal die Nummer? 110 oder 112?

Ihr Mann saß auf einem runden Kissen. Links und rechts von ihm Matthies und Undine, eingezwängt zwischen Waschpulver und Dreckwäsche. Und beide mit dem Hintern auf gestapelten Wolldecken.

Plötzlich prustete Matthies los. Undine kiekste. Auch Carlo konnte nicht mehr an sich halten. Alle drei brüllten jetzt vor Lachen.

»Was macht ihr hier?«, schrie Maike.

»Beruhige dich, Mama, Papa zeigt uns nur was total Abgefahrenes. Das hat er heute in seinem Job gelernt.« Matthies schaute seinen Vater amüsiert an. »*Extreme chilling*. Geil! Das poste ich bei Schüler-vz.«

»Zen heißt das, du Spasti!« Undine schubste ihren Bruder von der Wolldecke.

»Zen? Ich kriege hier fast einen Herzinfarkt, und ihr sitzt im Keller in der feuchten Ecke. Macht das doch wenigstens oben auf dem Sofa!«

»Mama!«, sagte Undine indigniert. »Für Zen muss man auf den Boden und braucht ein freies Stück weiße Wand. Das haben wir oben nicht. Da ist doch alles von dir zudekoriert. Und da meinte Papa eben: Hey, gehen wir doch in den Keller!«

»Zen braucht Einfachheit. Leere. Kein Nippes«, ergänzte Carlo.

»Aha! Interessant. Ein bisschen also wie in meinem Yogakurs, über den ihr euch jahrelang lustig gemacht habt. Aber wenn ihr schon in den Keller müsst, könntet ihr euch mal um den Berg Bügelwäsche kümmern. Anstatt daneben nur den toten Mann zu mimen. Und noch was: Meine antiken Silberrahmen sind kein Nippes. Das sind Erinnerungen. So! Ich brauche jetzt keine Stille, sondern was zu trinken. Mein Zen gluckert beim Eingießen. Bombay-Gin auf Eis.«

»Das ist übrigens eine Anhaftung, liebe Maike, diese Trinkerei«, bemerkte Carlo spöttisch. »Davon musst du dich befreien, wenn du erleuchtet werden willst. Mein Schrebernachbar kennt sich da bestens aus.«

»Musst *du* gerade sagen!«, erwiderte Maike spitz. »Wenn ich Erleuchtung suche, schalte ich die Deckenlampe an. Und wenn einer am Alk anhaftet, dann doch wohl eher du! Ich sage nur: vierundzwanzig Flaschen in der Hausbar.«

»Fünfundzwanzig, um genau zu sein«, schob Carlo nach. Und zu den Kindern sagte er: »So, ihr Mini-Mönche, jetzt aber ab ins Bett – Liegemeditation.«

Maike und Carlo saßen Arm in Arm auf dem weißen Ledersofa und schauten in den beleuchteten Garten. In Maikes Glas klimperte Eis. Carlo schenkte sich einen Rotwein ein.

»Na, Meditation allein reicht wohl nicht«, neckte ihn Maike. »Aber im Ernst, Carlo, ich finde schon, dass du angenehm anders bist, wenn du von diesem – wie heißt er noch – Rüdiger kommst. Irgendwie scheinst du uns dann mehr wahrzunehmen. Mehr Familiensinn. Das tut uns allen gut. Behalte das bei, wenn du mit den armen Gärtnern fertig bist. Sag mal, wie verträgt sich eigentlich diese positive Entwicklung mit deinem knallharten und oft auch menschenverachtenden Job?«

»Ach, da kann ich gut die Grenzen ziehen. Zen ist das eine, Lebensunterhalt das andere.«

»Und das lässt sich trennen? Typisch Mann! Bedeutet Zen nicht, ganzheitlich zu leben?«

»Keine Ahnung, ich mach das ja noch nicht so lange. Ich frag mal Rüdiger, wie er das so händelt. Eines hab ich immerhin schon gelernt: Es gibt auf jedes Problem eine Antwort.«

»Na, schön. Wenn Zen hilft, darfst du meinetwegen jeden Abend im Wäschekeller zu dir finden.« Maike lachte. »Die Chinesen – oder machen das die Japaner, das Zen? -, die sollen doch auch so gut im Bett sein. Von wegen Ausdauer und so. Du kennst doch den Spruch von Jack Nicholson in *Chinatown ...*«

»Ja, ja«, erwiderte Carlo irritiert, »du fickst wie ein Chinese, als der laufend Pause macht und zwischendurch eine rauchen geht.« Er angelte nach der Fernbedienung. Sollte er etwa wieder mit dem Rauchen anfangen?

»Jetzt erzähl aber nicht jedem, dass ich meditiere, ja? Sonst nimmt mich bei Kilago keiner mehr ernst.«

16

»Sie sind nicht erreichbar! Sie rufen nicht zurück!« Brausewang brüllte fast. »Sie kommen in mein Büro mit dreckigen Fingernägeln und Schuhen, wie ein Penner! Rümmel! Was ist bloß los mit Ihnen?«

Carlo Rümmel funkelte Elvira über den langen Ebenholztisch hin an. Sie wich seinem Blick aus. In seinen Gartenklamotten war er noch nicht einmal gleich von Pförtner Matze erkannt worden, nachdem er von Elvira mit der SMS *Sofort kommen! Brausewang tobt!* ins Büro zitiert worden war.

»Ich verstehe die ganze Aufregung nicht. Wird hier denn gar nichts mehr kommuniziert?«, fragte Carlo leicht gereizt.

»Sie kümmern sich um *Dreamland*. Gut. Aber warum tragen Sie dann diese hässlichen Gummilatschen?«, erwiderte Brausewang. »Rümmel, es ist Ihnen ja nicht ganz unbekannt, dass wir unternehmerisch an der amerikanischen Nabelschnur hängen. Ich muss regelmäßig in die Staaten Meldung über unsere aktuelle Verkaufszahlen machen. Ich befürchte, dass Sie an der Rosenschneiderei übermäßig Gefallen finden. Verstehen Sie das?«

»Ja, ja!« Rümmel sprang auf. Er lief hin und her und hinterließ dabei, ohne es zu merken, kleine Erdspuren im makellosen *Kilago-Corporate-Design*-Teppich. »Sie kennen mich, Herr Brausewang. Wenn ich etwas mache, dann nur tausendprozentig. Ich bin Tag und Nacht dran! An der Basis! Ich gehe rein in die Sache, in müffeligen Gummistiefeln, hinein in die Beete. Sonst wecke ich das Misstrauen unserer renitenten Schrebergärtner. Und natürlich schalte ich dabei mein Handy aus! Um mich einzufügen! Ich habe eine ganze Reihe wichtiger Kontakte, höre das Gras wachsen. Und dazu bin ich eben gezwungen, den ganzen Tag mit Leuten zu verbringen, mit denen *Sie* noch nicht einmal den Arbeitstisch im ICE-Großraumabteil teilen würden. Spießer, Punker. Das ganze Programm. Und dann muss ich mir noch den Bienenstich einer Greisin reinwürgen, von der ich nicht weiß, ob sie sich regelmäßig die Hände wäscht und ob sie Hagelzucker von einem Schädlingsbekämpfungsmittel unterscheiden kann!«

Rümmel musste innerlich kurz über diesen Einfall lachen. Das hatte Oma Veigele wirklich nicht verdient! Aber außergewöhnliche Umstände erforderten nun einmal außergewöhnliche Maßnahmen. Auch einen kleinen Verrat an einer völlig unbescholtenen guten Seele, die sich die Hände sicherlich öfter wusch als mancher die Füße.

»Das alles habe ich im übrigen Kollegin McFarlane schon x-mal erklärt!«, schob er nach.

Dabei schaute er die Angesprochene noch einmal durchdringend an.

»Schon gut, schon gut. Beruhigen Sie sich!« Brausewang spielte mit seiner leeren Espressotassse. »Ich kann mir das halt nicht so richtig vorstellen, wie das ist – mit diesen *Lo-*

sern da im Beet. Aber trotzdem, Rümmel! Kommen Sie denn wenigstens weiter? Lohnt sich der ganze Aufwand?«

Carlo drückte seinen Rücken durch: »Der Durchbruch ist nah.«

»Wann?«, sagte Brausewang. »Wann unterschreibt der letzte Waldschrat?«

»In drei Wochen«, versprach Rümmel, »habe ich die Sache durch. Keine Probleme, keine Schäden, keine schlechte Presse. Nur kann ich euch bis dahin nicht laufend auf dem Schoß sitzen. Sorry!«

Er machte eine Art militärischen Gruß, stand auf und verließ den Konferenzsaal.

17

Helfried stellte die gerippten Apfelweingläser auf den Holztisch und schenkte eine trübe Flüssigkeit aus dem Bembel ein. Dabei zwinkerte er in die Runde und sagte: »Lasst es euch schmecken, Freunde! Aber Vorsicht, es hat ein paar Umdrehungen mehr in diesem Jahr.« Er lachte und ging weiter zum Nachbartisch. Bender schaute Rümmel durchdringend an: »Vorsicht mit dem Zeug, der pimpt des mit Calvados, nach drei Gläsern biste reif für die Fall. Und dann Halleluja uff em Klo.«

Na, dann wäre das ja was für meine Frau, dachte Rümmel und nippte an dem Stöffche. Jedenfalls war es leichter zu schlucken als die fiesen Trockenpflaumen, die Maike immer aß.

Bender wischte sich die Mundwinkel mit dem Hemdsärmel ab und blickte zu Carlo: »Bring se doch emal mit, die Fraa.«

»Geht leider nicht, sie hat tagsüber wenig Zeit, weil sie gerade eine neue Stelle angefangen hat. Aber unsere Kinder lassen sich bestimmt mal blicken.«

»Wie alt sin se dann?«

»Vierzehn und zwölf.«

Ein leichtes Lüftchen kam auf. Der Himmel über dem Stoltze-Gartenlokal zog sich zu. Die bunten Lichterketten schaukelten im Wind, und die Schritte der Gäste knirschten angenehm auf dem Kies. Andrea Berg sang *Du hast mich tausend Mal betrogen.*

Auf den ersten Blick wirkte das Saison-Eröffnungsfest fröhlich wie immer. Doch in diesem Jahr war alles anders. Es schwebten nicht nur die Regenwolken bedrohlich über der Idylle, sondern auch die verlockenden Kaufangebote Kilagos.

Am Eingang des Gartenlokals lümmelten sich Neles Freunde im Gras. Sie schmuste auffällig intensiv mit Adil, ihrem momentanen Favoriten. Rümmel hatte Mühe, nicht dauernd in ihre Richtung zu starren.

Oma Veigele saß zusammengesunken auf ihrem Gartenstühlchen. Die rote Samthandtasche schlief auf ihrem Schoß.

»Jetzt mach doch emal halblang, Oma, du kennst doch dem Helfried sei Mischung werklich am längste von uns allen. Trink lieber mal e Wasser zwischedorch.« Bender setzte sie in ihrem Stuhl wieder auf.

»Ach, Bruno, alles hat einmal ein Ende«, erwiderte sie matt. »Ich genieße meinen letzten Sommer hier mit euch.«

»Ach, Omachen! Du wirst uns alle noch überleben«, rief Nele aus Adils Armen zu ihr rüber.

Bender streckte sich und rief, für alle hörbar: »Mir werrn doch dein Stoltze, da wo du deheim bist, net ans Messer liefern«, und dabei legte er seine Hand auf ihre Schulter. Dabei blickte er intensiv in Richtung des Meuser-Clans, der sich täglich zu vermehren schien. Und von dem er genau wusste, dass diesen Leuten die Mühen einer Gartenanlage eigentlich zuwider waren. Für Leute wie sie war das Kilago-Angebot perfekt. Die beste Gelegenheit, den geerbten Kleingarten zu vergolden. Bender wusste, dass es für viele andere auch ein reizvoller Gedanke war, ihren Kleingarten für viel Geld zu verkaufen und am anderen Ende der Stadt als Pächter für 200 Euro im Jahr die gleichen Bohnen zu ernten. Durchaus verlockend! Gott sei Dank wusste Bender einen harten Kern von Verweigerern um sich, auf die er sich hundertprozentig verlassen konnte. Mit ihnen lohnte sich der Widerstand tatsächlich, denn da sie ja nicht enteignet werden konnten, klappte der Verkauf nur, wenn *alle* gingen. Und dazu mussten sie zumindest ihn, Bender, erschießen.

Nur Rüdiger Wengler mit seiner Weichei-Philosophie war ein unsicherer Kantonist. Und was Rümmel hier wollte? Dubios. Wahrscheinlich hatte er die Parzelle den Erben vom alten Horst, dem Vorbesitzer, abgequatscht und wartete nun auf den Spekulationsgewinn. Nur: Warum machte er sich dann noch die Mühe, ahnungslos durch die Rabatten zu stolpern? Er könnte doch in aller Ruhe am anderen Ende der Stadt das Ende abwarten.

Aber da hatte Rümmel sich in den Finger geschnitten. Es würde kein Ende des Stoltze geben. Die Fußballweltmeisterschaft in Katar würden sie alle noch mit ihren Enkeln hier erleben!

Zu Rümmel gewandt, fragte er: »Wo stehsten du eigentlich?«

»Wieso fragst du das gerade jetzt an diesem schönen Abend?«, gab Rümmel betont harmlos zurück und stellte sein zweites Geripptes ab.

»Schluss mit der Heimlichtuerei. Du musst jetzt langsam mal Farb bekenne. Dein Neulingsbonus zählt net mehr. Also: willste jetzt mitmische, odder war des alles nur e Stippvisit an de frisch Luft?«

»Mensch, Bruno«, sagte Rümmel in einem schon gekonnt sozialpädagogischen Tonfall. »Lass mal den stressigen Unterton. Wer weiß schon, was nächstes Jahr ist?«

Bender stützte beide Hände auf die Holzplatte, beugte sich zu Rümmel vor und sagte salbungsvoll: »Du reddst schon wie unser Garteghandi.« Dann hob er die linke Hand und machte ein *Peace*-Zeichen: »Alles ist im Fluss, du ...«, um dann loszubrüllen, »ich bin abber kein Scheiß-Yogi. Ich brauch Gewissheit. Ich will jetzt wisse, verkaufst du, oder verkaufste net, Carlo Rümmel?«

An den anderen Tischen war es plötzlich still geworden. Alle wussten, worum es ging. Sogar die Meuser-Mädchen waren mal für zehn Sekunden ruhig. Nur die Älteste rief: »Wir verkaufen! Dann bekomme ich endlich das Prinzessin-Lilifee-Fahrrad«, wurde aber von ihrer Mutter hastig in die Schranken verwiesen.

Bruno Benders Stimme schnitt durch die Stille der Frühsommernacht: »Ja, ja, ihr verkauft natürlich. Ich könnt kotze!« Rüdiger versuchte ihn zu beschwichtigen. Bruno stieß ihn von sich. »Is doch wahr!«, schrie er. »Schluss jetzt mit dem verdammte Hin und Her. Den Geldsege könnt ihr euch abschminke. Ich spuck euch allen in die

Supp. Ich verkauf net. Un mit mir bleibe aach noch de Müller un de Wagner! Aach dene is e Stick Heimat lieber als de ganze Reibach.«

Aus Oma Veigeles Ecke drang ein leises Schluchzen. Nele eilte zu ihr. »Oma! Beruhige dich, du kennst doch unseren Blockwart.«

»Arschloch«, zischte Nele Bender zu, als sie ihre Großmutter ins Gartenhäuschen brachte. Angesichts ihrer fünf kräftig gebauten autonomen Freunde, die auf der Wiese ihr Flaschenbier tranken, verzichtete Bruno Bender darauf, Nele zurechtzuweisen.

18

»Mama, Mama!« Undine rüttelte sanft Maikes Rücken. Sie schreckte hoch. »Ja, was?« stammelte sie und blickte in das müde Gesicht ihrer Ältesten. »Warum bist du noch nicht im Bett? Morgen ist doch Schule. Es ist bestimmt schon weit nach Mitternacht.«

»Ich war kurz auf dem Klo und sah euch hier bewusstlos rumliegen. Ist was? Betrunken riecht ihr echt eklig.«

Carlo erhob sich grummelnd, über sein Gesicht lief der Abdruck einer Sofakissennaht. Er und Maike hatten sich nach einem langen Tag erneut ein Gläschen vor dem Fernseher gegönnt. Dort liefen jetzt die Sportclips mit den sexy Frauen, die sich in kanariengelben Bikinis im Einlochen übten. Promillemäßig waren Maike und er schnell auf Augenhöhe gewesen. Er hatte ja mit Helfrieds Stöffchen schon vorgeglüht. Gott sei Dank war Maike für Sex dann zu müde gewesen. Wer weiß, wie Undine sie beide sonst angetroffen hätte!

Hatten sie ihr Familienleben noch unter Kontrolle? Demnächst würden sie noch vergessen, die Kinder aus dem Feriencamp abzuholen. Carlo nahm sich vor, sich mehr um sie zu kümmern. Warum sollte er die beiden am Wochenende nicht mal mit ins Stoltze nehmen? Etwas mehr Nähe zur Natur würde ihnen nicht schaden. Vielleicht erführe er dann eher, was in seinem eigenen Fleisch und Blut so vorging. Und für seine Tarnung könnte es auch nicht schaden.

»Oh Gott, es ist schon halb zwei. Um neun habe ich das erste Meeting. Ich sehne mich so nach Ausschlafen, Carlo. Unser abendlicher Schlummertrunk muss ein Ende haben. Ich sehe morgen bestimmt wieder wie ein Schiffswrack in Pearl Harbour aus. Oh, ist mir schlecht …«, Maike rannte mit der Hand vor dem Mund Richtung Spülbecken.

»Ich habe dir doch eben erst die teure Schminkpalette geschenkt, damit muss man es doch irgendwie übertünchen können«, rief Carlo ihr hinterher.

Maike wischte sich den Mund mit dem karierten Küchenhandtuch ab und spülte mit kaltem Wasser nach: »Sehr witzig! Besonders dann, wenn man neben der neuen Praktikantin sitzen muss, die immer und überall spitze aussieht. So eine, die vom Vögeln noch richtig aufblüht – und dann auch noch pünktlich und frisch wie ein junger Pfirsich in der Agentur aufschlägt, während ich mir mit naiver Bauernmalerei die Visage aufbrezeln muss. Ich werde älter, Carlo, das ist nicht leicht.«

Carlo musste lachen. Er versuchte sich zu merken, welches Tuch Maike gerade benutzt hatte, damit er morgen damit nicht seine Espressotassse abtrocknete. Gleichzeitig versuchte er sich Maikes Praktikantin vorzustellen. Sofort kam ihm Nele in den Sinn. Wie sie wohl aussah, wenn sie nach dem Sex aufblühte? Er verdrängte den Gedanken, und steckte seine rechte Hand in die Hosentasche, um seine aufkeimende Erektion vor seiner Tochter zu verstecken.

»Komm mal her! Nimm das alles nicht so tragisch. Ich liebe dich so, wie du bist. Nur, wisch dir den Mund bitte nicht am Geschirrtuch ab, das finde ich widerlich.«

Maike schleppte sich die Treppe hinauf und murmelte Carlo müde zu: »Ist doch jetzt auch egal. Am Ende kommt alles in die Wäsche.«

Undine sagte noch: »Sind andere Eltern eigentlich auch wie ihr? Tagsüber nie da und abends hackedicht? Also, ich heirate nicht!«

»Das wäre aber schade, ich finde es nämlich schön, verheiratet zu sein, besonders mit einer tollen Frau wie deiner Mutter.«

»Oh, du mein süßer Kater Carlo«, rief Maike schwach vom ersten Stock. Und bestimmter: »Jetzt ist aber Schluss.«

19

Brausewang pampte Dagmar Nörk an: »Für mich doch kein Zimtherz auf den Kaffee! Wie oft muss ich Ihnen das noch sagen? Konzentrieren Sie sich!«

Nörk zog erschrocken das Tablett vom Schreibtisch des Chefs zurück und floh damit Richtung Konferenztür. Wie konnte man nur keinen Zimt mögen! Außerdem war es gar keiner. Sondern dieses herrliche arabische Kaffeegewürz, das Brausewang eigentlich mochte, wenn alles gut lief. Wenn die Zahlen schwarz waren. So schwarz wie die billige Filterbrühe, die sie ihm ab morgen servieren würde. Basta! Als sie die Tür hinter sich geschlossen hatte, schaute Brausewang ein wenig schuldbewusst in die Runde: »Sorry, aber ich habe es ihr bereits dreitausend Mal gesagt: Zimt ist für Rümmel!«

Elvira übergab ihm die neueste Ausgabe der Frankfurter Neuen Presse.

Nachdem er einige Zeilen gelesen hatte, zischte er leise durch seine Implantate: »Scheiße.« Dann zitierte er bruchstückhaft: »Die ältesten Platanen – grüne Lunge droht Zerstörung – hässliches Einkaufszentrum – alte Dame in Angst und Schrecken – gewerbesteuergierige Stadt. Und Kilago: Natürlich die Krake! Wer ist dieser Schmierfink?« Er suchte nach dem Namenskürzel: »hf«.

»Der Hoffe ist das«, sagte Elvira, wie aus der Pistole geschossen.

»Nein … nicht der Hoffe!«, stöhnte Brausewang. »Ist das nicht dieser gestrige Vorstadtrevoluzzer? Der uns doch fast die Nummer mit dem Spaßbad verhagelt hat. Und jetzt drückt er auf die Tränendrüse mit der alten Dame, dieser Witwenschüttler. Wer hat den bloß von der Leine gelassen? Das wirkt auf Investoren wie Weihwasser auf den Beelzebub!«

Brausewang lehnte sich zurück, ballte seine Fäuste und fragte gereizt: »Ist Rümmel dort noch der richtige Mann?«

Elvira zog fragend die Augenbrauen hoch und schwieg. Müller vom Controlling lächelte. Er hatte Rümmel ja schon immer für eine Mischung aus Luftpumpe und Glückspilz gehalten. Und diese Einschätzung auch gerne bei jeder Betriebsfeier offen ausgesprochen. Das Stoltze würde nun endlich Rümmels wohlverdientes Armageddon sein! Müller sagte beinahe unhörbar: »Wir müssten diese Oma endlich auf unsere Seite ziehen …«

20

Carlo wunderte sich, dass er Wenglers Ruf schon wieder gefolgt war. Die Wand, an die er starrte, war so weiß wie immer. Er hatte sogar gelernt, das Handy auszuschalten, wenn Rüdiger die Tempelglocke schlug. Unglaublich. Dann diese Stille! Durch nichts gestört zu werden – außer durch Neles zarten Duft, den sie neben ihm verströmte. Er durfte die Augen nicht schließen. Sonst sähe er sich unweigerlich mit ihr am Strand. Mangelhaft bekleidet und garantiert unter Nichteinhaltung des üblichen Wohlfühlabstands. Sex on the Beach.

Erschrocken rief er sich innerlich zur Ordnung – und zurück in das monotone Zählen seiner Atemzüge. Es fiel ihm aber schwer, die Bilder zu verbannen. Mittlerweile wusste er aber: Warten half. Ab Minute dreißig würde Ruhe einkehren. Eine Ruhe, auf die er sich dank Rüdiger Wengler mittlerweile zu freuen gelernt hatte. Trotz der schmerzenden Knie. Im *Zendo* vergaß er sogar, dass die Kilago-Deadline in zwei Wochen überschritten würde. Er fühlte einen kurzen Stich: keine Ergebnisse. Und er hockte hier wie ein bekiffter Raver in der *Chillout-Zone*.

Gong-gong: Die drei erhoben sich und verbeugten sich voreinander. Rüdiger rezitierte den Zen-Abendgruß: »Bedenke: Es geht immer um Leben und Tod. Darum sei achtsam, was immer du tust. Sei nie nachlässig, immer aufmerksam. Mögen alle Lebewesen glücklich sein.«

Carlo kannte das nun schon. Nach vierzig Minuten war er so weichgeklopft, dass ihn dieser Spruch über Gebühr beeindruckte. Er, der harte Investment-Hund, kämpfte dann mit den Tränen! Aber warum? Mit zweiundvierzig war er doch noch eine Ewigkeit vom Tod entfernt. Warum sollte er sich ausgerechnet hier und jetzt, in einer Schrebergartenanlage, davon beeindrucken lassen?

Nele zog sich ihre Kapuzenjacke über und sagte im Hinausgehen zu Carlo: »Morgen Mittag, bist du eigentlich dabei?«

Carlo schaute sie fragend an: »Nee, lass mal. Ich mag doch keine Kohlrouladen.«

»Wieso Kohlrouladen?«

»Die macht der Frank doch morgen, oder was meintest du?«

Die Kohlrouladen, die der Schrebergartenwirt im *Grünen Baum* dienstags kredenzte, zogen das halbe Viertel an.

»Quatsch! Kohlrouladen! Ich meine den Flashmob. Kriegst du nicht meine Tweets?« Ihre feingeschnittenen Nasenlöcher bebten vor Aufregung. Sie zeigte ihre makellosen Zähne. Nicht schlecht für eine Punkerin, die wie ihre anderen Kumpels am Stadtbrunnen ab und zu die Bierflaschen mit dem Gebiss öffnete. Sie ist so verdammt hübsch, dachte Carlo. Aber: Die Kleine weiß es auch!

Sie setzten sich auf die Hollywoodschaukel. Nele zog ihr Smartphone aus der Jacke. Dank der weichen Polster neigten sich ihre Körper zwangsläufig aneinander. *Viva Sitting Bull!* Ihre schwarzen Fingernägel tippten flink auf dem Display herum.

»Wir machen morgen den Flashmob vor dem Kilago-Tower. Am späten Vormittag schicke ich die Info per Mail und Twitter an alle raus. In der Mittagspause, wenn die Bankpenner alle vor dem Bonzenturm qualmen, sind wir dann da!«

»O-o-okay …« Worüber zum Teufel sprach sie nur?

Nele hielt eine Sekunde inne und schaute Carlo tief in die Augen: »Du weißt gar nicht, was Flashmobs und Tweets sind, oder?«

»Öh, doch! Doch …« Er spürte, dass er seine rechte Hand in die Hosentasche stecken musste. Sonst würde sie noch sehen, wie sehr ihre Nähe ihn irritierte. »Hmh. Ist das nicht so was wie der Blitz in deinem Handyfoto da?« Sie roch so fantastisch. So jung.

»Hilfe! Stimmt! Du bist ja alt! Ich muss mit dir also bei Null anfangen!«, lachte Nele und warf wie ein bockiges Fohlen ihren Kopf, vor Empörung in den Nacken.

»Na und?«, wehrte sich Carlo schwach, aber trotzig. »Handys interessieren mich eben nicht so. Ich stehe mehr auf Wii.« Gott sei Dank hatte er wenigstens dieses *gadget* bei seinen Kindern noch mitbekommen.

»Carlo! Ein Flashmob ist eine Spontanversammlung. Infos bekommen alle, die mir bei Twitter folgen. Und dann treffen sich alle diese Leute gleichzeitig an einem Ort.«

»Klar, kenn ich doch von der Eintracht aus dem Stadion.«

»Ja klar, mit Plakaten und jeden Samstag zur selben Zeit. Ein Flashmob kommt aber immer überraschend. Ohne Anzeige in der Rundschau. Alle machen dann was total Verrücktes, wie sich zehn Minuten vor dem Rathaus einfach nicht bewegen, oder rosa Regenschirme aufspannen. Oder so! Also: halb eins morgen vor dem Tower? Das ist echt irre. Komm, mach doch mal mit!«

»Für so was fehlt mir die Zeit.«

»Wieso? Du hängst doch hier nur rum. Da könntest du auch was Sinnvolles tun. Das Stoltze verteidigen gegen die Kapitalisten zum Beispiel. Wenn ich die schon sehe – ich habe mir auf Youtube nochmal die Pressekonfi angeschaut, in der sie erklärt haben, warum wir hier alle weg sollen. So was von eiskalten Zynikern! Ich würde mich erschießen, wenn ich so wäre! Natürlich haben sie erst eine Frau vorgeschickt. So ne Karrieretrulla im Powerdress. Und wie die schon hieß! Wie aus nem billigen James-Bond-Film: McFackmich oder so! Die hat da ganz groß vorgesprochen!«

Schöner Name, dachte Carlo. *McFackmich*. Ganz passend. Gut, dass Elvira diese Pressekonferenz übernommen hatte, sonst würde er jetzt hier am Nele-Pranger stehen. Man konnte heutzutage nicht vorsichtig genug sein! Diese Generation konnte bei Bedarf sogar den Heiligen Stuhl livestreamen! Der Hammer! *Assange live*. Er würde in Zukunft unter der Dusche vorsichtiger sein, wenn er sich dort mal entspannte. Man stelle sich vor: Dr. Carlo Rümmel nackt beim … für alle sichtbar.

»Wir müssen die Vibes jetzt nutzen, Flashmobs laufen gerade voll geil«, rief Nele wie für ein imaginäres Publikum vor der Hollywoodschaukel.

»Und was habt ihr da morgen bei Kilago vor?«, fragte Carlo.

»*Guerilla gardening.*«

»Was ist denn das jetzt schon wieder?« Carlo guckte irritiert. »Mit Kindersoldaten düngen gehen? Im Tarnanzug fleißige Lieschen pflücken?«

»Nein. So eine Art Stoltze in Wild. Du hast aber auch von nix ne Peilung. Süß eigentlich. Sag mal, du bist doch verheiratet, hast du keine Kinder, die dich mal aufklären?«

Nele legte ihre Hand auf sein Knie. »Wir kriegen ne Fuhre Muttererde gesponsert vom Ökohof, den kippen wir direkt vor ihre Drehtür und verstopfen so die Herzklappe der dreckigen Geschäfte! Wir pflanzen da riesige Sonnenblumen hin. Direkt vor die Tür, so dass die da durchmüssen! Alle unsere Leute tragen dabei pissgelbe Gummistiefel. Ich schreie mich jetzt schon weg, wenn die Bonzen durch unseren Sunflowerwald müssen, nur um eine zu qualmen. Das wird ihnen imponieren! Da merken die: Wir sind bereit!«

Venceremos Evita!, dachte Carlo und sagte: »Ganz schöne Idee, Nele. Aber mal ehrlich: Ist das nicht etwas naiv? Das kennt man doch: Erst kommt Heiner Geissler. Und am Ende bauen sie dann doch alle, was sie wollen.«

»Häh? Also bist du jetzt dabei oder nicht?«

»Kommen denn überhaupt genug Leute? Nicht dass ich da am Ende mit dir alleine im Beet stehe.«

»Das denkst du! Der Hoffe hat doch diesen klasse Artikel gegen Kilago geschrieben. Alleine ich hab sechshundert Follower, weil die wissen, dass ich hier mit meiner Oma bin. Die warten auf die nächste Aktion wie Junkies auf den nächsten Schuss.« Sie sprang auf, griff nach ihrer Tasche und rief im Gehen noch über ihre zarte Schulter: »Also: Kommst du jetzt oder nicht?«

»Doch, doch! Ich verlege meine Termine.«

»Seit wann haben Lehrer Termine?«

»Ich bin kein Lehrer. Ich bin dabei!« Wenn auch nur, um in deiner Nähe zu sein, dachte er noch. Carlo wunderte sich über sich selbst: Er freute sich tatsächlich auf einen – wie hieß das noch? – irren *Flaschmopp* mit einer durchgeknallten Vorstadt-Lara-Croft. Am Ende würde er sich aus erotischer Verwirrung noch bei Attac anmelden und sich ein Sarah-Wagenknecht-Poster ins Arbeitszimmer hängen. Da ist es: das hässliche Gesicht der Midlife Crisis, schoss es ihm durch den Kopf.

21

»Wo bist du, zum Teufel?« Carlo musste sein Handy vom Ohr nehmen, so sehr schrie Maike ihn an.

Verwirrt rannte er durch die heruntergekommenen Gänge des Von-Gagern-Gymnasiums.

»Raum 243 A! Über die Haupttreppe im zweiten Stock! Das ist doch nun wirklich nicht so schwer. Wärst du eben früher schon mal mitgegangen«, brüllte Maike.

»Können die das Meeting nicht mal ausschildern? Ich renne hier im Kreis, und alle Türen sind verschlossen.« Carlo probierte, das Telefon am Ohr, die Klassentüren zu öffnen.

»Du bist eben mal wieder zu spät. Elternabende fangen immer um sieben an.«

»Deine Werbekampagne beginnt mir auf die Nerven zu gehen.«

»Aber so hast du immerhin noch die Chance, die Lehrkräfte deiner Kinder mal kennenzulernen, bevor sie Abitur machen.«

Die dritte Tür ließ sich endlich öffnen. Ein warmer, leicht muffiger Geruch nach Bananenschalen, Mäppchenleder und Käsebrot schlug ihm entgegen. Circa vierzig Augenpaare blickten ihn an. Die Eltern wirkten auf den niedrigen Schulstühlen noch größer und übergewichtiger, als sie es ohnehin schon waren. Eine Endfünfzigerin in einem dezenten orangefarben Leinenhängerkleidchen und MBT-Schuhen stand vor der Tafel und begrüßte ihn ein wenig spitz: »Herzlich willkommen zum Elternabend der 10A. Schön, dass sie doch noch zu uns gefunden haben, Herr … hm …?«

»Rümmel, Carlo Rümmel.«

»Ach. Undines Papa. Sie würde ich ohnehin gerne später nochmal unter vier Augen sprechen.«

»Gern«, erwiderte er, »und Sie …?«

»Strumpf. Sabine Strumpf. Ich bin die Lehrerin Ihrer Tochter. Seit zweieinhalb Jahren.«

Jetzt erinnerte sich Carlo an den Namen. Maike hatte ihn heute früh noch schnell auf einen Notizzettel gekritzelt, den er natürlich vergessen hatte.

Eine der Mütter kicherte.

»Geht's Undine denn besser?«, wollte Frau Strumpf wissen.

»Jajajaja …«

»Das freut mich. Bitte, nehmen Sie doch gleich hier vorne Platz.«

Er bereute, dass er sich für den Elternabend noch einen Anzug angezogen hatte. Alle anderen sahen so aus wie er selbst noch vor zwei Stunden im Stoltze. Ein Vater war sogar im Overall und ausgelatschten Turnschuhen erschienen.

Frau Strumpf diskutierte mit den Erziehungsberechtigten die anstehende Abschlussfahrt. Zur Diskussion stand Berlin – oder West-Berlin, wie Carlo noch immer gerne sagte. »Na toll, dann ist ja eine Exkursion nach Istanbul und Beirut schon im Preis mit drin«, raunte er grinsend seiner Sitznachbarin zu, die für diesen Scherz aber wenig Verständnis zeigte.

»Sehr witzig, das sind genau die Bemerkungen, die wir hier gar nicht gerne hören«, sagte Frau Strumpf.

»Die Alternative wäre eine gemeinsame Bootstour auf dem Ijsselmeer.«

Carlo meldete sich eilig: »Da bin ich dagegen! Das kennt man doch: In niederländischen Gewässern segeln, und am Ende ist der malayische Kapitän ein Dealer. So ein Boot ist doch eine ähnliche Kifferschule wie ein reformpädagogisches Internat.« Die Elternschaft raunte, als hätte Carlo einen schmutzigen Witz gemacht.

Die Mutter neben ihm ergriff wortlos ihre Handtasche und rückte von ihm ab. Der Vater im Overall sagte zu Carlo: »Das ist wirklich nicht sehr hilfreich.«

Die Abstimmung ergab aber dennoch – das Ijsselmeer. Wahrscheinlich hatten Carlos Einlassungen eine Trotzreaktion hervorgerufen. Na gut, dachte Carlo, ab neunzehn sind sie ja sowieso alle in Berlin Mitte oder Friedrichshain.

»Herr Rümmel? Dürfte ich Sie noch kurz sprechen?« Frau Strumpf hielt ihn sanft am Arm zurück. »Können wir am Montag denn wieder mit Undine rechnen?«

Geistesgegenwärtig sagte Carlo: »Ja, ja, es geht schon wieder.« Schnell lügen hatte er im Job gelernt. Obwohl ihn brennend interessierte, was die Lehrerin eigentlich meinte.

»Eine Angina kann ja auch gefährlich sein. Seien Sie doch so lieb: Grüßen Sie Undine recht herzlich von mir und geben Sie ihr bitte diese Hausaufgaben.«

Carlo dachte an Undine, die ihn heute Morgen noch ohne jedes Anzeichen einer aufkeimenden Beeinträchtigung putzmunter angepampt hatte. Na ja, vielleicht war sie nur tapfer gewesen, während ihr in Wirklichkeit die Schmerzen schon den Hals zugeschnürt hatten.

»Und wegen Undines allgemeinem Leistungseinbruch sehen wir uns ohnehin mit Ihrer Frau am nächsten Mittwoch. Moment, ich schaue kurz, wann ich Sie zum Elterngespräch erwarte: genau, 14.30 Uhr.«

Carlo nickte und versuchte, ein wissendes Lächeln hinzubekommen. Er zog sich den Mantel an und trat auf den leeren Schulflur. Leistungseinbruch? Angina? Darüber würde noch zu reden sein.

22

»Und? Wie sieht dein Tag heute aus, Schatz?« Maike schnappte sich ihre Tupperbox mit den Karottenstiften. Undine stocherte gelangweilt – und ohne die Ellenbogen zu heben – in ihrem Früchtemüsli herum.

»Nimm die Ellenbogen vom Tisch, Schatz«, sagte Maike wie jeden Morgen zu ihrer Tochter und zu Carlo: »Sortierst du mit deinen neuen Kumpels heute wieder Tulpenzwiebeln nach Farben?«

»Nein, nein! Heute wird es echt stressig. Heute gehe ich auf meinen ersten Flashmob.«

Er schaute Maike neugierig an. Kannte sie das? »Hoffentlich erkennt mich da keiner.«

»Cool, Papa! Erst ziehst du dich besser an und jetzt auch noch Flashmobs. Bald kann ich dich meinen Freunden vorstellen«, sagte Matthies und trank seinen Kakao mit einem Schluck leer.

»Ich hab schon gesehen«, Undine hob wissend ihre Augenbrauen und grinste. »Heute soll der Eingang zu deinem Büroturm mit Mist zugeballert werden.«

Carlo blickte seine Älteste erstaunt an: »Mit Erde! Und woher weißt du das?«

»Na, das wurde getwittert, Papa. Woher denn sonst?«

»Aha. Aus dem Netz. Wieder lang dringewesen. Ab heute gibt's Passwortsperre!«

»Ach Papa!«

»Über deine Freizeitaktivitäten müssen wir eh noch reden! Ich war gestern bei Frau Strumpf …«

Undine wurde blass.

Carlo nahm seinen Teller und trug ihn in die Spüle.

»Stimmt, wie war's denn?«, rief Maike aus dem Windfang.

»Eigentlich ganz interessant«, rief Carlo über seine Schulter zurück. »Nette Eltern, wollen die Kinder zur Abschlussfahrt auf einem Kutter nach Holland schicken! Ich war natürlich begeistert. Ich erzähle es dir heute Abend bei einem Glas Wein.«

»Für mich heute Abend nur Pfefferminztee.« Maike küsste ihre Tochter aufs Haar, umarmte ihre beiden Männer und bewegte sich Richtung Haustür.

»Dir auch einen schönen und erfolgreichen Tag, Schatz«, rief Carlo ihr nach, und zu Undine gewandt: »Angina, was?« Carlo stupste seine Tochter in den Nacken.

»Nee, Papa, nicht Angina – Angelina«, erläuterte Matthies. »Mit der war sie doch beim Casting.«

»Du Arsch!«, schrie Undine und sprang auf.

»Hiergeblieben, Fräulein!«, befahl ihr Carlo, »Warst du etwa auch in der Warteschlange am Messeturm, wo sich seit Tagen die Mädchen für ein Fernsehcasting fast zu Tode drücken? Antworte!«

»Ja aber …«, murmelte Undine kleinlaut.

»Was? Du warst wirklich dort? Etwa während der Schulzeit? Spinnst du jetzt total? Und wer hat dir die Entschuldigung geschrieben?«

»Undine ist sogar schon im *recall!*«, platzte Matthies stolz dazwischen.

»Na toll! Im Recall! Und ich bald in der Klapse!«, schrie Carlo. »Ich werde noch irre in diesem Haus!«

23

»Wo sind Sie, Chef? Bitte? Wo? Im Fläsch – was? Ist das ein Stau? Hallo! Ich verstehe Sie kaum. Was sind denn das für Geräusche? Da summt was im Hintergrund.«

Carlo gab auf und steckte sein Handy in die Hosentasche.

Um ihn herum bliesen einfach zu viele Leute Vuvuzelas. Ein Kipplaster entlud gerade tonnenweise feuchte Erde vor die Drehtüranlage des Kilago-Towers. Um ihn herum standen circa dreihundert gelbgummibestiefelte Menschen, die die Lieferung mit Spaten hektisch in Richtung Eingang schippten. Andere schleppten kistenweise Sonnenblumenstauden aus einem verbeulten Lieferwagen. Die ersten Polizeiwagen tauchten vom Reuterweg her auf. »Tempo, Tempo!«, schrie Nele durch ihr Megaphon, »beeilt euch! Die Bullen!«

Kein Mitarbeiter konnte den Tower mehr sauberen Fußes betreten.

»Unglaublich, wie viele Leute dann doch gekommen sind!«, brüllte Carlo in Neles Ohr. Die Vuvuzelas würden wahrscheinlich einen lebenslangen Tinnitus in seinem ohnehin altersmüden Gehörgang verursachen. Nele lächelte ihn an. Plötzlich fiel sie ihm um den Hals und küsste ihn – auf den Mund!

»Toll nicht? Das ist halt Flashmob – ne ganz geile Nummer, Carlo! Ich liebe das Netz.«

Carlo war irritiert. Er nahm sie an der Taille und schaute ihr in die Augen. Nach einem Moment der Verlegenheit ließen sie voneinander ab. Nele küsste ihn aber noch einmal auf die Wange: »Für einen alten Sack bist du echt lieb. Du machst einfach Sachen, die mein Vater niemals machen würde. Obwohl du aussiehst wie einer, der denen da – sie deutete mit einem Kopfnicken auf den Tower – näher ist als uns. Wenn du kein Lehrer bist, womit zahlst du denn deine Miete?«

»Geschäfte«, erwiderte Carlo knapp.

Prompt vibrierte seine Hose wieder. Umständlich kramte er sein Handy heraus.

»Hallo! Herr Dr. Rümmel?«, glaubte er zu hören. »Sind *Sie* das vor der Tür da mit den Hippies? Der Pförtner glaubt sie erkannt zu haben.« Nörk war nur schwer zu verstehen. Er stand mit den Gummistiefeln genau in der Blumenrabatte, in der er die kleine Spinne ausgesetzt hatte. Er machte sich kurz Sorgen um ihr Schicksal.

Rümmels Blick fiel in Richtung Pförtnerloge, die trotz der getönten Fensterfront deutlich zu erkennen war. Der gute alte Matze winkte ihm zu und hob fragend die Schultern, neben ihm die rotwangige Dagmar Nörk am Handy.

Carlo vergewisserte sich, dass Nele ihn nicht beobachtete, und zeigte beiden den hochgestreckten Daumen.

»Herr Dr. Rümmel?« Nörk war noch immer am Telefon.

»Ja, ja, ja!«, brüllte er. »Ich kann jetzt doch nicht sprechen. Keine Panik! Ich habe alles im Griff.«

»Und Abknutschen gehört auch zum Plan?« Er sah, wie sich die gesamte Büroblase, Nörk, Müller und McFarlane, an der Pförtnerloge versammelte. Nur Brausewang fehlte noch.

Carlo amüsierte sich ein wenig über Nörks Eifersucht, die sogar durchs Handy zu hören war. »Nörkchen! Bald bin ich wieder ganz bei Ihnen. Das war kein Kuss! Ich habe der Punkerin wegen des Lärms nur was ins Ohr geflüstert.« Rümmel legte auf.

Nörk dachte: So würde ich auch gerne mal was zugeflüstert bekommen – in den Mund.

Carlo wandte sich wieder Nele zu. Die hatte sich mittlerweile gebückt – und streckte ihm ihren nackten Hintern entgegen! Wie vom Donner gerührt, starrte er dieses runde feste Etwas an, das er sich, zugegeben, schon mehr als einmal vorgestellt hatte. Und die Realität übertraf alle Fantasien. Würde sie Maikes Netzstrümpfe tragen, sähe das nicht aus wie ein Rollbraten, sondern eher wie eine dieser festen ungarischen Salamis, die er früher am Ballaton so gerne gegessen hatte. Ein Apfel der Träume! Auf ihren Backen stand ein großes, mit Filzstift geschriebenes »H«. Zusammen mit den Hintern der anderen Aktivisten, die diese den herannahenden Polizisten entgegenstreckten, bildete der ihre den letzten Buchstaben eines Satzes. Und zwar sinnigerweise: K-I-L-A-G-O I-S-T F-Ü-R-N A-R-S-C-H !

Carlo bemerkte gar nicht, dass er mit der Sonnenblume in seiner Hand gleichsam das Ausrufezeichen dieser Aussage markierte. Die Buchstaben zogen jetzt aber ihre

Stringtangas und Boxershorts wieder hoch und rannten davon. Carlo bemerkte davon nichts, weil er besorgt in Richtung Pförtnerloge geblickt hatte. Und so wurde er als einziger unsanft unter die Arme gefasst und in Richtung Einsatzfahrzeug geschleift. Carlo sah noch, wie die entsetzten Gesichter seiner Kollegen an der Scheibe klebten. Nur Revisions-Müller verzog keine Miene und sagte etwas zu McFarlane.

Na, dann wissen jetzt wenigstens alle Bescheid, dachte er noch und fragte sich, ob man bei Widerstand gegen die Staatsgewalt vorbestraft war.

»Halt – halt!«, rief er noch, »Hände weg, was soll der Scheiß! Wir sind hier immer noch in einer Demokratie.«

»Das werden wir alles gleich klären«, entgegnete einer der Polizisten routiniert. »Folgen Sie mir widerstandslos.«

24

Carlo wachte auf. Alles um ihn herum war dunkel. Etwas kitzelte in seiner Nase. Ein interessanter Geruch umfing ihn er wusste nicht, welcher. Nur: Es war nicht der von Maike …

Das Kitzeln rührte offenbar von Haaren her. Er öffnete die Augen und stellte fest, dass er mit dem Kopf auf einem Arm lag, Gesicht Richtung Achselhöhle. Und die Achselhöhle gehörte Nele Veigele, die neben ihm auf dem Futon lag. Und zwar splitternackt! Ihm wurde heiß und kalt, als er sich erinnerte: Er hatte Sex gehabt! Und nicht mit Maike. Oh Gott. Wie spät war es eigentlich?

Amnesie? Wie war er hierher gekommen – und wie hatte er Nele rumgekriegt? Oder hatte sie ihn verführt? Wie war das alles möglich? K.O.-Tropfen? Alkopops? Wo Treue doch eigentlich sein zweiter Vorname war.

Carlo war erschüttert. Nele wirkte recht zufrieden.

Ein Blick auf ihre schwarze Casio verriet ihm: Es war schon halb vier! Eine Katastrophe! Wie sollte er das nur erklären? Kein Vereinstreffen dauerte so lange.

Nele drehte sich auf ihren flachen Bauch und schnurrte. Ihr Hintern war jetzt so nah, dass er noch nicht einmal den Kopf bewegen musste, um ihn zu küssen. Ihr »H« war jetzt stark verschmiert. Oh wow, dachte Carlo, obwohl er ein schlechtes Gewissen hatte. Diese Situation war einfach zu schön – und würde wahrscheinlich nie mehr wiederkommen. Er würde diesen Hintern nie mehr sehen. Also lieber schnell noch einmal schauen, fühlen, greifen …

Kurz darauf schlüpfte Carlo in seine Cordhose. Er schaute auf sein Handydisplay: 18 neue Nachrichten! Ohne Hose eben keine Vibration. Er hätte vielleicht doch den Klingelton anlassen sollen. *Highway to hell* hätte schließlich auch ganz gut gepasst.

Carlo hatte Angst vor den nächsten Stunden. Er konnte sich noch nicht einmal duschen. Egal! Da musste er jetzt durch! Plötzlich fiel ihm auf, wie oft er sich diesen Satz schon selbst um die Ohren gehauen hatte: Da musst du jetzt durch. Als er Neles Studentenbude verließ, überfiel ihn wieder diese bleiernde Müdigkeit. Wie das wohl wäre, fragte er sich: Ein Leben ohne das ganze permanente *Durchmüssen*!

Als Carlo seinen Wagen vor der Garage parkte, war es schon hell. Das Viertel lag aber noch in tiefem Schlaf. Die Vögel zwitscherten laut. Das einzige, was sich bewegte, war Maikes Schatten hinter dem Küchenfenster.

Oh Scheiße, das wird jetzt hart, dachte Carlo. Er hatte das gleiche dumpfe Gefühl in der Magengegend wie nach dem Klassentreffen 1995, als er seine Jugendliebe Nina Faulhaber im Partyfieber nicht nur befummelt hatte. Er wusste, wie Maike reagieren würde. Sie würde schweigen. Eiskalt. Die kommenden sechs Wochen würden die Hölle sein, wenn ihm jetzt kein gutes Alibi einfiele. Behutsam betrat er das Wohnzimmer. Maike saß mit angezogenen Beinen in einem weißen Nikkianzug auf dem Ledersofa. In der Hand hatte sie Undines riesige *Hello-Kitty*-Teetasse. Ihre Augen waren vom Weinen so gerötet, dass sie aussah wie ein Kaninchen mit Myxomatose.

»Hallo Schatz«, versuchte es Carlo schwach.

Maike hob unvermittelt die Tasse und schleuderte sie ihm entgegen. Carlo wich zwar rechtzeitig aus, aber die Glastür zum Windfang hatte keine Chance. *Kitty* wurde zu *Batwoman* und segelte ansatzlos durch sie hindurch: Bang! Tausende von Splittern regneten auf die Terrakotta-Kacheln im Eingangsbereich. Eine lauwarme Spur Roibuschtee hatte Carlos Gesicht getroffen.

»Du Schwein«, schrie Maike hysterisch. Sie heulte und rannte über die Glasscherben die Treppe hinauf.

»Du verstehst das völlig falsch!«, rief Carlo ihr hinterher. »Ich war nur mit Bender in der Laube einen saufen. Ein Männerabend, der aus dem Ruder lief! Sonst nichts. Mensch, beruhige dich doch.«

»Für diese Story bist du viel zu nüchtern«, schrie sie über das Treppengeländer. »Du bist nicht nur ein Schwein, sondern auch noch ein Lügner!«

25

»Das war ja klar, dass Sie da ranzoomen«, sagte Brausewang mit einem amüsiert tadelnden Tonfall zu Matze. Der Pförtner hatte sein neues Smartphone mitgebracht. Die ganze Runde – Brausewang, Müller und McFarlane – beugten sich neugierig über das Display. »Sorry, aber ich hab das neue Ding noch nicht richtig im Griff, ist halt mein erster Film mit diesem Teil.«

Auf dem Touchscreen bewegte sich deutlich, wenn auch ruckelnd, der Buchstabe H. Der sich gut vom hellen Untergrund abhob.

»Oh Gott«, sagte McFarlane und schaute auf die Herren in der Runde, »das ist doch ein Hintern!«

»Ja – und was für ein schönes Exemplar«, sagte Brausewang schnaufend.

Die nächste Einstellung zeigte Dr. Carlo Rümmel, der den Buchstaben mit offenem Mund anstarrte. In der Hand eine zitternde Sonnenblume.

»Und die Besitzerin dieses Allerwertesten hat er tatsächlich auch noch geküsst?«, fragte Brausewang ungläubig. »Ich hoffe doch sehr, auf den Mund.«

»Ja, ja«, lachte Matze und wischte das Display seines Lieblingsspielzeugs mit dem Ärmel ab. »Sah auch ganz verliebt aus, der Herr Doktor.«

»Und das war auch noch die mit dem Megafon, die Anführerin wahrscheinlich, die uns diesen ganzen Schlamm vors Haus geschleppt hat.«

Müller beugte sich noch einmal über Matzes Schulter, um sich das Filmchen ein drittes Mal anzuschauen. Interessant. »Das nennt der also arbeiten.« Und zu Brausewang: »Also Chef, soweit ginge ich nicht für die Firma. Einer muffigen Punkerin nähertreten.«

»Och ... von hinten sah die doch ganz appetitlich aus. Der Job scheint jedenfalls für unseren Carlo nicht nur unangenehme Seiten zu haben. Verliert er ein wenig die Distanz zu seiner gestellten Aufgabe? Was meinen Sie, McFarlane?«

Elvira ergriff die Gelegenheit beim Schopf: »Definitiv!«, beeilte sie sich zu sagen. »Würde gerne wissen, ob seine Frau weiß, welche Methoden er anwendet.«

Müller ordnete sein Jacket und räusperte sich: »Wir haben uns übrigens erlaubt, auch ein bisschen einzugreifen.« Er warf McFarlane einen genehmigungsheischenden Blick zu, den sie mit einem kleinen Nicken quittierte. Brausewang blickte die beiden erstaunt an. »Sie handeln ohne Rümmel? Mutig.« Müller war sonst ja nicht der Mitarbeiter, der initiativ wurde. Er ignorierte die Frage: »Wir haben die Oma umgedreht.«

»Wie?«, fragte Brausewang erstaunt.

»Ja«, sagte Elvira laut: »Sie ist doch der wahre Grund, warum alle am Stoltze kleben. Müller und ich haben sie zum Verkaufen gebracht. Vorgestern Nachmittag haben wir sie undercover getroffen. Und – Bingo! – in 45 Minuten, ganz ohne Unkrautjäten, war sie weich wie Bienenstich.«

»Habt ihr das schriftlich?«

»Noch nicht! Aber es steht. Wir sind über die Enkelin gekommen, die ist ihr ganzes Leben. Immerhin muss sie ja die Ausbildung ihrer Enkelin bezahlen, das haben wir ihr nochmal klar gemacht.«

»Schließlich muss die noch die weiteren Buchstaben hinter dem H lernen«, versuchte es Müller mit einem Scherz.

»Ach? Das ist die Enkelin …«, begriff Brausewang langsam. »Halleluja, na das ist ja ein Geflecht. Kein Wunder, dass Rümmel sich darin verfängt. Hintern, Omas, Punker, das volle Programm. Ach übrigens, damit wir uns richtig verstehen, das gilt auch für Sie, Matze: Kein Wort verlässt diesen Raum.« Brausewang klopfte energisch mit dem Zeigefinger auf die Konferenztischplatte.

26

»Ahh! Schön. Hmmh … *Das* würde meine Frau nicht mehr machen.«

»Ist doch nix dabei«, flüsterte Nele irgendwo zwischen seinen Schenkeln. »Sag ihr ruhig, man gewöhnt sich dran …«

»Komm, hör auf. Oahh …«

»Aha, der spießige Nachmittagsvögler. Na, dann mal wieder ab zu Mutti.« Nele sprang auf und zündete sich am offenen Fenster eine Zigarette an. »Ich fühle mich missbraucht.« Sie stand nackt im Gegenlicht. Ihr Hintern sah aus wie ein brandneuer Handball ohne Nähte. Carlo liebte die Stunden mit Nele mehr als die Gartenarbeit und die Meditation. War nicht im tantrischen Buddhismus der Geschlechtsverkehr eine Form der Meditation? Er nahm sich vor, sich in Sachen Buddhismus eher in diese Richtung zu entwickeln. Wieso konnte er bei Nele einfach nicht nein sagen?

»Maike weiß, dass hier zwischen uns was läuft. Ich will sie nicht noch weiter provozieren. Bei uns herrscht Eiszeit zu Hause, brutal. Gestern hat sie schon auf der Couch geschlafen, weil sie deine Kratzspuren auf meinem Rücken entdeckt hat.«

»Wundert mich sowieso, dass du heute schon wieder bei mir bist. Ich dachte, das mit vorgestern wäre einmalig gewesen, weil du nach deinem allerersten Flashmob noch soviel Adrenalin intus hattest.« Nele drehte sich mit der Zigarette zum offenen Fenster und blies den Rauch hinaus. Bestimmt hatten im Haus gegenüber viele ein Fernglas, dachte Carlo.

»Warum lässt du mich dann wieder ran?«

»Weil ich deine Hände geil finde. Und dich gar nicht richtig kenne. Das macht mich an. Du bist mein erster Dino. Und ehrlich, ich wollte wissen, ob ihr Best Ager irgendwie anders vögelt.«

»Und?« Carlo stützte sich auf seinen Ellenbogen und blickte Nele erwartungsvoll an.

»Schon«, sagte sie kokett. »Jedenfalls nicht schlecht für einen Ü40 mit Ring am Finger. Bilde dir aber nichts darauf ein! Du bist ein reines Studienobjekt.«

»Na, danke schön! Dein Versuchskaninchen muss jetzt heim – in den Stall. Wenns hier nur ums Studieren geht, dann muss ich jetzt nach Hause, ein bisschen Kreide fressen.«

»Tu dir keinen Zwang an!« Nele tippte etwas in ihr Handy, ohne ihn anzuschauen. Dann richtete sie es auf Carlo, der gerade seine Unterhose anzog.

»Hey, hey …«, rief er, »was soll das, ist das für dein Archiv?«

Neles Handy machte ein Geräusch wie eine Spiegelreflexkamera. »Nein. Ich mache fürs Senckenberg-Museum nebenher Fossilien-Fotos.«

»Sehr witzig.«

Carlo zog sich schweigend an. Da öffnete sich plötzlich die Zimmertür. Carlo fuhr zusammen und schlug beim

Hosenanziehen fast der Länge nach hin. Nele hingegen reagierte, obwohl sie splitterfasernackt war, überhaupt nicht auf den jungen Mann, der sein vollbärtiges Gesicht durch den Türspalt steckte. Er warf einen abschätzigen Blick auf Carlo und fragte cool: »Seid ihr fertig? Willst du mitessen, Nele? Heute gibt es Bolo. Die anderen warten schon.«

»Oh ja, lecker. Ich komme gleich.« Und zu Carlo: »Na, dann tschüss.«

Nele schlüpfte in ein übergroßes Sweat-Shirt auf dem *legalize it* stand. Nun war Carlo an der Reihe, sich benutzt zu fühlen. Er ging durch den Flur an der vollbesetzten WG-Küche vorbei.

Ein Mädchen mit Rastalocken fragte laut: »Na? Besuch von Papa?«

27

Bruno Bender warf die Zeitung vor Carlo auf den Kneipentisch.

»Und«, fragte Carlo gutgelaunt, »was haben sie denn geschrieben über unsere, wie Nele so schön sagen würde, geile Aktion?«

»In Sache Geilheit tät ich ja an deiner Stell mal lieber den Ball e bissje flach halte«, raunzte Bender ihn an.

»Nur kein Neid!«, entwich es Carlo.

Auch Rüdiger Wengler und Helfried wunderten sich über Brunos barschen Tonfall.

»Guck lieber doch erst emal richtig uff den letzte Absatz, mein lieber Carlo. Kommst als Letzter und bestimmst hier schon die Schlagzeil.« Er deutete auf die Seite vier, *Lokales*, und auf den ganzseitigen Artikel über den Flashmob.

Alle beobachteten Carlo, als dieser laut vorlas: » … *sehr interessant auch die Anwesenheit Carlo Rümmels*«, hier stockte er merklich, »*auf dem Erdhügel. Rümmel ist in der Frankfurter Wirtschaftswelt weniger als Traditionspfleger denn als rigoroser Hardliner der Gegenseite bekannt. Was ist hier passiert? Saulus zu Paulus? Oder ist Rümmel, was wahrscheinlicher ist, als* IM *für Kilago im Einsatz?*«

Carlo schaute in vier fragende Augenpaare. Und Oma Veigele sagte: »Was meinen die da über dich, mein Junge?«

Helfried griff nach seinem Glas und erklärte überlaut: »Nichts Nettes, Oma. Hier sitzt ein Maulwurf. Der uns eiskalt für die Gegenseite ausspioniert.« Oma Veigele schüttelte ungläubig ihren Kopf. »Nee, das glaube ich nu mal nicht«, und dabei streichelte sie Carlos Unterarm. »Dir so was zu unterstellen, ist nicht gerecht. Ich hab ja nun mehr Menschenkenntnis als alle hier zusammen. Der Carlo hat das Herz am rechten Fleck.«

»Na, wenn de dich da mal uff deine alte Tage net täusche lässt, Oma«, sagte Bender schnippisch. Und zu Carlo: »Is da was dran? Wer bisten du überhaupt, Carlo Rümmel?«

Carlo faltete die Zeitung langsam und ordentlich zusammen, um Zeit für die richtige Antwort zu gewinnen. Er entschied sich für Angriff. »Was soll das? Bin ich hier am Pranger? Glaubt ihr tatsächlich, ich wühle für Kilago hier im Dreck? Ja, gut. Ich war mal bei der Truppe, aber ich bin da längst raus. Ausgestiegen. Ihr habt doch keine Ahnung, wie die Jungs da drin rackern. Meint ihr, auch nur einer bei Kilago hätte die Zeit, stundenlang vor Rüdigers Wand rumzulungern?«

Er nahm einen langen Schluck Gespritzten und sah, wie Rüdiger die Augenbrauen hob.

»Entschuldige bitte, Oma, oder mit einer hysterischen Studentin einen Erdhügel aufzuschütten. Und wo bin ich denn jetzt gerade, bitte schön? Hier oder im Tower?«

»Im Tower, im Tower«, äffte Helfried ihn nach.

»Nun lasst doch mal den Carlo, der hat seinen Garten doch wirklich so schön in Schuss gebracht.« Oma nippte an ihrem lieblichen Riesling. »So was macht man ja nicht einfach so, wenn man kein Herz hat. Und meine Nele hat ihn auch ganz gern, das hab ich gleich gemerkt.«

»Ja. Liebe macht blind«, brummte Bender.

28

Dagmar goss ihre Orchideenableger.

»Ach, Chef! Sie mal wieder im Büro – schön. Latte?«

»Gern. Eine große, mit diesem arabischen Zeug, das Sie da immer rein machen. Zimt, oder was das auch immer ist.«

»Arabisches Kaffeegewürz, Herr Doktor. Bin schon unterwegs. Schöne gelbe Gummistiefel übrigens, die sie kürzlich vor der Tür anhatten, bevor sie verhaftet wurden.«

Hörte er da etwa Eifersucht aus Nörks Stimme? »Ich bin nicht verhaftet worden, liebe Frau Nörk, es sind nur meine Personalien festgestellt worden. So wie bei einer zehnminütigen Routinekontrolle am Straßenrand.«

»Wegen Erregung öffentlichen Ärgernisses, ja? Ich war sehr froh, Chef, dass Sie wenigstens in der Extremsituation die Hosen anbehalten haben.«

»Ja, ja, Dagmar. Das ist alles Teil meiner Arbeit. Das sieht oft schöner aus, als es ist.«

»So ein Punkerinnenmund schmeckt bestimmt gut. Wahrscheinlich nach Kippen und Knoblauch.« Nörk schüttelte sich angeekelt.

»Dagmar!«

»Na stimmt doch! Muss man denn gleich bis zum Äußersten gehen?«

»Sie überschreiten jetzt wirklich Ihre Grenzen.«

»Entschuldigung. Hauptsache, wir behalten hier alle unseren Job. Obwohl: Ich bin mir nicht sicher, Chef, ob Sie hier noch alles so mitkriegen.«

Sie stellte ihre kleine Gießkanne unter den Schreibtisch und bückte sich dabei so tief nach vorne, dass Carlo ihren schwarzen Spitzen-BH sehen konnte. Plötzlich fühlte er sich trotz dieser unschönen Diskussion wieder zu Hause.

»Gibt es denn was Neues? Etwas, das ich wissen sollte?«

»Keine Ahnung, Chef. Ich bin ja auch nicht mehr so up-to-date. Seitdem ich den Kaffee nicht mehr selber reinbringen darf …« Sie drehte sich schnell von ihm weg.

»Was?«

»Ja, Müller bestellt neuerdings den Kaffee.«

»Was, Müller? Ist der jetzt auch immer dabei?«

»Ja, der bestellt ihn telefonisch für alle vor und nimmt das Tablett dann selber mit rein. Flurfunk ade, kann ich da nur sagen. Die mobben mich.« Sie war kurz davor, in Tränen auszubrechen. »Müller hat Oberwasser. Und dabei wird er richtig fies. Er ist definitiv der neue Liebling von Brausewang. Und für Sie, Herr Doktor, habe ich hier auch kein gutes Gefühl mehr.«

»Was, Müller, diese Flachpfeife?«

»Seit er diese Oma da gekauft hat, ist er hier der Star. Sogar die McFarlane ist jetzt nett zu ihm.«

»Oma gekauft? Was heißt das? Oma gekauft?«

»Gestern kam der hier rotzfrech durch den Flur gelaufen und hat geschrien: Ich hab sie umgepolt! Und Müller meint doch Ihre Oma da, die, die immer in der Zeitung steht. Die eigentlich nicht verkaufen will.«

»Quatsch, da irren Sie sich, Nörk. Das ist *mein* Projekt, da kann der Müller doch gar nicht drin rumpfuschen.«

»Also, Brausewang hat gestern gleich eine Flasche Hausmarke spendiert. Sehr ungewöhnlich, denn er hatte ja schlechte Laune wegen Ihrer Hannover-Geschichte und dem Dreck vor dem Haus.«

Carlo Rümmel stellte jetzt seinen frischen Latte energisch auf Dagmars Counter ab. »Ist Brausewang denn da?«

Carlo stürmte in das Eckbüro des CEO, ohne anzuklopfen. Brausewang schreckte vor seinem Computerschirm auf. »Ja?«, fragte er hastig, wie jemand, der im Büro beim Surfen auf den falschen Seiten erwischt wird.

»Dieter, ich muss dich dringend sprechen.«

Brausewang hatte sich wieder gefangen. »Dann vereinbaren wir doch einen Termin. Über Dagmar, wie üblich.«

»Seit wann das denn? Blödsinn, Termin! Ich will sofort mit dir reden. Wer hat das mit der Schreber-Oma eingefädelt? An mir vorbei. Und: warum erfahre ich davon nichts?«

Dieter Brausewang stand auf und schloss sein Jackett. Er sprach jetzt mit betont sanfter Stimme: »Carlo, nimm doch erst mal Platz.«

Carlo folgte dieser Aufforderung nicht. Der sanfte Ton. Den kenne ich. Jetzt muss ich aufpassen, schoss es ihm durch den Kopf.

»Hör zu, Carlo. Wir tun hier alle, was wir können. Einer für alle und …«

» … seit neuestem auch alle gegen einen. Ich sitze doch nicht im Gurkenbeet und drehe Däumchen. Bin immer erreichbar, und das weißt du auch!«, schnaubte Carlo. »Wie habt ihr die alte Dame denn rumgekriegt, und vor allem: wer? War das Müller, diese fleischgewordene Blutarmut?«

Brausewang holte tief Luft: »Nun pass mal auf, Carlo, das ist ein schwieriges Projekt. Aber dein Ton gefällt mir hier gerade gar nicht. Auch du solltest langsam mal die Demut zeigen, die zu deiner Erfolgsbilanz passt. Sorry, ja. Das hohe Ross ist nicht mehr ganz das geeignete Reittier für dich! Und jetzt entschuldige mich bitte, ich habe zu tun.«

»So könnt ihr nicht mit mir umgehen. *Dreamland* ist mein Projekt!«, rief Carlo unbeherrscht und rannte aus Dieters Büro.

Auf dem Gang sah er Müller in die Teeküche huschen. Carlo ging ihm nach und gab ihm einen leichten Schubs. Der Automatenkaffee schwappte aus Müllers Eintracht-Tasse über dessen Handrücken und auf das helle Frühlingsjacket.

»Aua! Wie bist du denn drauf?«

Carlo rückte mit seiner Nase ganz nah an Müllers Gesicht heran, so dass er dessen Atem riechen konnte – Nescafé und Mandelhörnchen: »Das ist erst der Anfang, du Heuchler. Das Stoltze ist mein Baby. Du willst Krieg? Du bekommst Krieg.«

Wutschnaubend marschierte Carlo über den Flur zurück in sein Büro.

Müller steckte seinen Kopf aus der Küche: »Du hast noch nichts zur Wahl der Waffen gesagt«, rief er ihm mutig hinterher.

Nörk blickte Carlo alarmiert an und machte mit dem Kopf ein ungelenkes Zeichen in Richtung seiner geschlossenen Bürotür.

»Was gibts?«, raunzte Carlo sie an.

»Entschuldigung, Chef. Ich mache hier auch nur meine Arbeit. Sie haben schließlich Besuch.«

»Die Vogelmänner? Jetzt schon? Die gehen mir auch auf die Nerven.«

Nörk schwieg.

In Carlos Büro hatte jemand auf seinem Sessel Platz genommen und sich damit so zum Fenster gedreht, dass man ihn hinter der hohen Rückenlehne nicht sehen konnte. Offenbar genoss der Besucher gerade den Ausblick auf Carlos Stückchen Frankfurter Skyline. Dreist, dachte Carlo. Jetzt werden die Vogelmänner richtig frech. In dem Moment schwang die Rückenlehne herum und gab den Blick frei auf – Matthies!

»Hallo Papa«, rief es aus der Sitzgruppe hinter ihm. Carlo drehte sich ruckartig um: »Undine! Was macht *ihr* denn hier? Warum seid ihr nicht in der Schule?«

»Heute war doch Undines Recall. Und da bin ich natürlich mitgegangen. Zum Beruhigen. Und zu Hause ist ja niemand mehr. Beim Casting im Hotel gab es wenigstens was Warmes zu essen.«

»Hat Mama euch denn nichts gemacht?«

Undine drehte sich schwerfällig in der Sitzgruppe zu Carlo: »Mann, Papa, du weißt doch, die arbeitet oder heult nur noch. Die denkt nicht ans Essen. Die trauert. Und das heißt: Zwangsdiät für alle.« Die Arme, dachte Carlo. Da kommt man einmal, nach achtzehn Jahren Ehe, mitten in der Nacht nüchtern nach Hause und, zack, beginnt man bei Null. Nur weil man als Mann mal freundlich ist und eine junge Studentin nicht gleich von der Bettkante schubst. Das ist doch alles nur ein biochemischer Prozess, dem man hilflos ausgeliefert ist. Das können Frauen nic verstehen.

»Und Luigi?«

Matthies kritzelte mit einem neonfarbenen Leuchtstift in Carlos Timer herum. »Nee, immer Pizza-Salami ist öde. Und hat uns jemand Geld für Luigi dagelassen? Wir mussten ja sogar schon schwarzfahren, um hierher zu kommen.«

Carlo blickte auf seinen Nachwuchs – und es wurde ihm warm ums Herz. Seine kleinen Mäuse. Bekamen den ganzen Ärger ab. Er musste dringend mit Maike reden.

»Okay, Kinder, lasst die Schulsachen hier liegen. Wir gehen heute in die Kantine. Einladung steht, ihr dürft euch das Teuerste aussuchen.« Mit einer Handbewegung wies er Richtung Bürotür.

»Vogelmann kommt aber um eins«, rief Dagmar Nörk prompt aus dem Vorzimmer. »Vergessen Sie das bitte nicht, Chef.«

»Ich weiß. Klingeln Sie dann einfach durch, ich nehme mein Handy mit.«

Vor dem Fahrstuhl musterte Carlo seine Tochter. Sie war noch aufgebrezelt wie Lady Gaga bei den MTV-Music-Awards. Nach Sonnenuntergang würde sie so nicht auf die Straße gehen dürfen. Carlo fragte sie mit lauernder Stimme: »Woher hattest du übrigens die Entschuldigung, um zu diesem Recall zu gehen?«

Undine drehte sich ein wenig von ihm weg. »Papa, da kümmere ich mich morgen drum. Das reicht dicke.«

»Und wie kümmert man sich um so etwas?«

»Ich war so aufgeregt, die ganzen Lichter da, die Leute und dieser eiskalte Dieter. Der hat mich erst voll fertig gemacht.«

»Welcher Dieter?«, fragte Carlo ahnungslos.

»Papa, der Bohlen, der nur im Schlauchboot auf Malle rumrudert, der mal ein paar Tage mit der Pooth verheiratet war.«

»Ach, der immer so grinst wie ein Breitmaulfrosch?«

Matthies lachte: »Genau. Und der hat heute gesagt: Undine singt wie eine Hyäne mit Hämorrhoiden.«

»Was, der spinnt wohl!«

Undine schluchzte laut auf, als sie den Fahrstuhl betraten. »Leah und Amatis haben auf dem Schulhof noch gesagt, ich wäre super. Und die Dicke mit den rosa Leggings, die da auch aufgetreten ist, die mit dem Tatoo am Hals, die singt total scheiße, kommt aber weiter. Das war echt unfair.«

Matthies haute sich mit der flachen Hand an die Stirn: »Ist doch klar, dass die die Freaks nehmen, Undine! Du musst auch mal was an deinem Styling machen. Du bist nur normal. Das ist öde. Versuchs mal mit lesbisch. Oder mach es wie Lena, einen auf crazy. Ne Macke hast du doch, die musst du nur mehr rauslassen, dann kommst du auch weiter. Immerhin bist du noch als Ersatz in der Reserverunde.«

Undine boxte ihren Bruder heftig auf den Arm.

»Matthies«, ermahnte Carlo seinen Sohn vor der Kantine. Er reichte den beiden ihre Tabletts. Immerhin waren sie hier bei Kilago und nicht in der Sozialstation für verhaltensauffällige Teenager. Mit den Kindern und seinem Gartenoutfit stach er in dieser Nadelstreifen-Umgebung ohnehin hervor wie ein Oberstufenlehrer, der Schülerpraktikanten in der Wirtschaft unterzubringen versucht.

»Undine, du bist gut so, wie du bist, Schatz.«

An einem Fenstertisch saß Elvira. Vor sich, wie immer, einen kleinen Ruccolasalat mit fettfreien Putenbruststreifen und ein Glas Wasser. Still. Sogar beim Essen blickte sie noch in ihr Notebook. Dennoch bemerkte sie die Rümmels. Unverhohlen musterte sie die Kinder von Kopf bis Fuß. »Deine etwa, Carlo?« Sie deutete mit einem Nicken auf die beiden. »Auf deinem Schreibtischfoto sehen sie ja noch ein bisschen niedlicher aus.«

Kein Wunder. Carlo hatte das Familienfoto seit Matthies' Geburt nicht ausgetauscht. Da lag der Kleine noch nackt auf dem Lammfell, und Undine fuhr noch nicht schwarz, sondern auf dem Dreirad herum.

»Du denkst aber an Vogelmann!«, bemerkte Elvira gleich.

»Ja, ja, dürften wir vielleicht erst mal essen, Miss McFarlane?«

»Schon gut. Ich dachte nur wegen der Kinder, da vergisst man als Daddy ja mal oft die Zeit.«

»Was ist das denn für eine fiese Trulla?«, fragte Undine flüsternd, als sie sich an einen anderen Tisch gesetzt hatten.

»Das ist keine fiese Trulla, sondern meine Kollegin Elvira, die mir jeden Tag viel Freude macht.«

»Ist das denn deine Neue?«, fragte Matthies.

»Welche Neue?«

»Die, von der Mama der Susi am Telefon dauernd erzählt. Die Junge. Wegen der sie soviel weint. Deine Freundin.«

»Quatsch!«, wehrte sich Carlo so laut, dass die Kollegen an den Nachbartischen von ihren Tabletts aufschauten. Und etwas leiser: »Ich habe keine Freundin, Kinder.«

»Und warum glaubt die Mama das dann?«

Undine holte ihr Handy heraus und hantierte damit herum: »Ist es die?«

Carlo warf einen Blick auf das Display und sah: Nele beim Flashmob!

»Wo hast du das denn her?«, fragte er entgeistert.

»Na, von diesem Mädchen, das nicht will, dass ihre Oma aus dem Garten vertrieben wird. Sie hat es auf ihrer Facebookseite gepostet. Die Nele. Das wissen alle aus meiner Klasse. Ist auch schon Thema bei uns in PoWi, ihr Protest.«

Auf dem Foto war neben Nele auch Carlos Schulter zu sehen.

»Und wie kommst du auf die Idee, dass diese, wie heißt sie doch, Nele, da meine Freundin sein könnte?«

Undine blätterte in den Handy-Fotos und hielt ihm ein weiteres unter die Nase: »So!«

Carlo erkannte sich auf dem Display. Glasklar getroffen und nahezu perfekt ausgeleuchtet. In Unterhosen in Neles WG-Zimmer.

Undine las den Tweet vor: »Ein Verhältnis mit einem Ü40 ist echt mal was anderes. Nichts auf Dauer, aber was zum Lernen. Schöne Lovehandles und leichter Bauchansatz. I liked it. Ganz kuschelig, mal was anderes.«

Carlo verschlug es die Sprache.

»Habt ihr da gerade gepoppt?«, wollte Matthies wissen.

»Nee!«

»Aber ihr seid doch fast nackt.« Undine schaute ihrem Vater tief in die Augen. »Oder habt ihr euch da die Buchstaben für die Demo auf den Hintern gemalt?«

»Boah, gegenseitig, ist das geil«, bemerkte Matthies aufgeregt.

»Jetzt reichts aber. Das ist doch Fake. Eine Fotomontage. Ihr dürft doch nicht alles glauben!«, rief Carlo. Die Abteilung von Kilago-Südeuropa hob zum zweiten Mal die Köpfe.

»Klaro«, schrie Undine: »Dann hat sich der Fälscher also extra die Mühe gemacht, einem fremden Typen auch noch deine altmodischen langen Boxershorts reinzuscannen, die es nur in London im *Harrods* gab. 2007 im Supersale.«

Undine klappte triumphierend ihr Handy zu. »Das bist du, Papa! Hundert pro.« Und Matthies: »Hat Mama auch gesagt.«

»Seid ihr irre, habt ihr das etwa Mama gezeigt?«

»Nicht alle Papa. Die schlimmen nicht.«

»Welche schlimmen?« Carlo nahm jetzt keine Rücksicht mehr auf Südeuropa.

»Ja, was meinst du denn, warum die sonst so viel weint. Die weiß natürlich Bescheid.« Undine stocherte in ihren Nudeln herum.

Carlo war ausnahmsweise sprachlos. Er würde nicht nur im Stoltze, sondern auch zu Hause ab sofort Vollgas geben müssen. Und in Zukunft genau aufpassen, wer welche Linsen auf ihn richtete.

29

Rüdigers Gartenhäuschen lag verlassen in der Nachmittagssonne. Ungewöhnlich. 17 Uhr war doch Meditationszeit. Carlo setzte sich auf die Holzbank und legte die große Plastiktüte, die er mitgebrachte hatte, neben sich. Dann zündete er sich eine Zigarette an. Dumm, dachte er, jetzt fange ich doch tatsächlich wieder mit dieser Scheiße an.

Aber im Moment ging es einfach nicht anders. Buschbrände an jeder Ecke. Er war jetzt so weit, dass er freiwillig hierher kam. Und das Rauchen konnte er sich ja an Silvester wieder abgewöhnen. Oder wenn er mit Nele Schluss gemacht hatte. Vorher nicht. Ihre Selbstgedrehten nach dem Sex waren einfach zu geil.

»Ayayay – du rauchst?«

Carlo wandte sich ertappt in Richtung Gartentor. Rüdiger betrat mit strahlendem Gesicht seine grüne Oase. »Da müssen wir drinnen ein paar Räucherstäbchen mehr anzünden, damit es nicht so stinkt.«

»Kommt Nele nicht?«, versuchte Carlo abzulenken.

»Nein. Soweit ich weiß, ist sie bei ihrem Freund. Oder soll ich sagen, bei ihrem *anderen* Freund?« Rüdiger Wengler lächelte süffisant.

»Ja hat sie denn einen?«, fragte Carlo, eine Spur zu interessiert.

»Schon lange. Adil, ein ganz netter Student. Du wirst ihn kennenlernen, der meditiert auch manchmal mit.« Rüdiger genoss die Wirkung dieser Nachricht. Zen und Schadenfreude schlossen einander offenbar nicht aus.

Die beiden gingen in die Hütte und zogen ihre Schuhe aus. Carlo raschelte aus der Tüte umständlich sein neues schwarzes Meditationskissen hervor.

»Oh«, sagte Rüdiger. »Ein gutes Zeichen – du begibst dich ernsthaft auf den Weg.«

»War ein Sonderangebot im esoterischen Buchladen.«

»Schön. Dann lass uns gleich anfangen.«

Drei, drei, drei – bei Issos Keilerei! Trotz des neuen Kissens konnte sich Carlo heute überhaupt nicht sammeln. Ab der Zahl drei sah er geradezu zwanghaft nicht nur griechische Schlachten, sondern Nele vor sich. Und was sie mit ihrem netten Freund gerade machte. Er hatte das dringende Bedürfnis, umgehend aufzuspringen und zu ihr zu gehen, bei ihr zu sein. Warum hatte sie ihm ihren anderen Lover verschwiegen?

Er rief sich zur Disziplin. Immerhin handelte es sich nur um eine bedeutungslose Affäre mit einer viel zu jungen Frau. Er hatte keinerlei Ansprüche an sie. Außerdem wollte er ja zugunsten seiner Ehe sowieso bald Schluss machen. Ihm fielen die Worte des buddhistischen Gelübdes ein, das er mit Rüdiger nach jeder Mediation ablegte: *Täuschende Gedanken und Gefühle sind zahllos, ich gelobe, sie alle zu lassen.* Ping!

Carlo entschied sich, das zu tun, was Rüdiger ihm geraten hatte: Nimm deine Gefühle wahr, betrachte sie distanziert – und sitze *durch sie hindurch*. Er, Carlo, würde jetzt tatsächlich wie der *Berg Fuji* sein, der unerschütterlich auf seinem Fundament, dem neuen Kissen, saß. Die Gedanken nur Wolken, die an ihm vorüberzogen, ohne ihn im Geringsten zu beeinflussen. Er versuchte die Bilder Neles wie ein interessierter, aber distanzierter Museumsbesucher zu betrachten. Und tatsächlich, nach einer Zeit richtete sich sein Geist auf seine direkte Umgebung. Den Duft der Räucherstäbchen und das Relief auf Rüdigers Wand. Und Ruhe kehrte in ihm ein.

30

»Was machst du denn hier – Carlo?«, fragte Susi aggressiv.

Maikes beste Freundin machte sich nicht einmal die Mühe, von ihrem Platz an seinem Küchentisch aufzustehen. Die sonst übliche Küsschen-Küsschen-Begrüßung entfiel. Eiszeit-Solidarität der Freundinnen. Auch Susis sonst so einnehmendes Lächeln befand sich im Winterschlaf. Tiefgefroren. So sieht sie gleich sechs Jahre älter aus, dachte Carlo und fragte schnippisch: »Wo ist meine Frau?« Dabei zog er demonstrativ sein Jackett aus. Susi sollte sich nicht einbilden, dass er nicht mehr der Herr im Hause war.

»Keine Ahnung«, erwiderte Susi spitz und nippte an ihrem Glas. Ihr gegenüber stand ein ausgetrunkenes Glas. Weit konnte Maike also nicht sein. Dazwischen stand eine leere Flasche seines geliebten Château Pujol. Eine Flasche für ganz besondere Anlässe, was Maike eigentlich wusste. Aber vielleicht ist es für intime Freundinnen ein besonderer Anlass, wenn sie über die Gütertrennungsregel im Ehevertrag sprechen.

In der Gästetoilette rauschte die Spülung. »Maike?«, rief Carlo laut in Richtung Klotür.

Maike kam heraus, ging wortlos, ohne ihn eines Blickes zu würdigen, an ihm vorbei und setzte sich zu Susi. Ganz klar: Er hatte die beiden bei einer feuchtfröhlichen Lagebesprechung gestört. Wahrscheinlich feierten sie schon seinen Auszug.

»Was besprecht ihr denn so?«

»Maikes neues Leben. Ohne dich«, sagte Susi scharf.

»Aha! Ohne mich, aber offenbar nicht ohne meinen Wein. Na, da habt ihr euch ja ein passendes ausgereiftes Tröpfchen ausgesucht. Schmeckts denn?«

»Boah, du nervst, Carlo.« Susi verstand seine Anspielung sofort. »Na, jedenfalls besser als das unausgereifte Kroppzeug, auf das du ja seit neuestem stehst«, konterte sie frech. Maike schwieg beharrlich und drehte heftig mit dem Zeigefinger in ihren Locken herum. Dann sagte sie: »Es ist einfach zu banal, Carlo. Die erste Junge, die dir über den Weg läuft – und du wirst gleich schwach. Ich dachte, dass dein Zen uns einander näherbringt. Stattdessen springst du alles an, was an Räucherstäbchen schnüffelt. So nicht, Carlo. Auf mich und die Kinder musst du dann leider verzichten.«

Susi ergänzte mit sich überschlagender Stimme: »So abgebrüht, wie du das hier durchziehst, war es bestimmt nicht das erste Mal!«

Carlo stand noch immer etwas verloren vor den beiden Frauen. Er versuchte abzuwiegeln: »Was ist denn mit euch los? Ihr reagiert, ehrlich gesagt, ein bisschen über. Lasst uns doch jetzt mal in Ruhe reden.«

»Hahaha«, Maike lachte hysterisch auf. »Wer wartet denn seit Tagen darauf, dass du endlich mal den ersten Schritt auf mich zugehst? Du opferst doch unsere Ehe, unsere Liebe, unsere Familie und alles, wofür ich stehe. Deiner Kohle, deiner Karriere – und deiner Geilheit wegen.«

Jetzt wurde Carlo auch laut: »Das ist doch kindisch. Wenn du glaubst, unsere Pobleme lösen zu können, indem du dich mit deiner besten Freundin sinnlos besäufst, viel Spaß! Am hellichten Tag! Wo sind übrigens die Kinder?«

Maike antwortete nicht. Dafür blickte sie demonstrativ in den Vorgarten, als wartete sie auf den Briefträger. Susi kramte in ihrer riesigen Handtasche.

»Hallo! Ist jemand zuhause?«, probierte es Carlo noch einmal. Er zog einen Stuhl an sich heran und setzte sich zu den beiden. Sie reagierten wie Veganer auf eine Boulette. Maike rückte demonstrativ ihren Stuhl von ihm weg und begann zu weinen.

Und Susi sagte: »Na, du hast vielleicht Nerven, hier so ganz entspannt reinzuschneien, wenn deine Frau völlig am Ende ist. Wahrscheinlich kommst du gerade wieder von der anderen. Hast du wenigstens geduscht?«

Maike schluchzte laut auf.

»Susi!«, erwiderte Carlo. »Jetzt hältst du aber mal den Ball flach. Bist du mit mir verheiratet?«

»Zum Glück nicht!«

»Dann geh jetzt.«

»Das würde dir so passen. Mach dir keine Hoffnung auf eine schnelle Lösung. Ich bin keines von deinen Hauruck-Projekten. Die Susi und ich haben heute unseren Saunaabend. Darum gehen wir jetzt – und nicht, weil du es willst. Wenn die Kinder gleich zurückkommen, bist du ja da.«

Carlo versuchte sich die beiden Freundinnen nackt in der Sauna des Rebstockbads vorzustellen. Leichte Beute für all die Lehrer und Gastronomen, die man heute Abend dort antreffen würde.

»Maike! Bleib hier und lass uns reden. Susi kann alleine schwitzen.« Bis sie kollabiert, dachte er noch.

Maike erhob sich und stützte sich mit beiden Händen an der Stuhllehne ab.

»Ich brauche nicht zu reden. Ich habe alles gesehen. Dich, deine Shorts, die ich dir noch gebügelt habe. Und deinen Wohlstands-Hängebauch! Und alles in einem Zimmer, das *ich* noch nie betreten habe. Du hast mich vor der ganzen Stadt blamiert! Selbst Frau Kropp vom Rewe-Markt in der Arndtstraße hat mich darauf angesprochen. Und das ausgerechnet jetzt, wo es so gut anläuft in meinem Job.« Maike schluchzte jetzt haltlos.

Susi tröstete sie und legte ihre Hand auf Maikes Oberarm. »Das ist typisch! Wenn wir Frauen mal durchstarten, dann suchen sich so Typen, wie der da, immer was Junges. Eine Kleine halt, die sie noch beeindrucken können.«

Maike sah jetzt verzweifelt aus.

»Mir reichts!«, brüllte Carlo los. »Ich habe keinen Bock mehr! Das ist mir alles zu bescheuert. Ich hatte auch einen anstrengenden Tag.«

»Das glaube ich!«, schrie Maike zurück. »Wie oft will sie es denn, die kleine Schlampe?«

»Hoffentlich nimmt er einen Gummi«, warf Susi ein.

»Maike! Ich gehe jetzt rüber ins Wohnzimmer und warte, bis Dein Wadenbeißer sich beruhigt hat«, sagte Carlo jetzt gefährlich leise.

Er wandte sich ab und setzte sich auf das Sofa. Zwischen den Ritzen der Polster spürte er etwas Hartes. Maikes Handy.

Er saß da wie Forrest Gump an der Bushaltestelle: Füße zusammen, Hände auf den Oberschenkeln. Bewegungslos schaute er aus dem Fenster und lauschte, was sich in der Küche tat. Er hörte, wie Susi auf Maike einredete.

In diesem Moment öffnete sich die Tür. Matthies und Undine. »Hallo!«, rief Undine fröhlich. Keine Antwort.

Die beiden schauten sich um und begriffen. Die Kombination Carlo, Susi und Maike, alle drei schweigend, bedeutete in der aktuellen Situation nichts Gutes – und Matthies begriff: auf jeden Fall wieder nichts zu essen!

In Anbetracht ihrer schluchtzenden Mutter entschieden sich die beiden für das Wohnzimmer.

»Na?«, fragte Matthies, »alles klar, Papa?« und ließ sich neben seinen Vater auf das Sofa plumpsen.

»Alles super. Siehst du doch!«, murmelte dieser ohne sich zu bewegen.

»Was machst du denn da?«, fragte Undine.

»Ich meditiere.«

»Vor dem Fernseher? Cool.« Matthies witterte seine Chance und suchte nach der Fernbedienung.

Im Flur tat sich etwas. Die beiden Freundinnen schnappten sich ihre Jacken und Maike ihren riesigen Saunabeutel. Ohne auch nur ein Wort zu sagen, verließen sie das Haus.

»Papa, die kommt schon wieder. Bei der Susi hält es doch keiner lange aus«, versuchte Undine ihren Vater aufzumuntern.

»Und jetzt?«, fragte Matthies, der sich nach einigen Sekunden offenbar erholt hatte und sich auf seine körperlichen Bedürfnisse besann: »Heute gehen wir mal zu Luigi. Warme Pizza essen.«

Carlo nahm seinen Sohn in den Arm und küsste ihn auf die Stirn. »Gerne, mein Großer. Wenn du die Pizza-Salami noch sehen kannst!«, sagte er zärtlich.

Undine kuschelte sich an Carlos linke Seite: »Ihr trennt euch doch nicht Papa, oder? Ich wüsste nicht, für wen ich mich entscheiden sollte.«

Matthies war weniger besorgt: »Undine! So ein kleiner Streit ist bei den Großen doch ganz normal.« Und zu Carlo: »Was gucken wir, Papa? *Kung Fu Hustle* oder *Chinatown*?«

31

Carlo wickelte die Tulpen aus dem Papier und klopfte an Neles Zimmertür. Sie öffnete und wollte ihm um den Hals fallen. Der Blumenstrauß hinderte sie daran.

»Oh Scheiße!«, Nele wich zurück.

»Wieso? Bist du allergisch gegen Tulpen?«

»Du willst Schluss machen!«

»Wie kommst du denn darauf?«

»Hallooo!? Warum solltest du mir sonst Blumen mitbringen?«

»Na, offen gestanden …«, druckste Carlo herum und blickte dabei in ihren Ausschnitt, »wollte ich schon mal über unsere Beziehung reden.«

»Ach! Hatten wir denn eine?«, fragte sie kokett und küsste ihn trotzdem.

Sie ließen sich auf das Sofa fallen.

»Nee … nee … nee … Nele … nein … jetzt lass das mal.«

»Hast du etwa mit deiner Frau gesprochen?«

»Auch.« Carlo nahm Neles Smartphone vom marokkanischen Teetisch und sagte: »Ich bin sauer.«

»Wieso?«

»Ich habe den größten Ärger zu Hause.«

»Wegen mir?«

»Wegen dir! Jetzt tu doch nicht so unschuldig. Wegen dir und diesem Ding hier.«

Nele setzte sich im Schneidersitz auf ihre Couch und blickte Carlo verständnislos an. »Ich hab dich zu Hause doch gar nicht angerufen. Ich kenne nicht mal deine Festnetznummer.«

»Du hast mich aber ins Netz gestellt. In Unterhosen! Und wer findet das: meine Tochter. Und wem zeigt die das? Meiner Frau. Der GAU!«

»Upps«, kicherte Nele. »Mann, das könnte doch überall sein, die soll sich mal locker machen. Im Fitnessstudio, oder was weiß ich denn …«

»Und in meinem Fitnessclub wird man in Unterhosen vor Che-Guevara-Postern abgelichtet. Klar.«

»Ist ja lustig, dass deine Tochter mir auch folgt. Aber du hast schon recht: Adil fand es auch nicht so cool, dass du in meinem Zimmer warst und so.« Nele zog sich ihr T-Shirt aus und meinte noch: »Aber wo ist dann das Problem, wenn deine Frau jetzt Bescheid weiß?«

Carlo war verwundert, wie locker sie potentiell lebensverändernde Umstände nahm. Sie war nicht im Geringsten schockiert – und außerdem schon wieder nackt. Und nicht nur das: Sie setzte sich auf seinen Schoß und schmiegte sich an ihn.

»Komm, fick mich noch ein letztes Mal, bevor du zu Muddi zurück musst«, flüsterte sie ihm ins Ohr und öffnete ihm dabei den Gürtel.

»Äh – die Blumen brauchen aber Wasser!«, wehrte sich Carlo ein paar Sekunden lang und entschied dann: »Okay. Noch ein allerletztes Mal. Aber heute nur mit Gummi.« Er kramte ein Kondom aus der Hosentasche.

»Wie bist du denn drauf?«

»Wegen Adil und all deinen anderen Followern, die ich nicht kenne.«

Nele ließ Carlo an ihrer Zigarette ziehen, und er inhalierte tief, um sein schlechtes Gewissen zu betäuben. Seine Kinder verloren wegen seiner Geilheit gerade ihre Familie. Das war heute aber wirklich das letzte Mal, schwor er sich. Schluss mit den Kippen und Schluss mit Nele!

»Ist das nicht toll, ohne den Widerstand gegen *Dreamland* hätten wir uns gar nicht gefunden«, sagte sie.

Und mein Leben wäre noch intakt, dachte Carlo.

»Die kriegen uns da nie raus. Wir haben die Bonzen gebremst. Wir sind die Unbeugsamen!«

»Mal abwarten«, sagte Carlo. »Der große Exodus kommt noch. Den meisten ist es am Ende wurscht, wo sie ihr kleines Stückchen Glück umgraben. Die Rödelheimer Anlage ist doch auch tipp-topp. Und Kohle bricht selbst den härtesten Widerstand. Die Meusers sind schon auf dem Absprung. Denk an meine Worte, Nele.«

»Quatsch. Es geht nicht nur um die Kleingärtner. Ganz viele Anwohner in unserem Stoltze wollen einfach nicht so einen Kapitalistenklotz vor die Nase gesetzt bekommen. Die wollen Sträucher und Stachelbeeren statt Zara und Footlocker!« Nele keifte sich jetzt richtig warm.

»Wach auf, Nele! Werde erwachsen! Jetzt wo dir sogar deine Großmutter in den Rücken fällt und verkauft.«

»Was?« Nele sprang so hastig auf, dass der kleine Tattoo-Salamander auf ihrer Brust ordentlich durchgeschüttelt wurde.

»Ich dachte, das wüsstest du?« Plötzlich kapierte er, dass er zu weit gegangen war und sich verraten hatte. Müllers Triumph war offenbar noch nicht allgemein bekannt. Carlo brach der kalte Schweiß aus.

»Wer behauptet das?« Nele war jetzt am Rand der Hysterie. »Du glaubst doch nicht eine Sekunde lang, dass meine Oma mir in den Rücken fallen würde!« Nele trommelte auf Carlos Brustkorb. Carlo zog sich die karierte Bettdecke schützend über das Gesicht. Nele riss sie ihm wieder herunter: »Hey! Wenn das deine Art ist, mich zum Lachen zu bringen, will ich nicht erleben, wie du jemanden erschreckst. Sag mir bitte, dass du mich gerade verarscht hast!«

Carlo spürte den kalten Luftzug über seinem verschwitzten Körper. Diese Woche war definitiv keine Gutes-Verhältnis-zu-Frauen-Woche. Er packte sein Kondom wieder ein.

Nele griff sich ihr Handy, wählte und blickte aus dem Fenster. »Hallo Ömchen, Nele hier. Du, sag mal, ich hab da mal ne Frage, es geht ums Stoltze … Bei mir sitzt so ein Typ, der behauptet, du hattest Kontakt mit den Leuten, die unseren Garten kaufen wollen. Haben die dir Druck gemacht? Oma? Oma? Jetzt sag doch was, Oma. Du, der behauptet auch, du willst verkaufen! Der lügt doch, oder? Oma?« Sie wandte sich Carlo zu: »Sie weint. Meine Oma weint. Scheiße, da ist was im Busch … Die sind an ihr dran, das spüre ich. Ich muss sofort zu ihr.« Nele hielt die Hand vor das Telefon. »Oma? Bleib, wo du bist. Ich komme gleich zu dir!«

32

Nele drückte den Kopf ihrer Oma zärtlich an ihre Schulter. Er roch wie immer seltsam angenehm nach Haarspray und *Tosca* von 4711. Auf dem Gartentisch lag Zeitungspapier ausgebreitet. Die Stiefmütterchen warteten darauf, umgetopft zu werden.

»Die haben mir alles ganz genau erklärt«, schluchzte Erna Veigele gedämpft ins T-Shirt ihrer Enkelin. »Du brauchst doch das Geld, wenn ich mal nicht mehr bin. Für deine Aussteuer.«

»Oma! Aussteuer! So was gibt es nicht mehr. Ich hab BAFÖG, und Papa gibt mir auch noch was. Ich brauche kein Geld.«

Carlo fühlte sich unwohl in seiner Ecke der Gartenbank. Gott sei Dank war Müller hier die eiskalte Sau, dachte er. Eigentlich wäre es ja mein Job, die Unterschrift zum Verkauf zu kriegen. Irgendwann musste aber auch er, das wusste er, selbst loslegen und aus dieser Stoltze-Kuschelei aussteigen – und endlich wieder Geschäfte machen! Was war nur mit ihm los? Zuviel Nähe schadete seinem Bonus. Nele, Oma, Wengler – er hatte in der kurzen Zeit hier mehr Freunde gewonnen als in seinem ganzen bisherigen Leben. Aber er wusste nur allzu gut: Freunde waren für einen Investmentbanker wie fünfzehn Grad Aussentemperatur für den Winterurlauber. Wie Arbeitslosigkeit für einen Hypothekenzahler.

»Ich finde, dieser Kerl von Kilago hat gar nicht so Unrecht, Nele«, begann er schwächlich. Aber er gewann an Fahrt: »Es geht mit *Dreamland* um das größte Investitionsprojekt der Stadt. Wie wärs denn? Holt doch was raus. Zockt die ab! Da ist finanziell Musik drin. Und Bienenstich können wir auch in Rödelheim essen.«

Nele bedachte ihn mit einem Blick, der sogar Charlie Sheens Manneskraft gebremst hätte. »Hast du schon was unterschrieben, Oma?«, fragte sie.

»Nein, Kindchen.« Nele atmete auf. »Aber Handschlag!«, ergänzte Oma Erna. »Und daran muss man sich doch auch halten, oder? Die hatten auch einen dabei mit einer großen Kamera.«

»Nee, Oma!« Nele sprang auf. »Handschlag bedeutet gar nichts. Und außerdem war das bestimmt Nötigung! Wie sind die denn überhaupt an dich rangekommen?«

»Über Onkel Herbert, der hat die zu mir nach Hause mitgebracht. Alle taten so heimlich, der Herbert, der ganz nette Mann und diese junge Frau mit den hohen Schuhen – noch Tage später hab ich Löcher im Teppich gehabt. Weißt du noch, die Junge, die schon mal hier war mit dem Vortrag. Die war nett, die mochte meinen Bienenstich. Dann haben sie mir Prospekte gezeigt und gesagt, ich könnte da gleich das Geld wieder reinstecken, sogar mit Gewinn. Die Meusers hätten schon unterschrieben, und es gäbe da ganz viele im Stoltze, die nur darauf warten, dass ich auch mitmache. Und: Wenn ich nicht unterschreiben würde, hätte ich Schuld, wenn viele Leute keine Arbeit hätten und so. Und dass du viel Geld brauchst für einen guten Anwalt, wegen der Demonstrationen, und dass ich die Zukunft blockiere – und ich will ja keine von den Alten sein, die deine Zukunft blockiert. Und da habe ich eben zugesagt. Und der Herbert hat mir ja auch zugeredet.« Oma Erna klammerte sich an ihre Enkelin.

»Oh, der Herbert kriegt so eine Schelle von mir. Der hat früher schon immer alles kaputt gemacht.«

»Ich kann wohl keinem von euch mehr in die Augen schauen. Aber ich dachte eben, wenn wir alle im nächsten Frühling zusammen in Rödelheim sitzen, dann wird alles wieder gut.«

»So schlecht ist deine Idee auch gar nicht, Oma«, schob Carlo jetzt mutig nach, »Ginsterbusch ist Ginsterbusch.«

»Fresse!«, zischte Nele.

Das Gartentörchen knarrte. Bruno Bender und Rüdiger Wengler kamen mit einer Sackkarre den Gartenweg entlang. »Oma, deine Fuhre Mulch.«

Nele schrie: »Hier geht es nicht um Rödelheim. Es geht darum, dass man uns hier nicht mit Druck vertreiben kann. Wir bleiben. Basta.«

»Richtisch«, pflichtete ihr Bruno Bender mit rot geflecktem Gesicht bei. Er zog das Lokalblatt aus seiner Gesäßtasche, entrollte es und hielt es Oma Veigele entgegen: »Oma«, sagte er bemüht gelassen. »Haste uns was zu sage?«

Die Überschrift des Artikels lautete: *Stoltze-Galionsfigur knickt ein.* Darunter ein Foto von Erna Veigele, händeschüttelnd mit Müller, McFarlane und Onkel Herbert.

Bruno las laut vor: »*Kilago vor dem Durchbruch. Die Symbolfigur der Gartenanlage, Erna Veigele, 79, hat sich, wie das Unternehmen gestern mitteilte, entschieden zu verkaufen …«*

»Wir sind hier ein freies Land, Bruno«, wandte Carlo ein.

»Halt *du* dein Maul!«

»Die Kilago-Leute haben Oma zu Hause belabert und ihr die Zusage entlockt, verkaufen zu wollen«, erklärte Nele.

»Und? Hat sie unterschrieben?«, fragte Rüdiger.

»Nein, aber sie glaubt noch an den Handschlag, den sie ihr vor der Kamera abgenötigt haben. Deshalb ist sie seit Tagen fix und fertig.«

Bender bellte Carlo an: »Hast Du es so gedreht? Is schon e bissje komisch, Carlo, seitdem du hier bist, gibts nur Ärjer. IM Carlo. Wie es in de Zeitung gestanne hat. Du kriegst jetzt wahrscheinlich e schö Provision von deine nette ›Kollege‹.« Bruno formte die Anführungszeichen mit den Fingern nach.

»Nee! Krieg ich eben nicht. Und warum auch?«, erwiderte Carlo. »Oma handelt immer noch selbstbestimmt. Auch ohne IM. Nicht wahr, Erna? Und sprecht gefälligst nicht alle so, als sei sie gar nicht da.«

»Ja, und will sie jetzt verkaufen?«, fragte Rüdiger.

»Frag sie doch selbst«, Carlo deutete genervt auf Oma, die wie ein Blümchen ohne Wasser in der Ecke saß und das graue Köpfchen hängen ließ.

»Ich weiß nicht. Ich wollte nur das Geld für meine Nele.«

»Oma!« Nele kniete sich vor ihre Großmutter. »Hör mal. Wir bleiben hier hart, wir verkaufen nicht. Das alles hier bist doch *du*. Jeden alten Baum hast du selbst gepflanzt, die Stachelbeeren ernten wir zusammen, seitdem ich zwei Jahre alt bin. Und ich will hier nicht weg.«

»Genau, die Oma fällt net um«, triumphierte Bender. »Gespräche übers Stoltze ohne uns gibts net, verstehste Erna. Mir sin doch all Freunde. Warum haste uns dann net angerufe?«

»Wenn die Investorenjungs schon solche Methoden auffahren, dann brauchen wir vielleicht bald einen guten Anwalt. Zumindest schon mal für die Gegendarstellung, die jetzt fällig wird«, erklärte Rüdiger.

»Auch wenn unser Grundstück all schon verplant sin, lebt unser Stoltze weiter.« Bruno setzte sich in Positur für eine seiner berüchtigten Ansprachen. »Das Stoltze hat Zukunft. Der alte Knöpp hat grad sein Eckgrundstück hinner deiner Hütt verkauft. Der Vorstand hat gestern seim Nachfolger , einem adrette, junge Mann, die Garteordnung erklärt. Der zieht morsche ein und will alles so befolche, was mir so beschließe. Hat er versproche.«

»Sei nicht so naiv, Bruno«, entgegnete Carlo. »Der spekuliert doch auch auf steigende Preise, jetzt wo das alles schon durch die Presse geistert.«

»Naa, der bleibt. Der hat für die runnergekomme Eck vom Knöppe Opa ganz schön bleche müsse. Und en Spekulant stellt niemals en dreibeinige Schwenkgrill uff, odder?«

33

Brausewang lief hinter Carlos Rücken an der Fensterfront auf und ab. Er fragte wütend: »Carlo, wie konnte das passieren? Müller hatte doch alles perfekt eingefädelt? Konntest du das nicht verhindern?« Er warf die Zeitung vor Carlo auf den Tisch. »Wir sind auf dem richtigen Weg. Und eine wackelige Rentnerin macht uns jetzt lächerlich. Und zwar damit. Brausewang las laut vor: »*Gegendarstellung: Stoltzes Galionsfigur knickt nicht ein.*« Darunter ein Foto von Oma Veigele mit allen Gartenfreunden – inklusive Carlo. Am linken Bildrand hielt Nele das selbstgemalte Schild *Stoltze forever* in die Kamera.

»Innere Distanz Fehlanzeige. Du verbündest dich mit dem Feind! So war das nicht gedacht. Ich sage nur: Unterhose und WG.«

»Wie bitte?« Carlo würde sich nie mehr fotografieren lassen. Jetzt war nicht nur seine Ehe am Boden, auch sein Arbeitsplatz rutschte in die Gefahrenzone. Das war die Nummer mit Nele nun wirklich nicht wert gewesen.

»Glaubst du, wir verschlafen *social media*? Elvira hat alle deine Bumsbilder mit der Aktivistin ausgedruckt. Wenn das dein Verständnis von Arbeit ist, dann möchte ich das auch machen.«

»Sorry, Dieter. Wenn wir hier jetzt so reden, dann sage ich nur: Versuchs doch mit Elvira!«

»Das verbitte ich mir!« Brausewang sah jetzt ungesund aus. Er hatte weißen Schaum in den Mundwinkeln. »Ich gebe dir noch zwei Wochen, bis dann unterschreiben alle, oder du fliegst.«

»Ich schaffe das«, sagte Carlo und hatte zum ersten Mal das Gefühl, dass er log. Schade eigentlich, wenn das ursprünglich freundschaftliche Verhältnis zu Dieter vor dem Arbeitsgericht enden würde. Ehe kaputt, Job kaputt und alles nur wegen einiger Handyfotos einer unbedarften Liebhaberin. In diesem Moment fiel Carlo ein Haiku ein:

Alles voller Flöhe und Läuse und neben meinem Kopfkissen pisst auch noch ein Pferd. So hatte der berühmte japanische Dichter Basho seinen Aufenthalt in einem Berggasthaus beschrieben, eine Parabel für die Widrigkeiten, die das Leben für jeden bereithalten konnte. Und dass man manches eben aushalten musste. Flöhe, Läuse, Pferdepisse, zumindest wenn man in den Bergen eingeschneit war. Und in gewisser Hinsicht war Carlo das jetzt auch.

34

Eins … *pfffft* … zwei … *pfffft* … drei … *pfffft* … Aha! Carlo bemerkte, dass Rüdiger neue Räucherstäbchen besorgt hatte. In Kombination mit der Anwesenheit Neles, die neben ihm saß, gab es also in der heutigen Sitzung genug Ablenkung. Vor allem aber beschäftigte ihn die Frage: Was war mit Maike? Immerhin war sie seit zwei Tagen nicht mehr aufgetaucht. Selbst Susi ging nicht mehr ans Handy. Undine war ganz und gar durch den Wind. Die Kinder würden heute Nachmittag zum ersten Mal in den Garten kommen und sich von Pauls Kohlrouladen ernähren müssen.

Und wo würde er arbeiten, fragte er sich, wenn Kilago ihm den Stuhl vor die Tür setzte? Ein Investmentbanker über vierzig, der in seinem Laden rausgeflogen war, würde auch den ausgefuchstesten Headhunter in den Burn Out treiben.

Vrooouuum! Vroummmm. Ein lautes Donnern aus Opa Knöpps alter Parzelle erschütterte die Stille. Der Boden des Zendo erbebte von einem Sound, den Carlo sofort erkannte. Er war in seinem Gehirn dort abgespeichert, wo auch die Soundfiles für Ferrari und Aston Martin abgelegt waren. Unglaublich. Direkt neben der Hütte musste irgendjemand eine richtig fette Harley austesten. Nein mehrere! Im Stoltze! Dem einzigen Revier, das sich die strengste Ruheverordnung der ganzen Schrebergartenszene verpasst hatte, umfangreich wie die mehrsprachige Bedienungsanleitung einer Wii-Station. Was zum Teufel war hier los? Am liebsten wäre er aufgesprungen, um nach dem Rechten zu sehen.

Carlo schaute, wie Rüdiger und Nele reagieren würden. Irgendetwas mussten sie doch tun. Würden Sie die Runde abbrechen? Es roch noch nicht mal mehr nach Rüdigers neuen Sandelholzstäbchen, sondern nach Abgasen! Die Kolben der Machinen arbeiteten weiter angestrengt. Meditation hin oder her – noch dreißig Sekunden diesen Höllenlärm, und er würde vor der Hütte den Bruce Willis machen.

Rüdiger Wengler rührte sich nicht. Genausowenig wie Nele. *Hallo!?* Meditation in der Stille! Das war jetzt definitiv keine Stille mehr. Wann flippte dieser Rüdiger eigentlich aus? Bis jetzt hatte Carlo immer angenommen, dass das *Zendo* der wunde Punkt wäre, an dem er keinen Spaß verstünde.

Dann aber erinnerte er sich an einen von Rüdigers weisen Sprüchen: *Eine Halle Meditierender ist wie ein Halle voller toter Bäume.* Und: *Man kann die Stille auch auf einem lauten Marktplatz finden.*

Carlo ahnte, dass er sich auch heute bis zum Ende der Sitzung würde gedulden müssen. Motorräder hin oder her. Unglaublich. Evozierte Zen doch in ihm Bilder von japanischen Klöstern im Regen, von schweigenden Mönchen, von Ruhe und Frieden – und nicht von Boxengassen bei Motorradrennen.

Eins … *vrouum pffffft* … zwei … *vroummmvroum pf-fffft* … drei … *vroumvroum* …

Wenn das so weiterginge, würde er noch nicht einmal den Abschlussgong hören und die ganze Nacht hier in diesem Lärm herumsitzen müssen. Was machte man eigentlich im Kloster, wenn es brannte? Auch durchsitzen, wie Rüdiger das nannte?

Gong gong – vroum vroum. Endlich! Ja, endlich durften sie raus. Vorsichtig warfen die drei einen Blick auf die lärmbelastete Nachbarzelle. Dort begutachteten drei übergewichtige langhaarige Rocker das Leerlaufverhalten einer riesigen schwarzen *Electra Glide*. Wohl zum besseren Vergleich waren die Motoren der beiden anderen Harleys ebenfalls angelassen worden, und die Analyse musste offenbar durch Ziehen der Gashebel erneuert werden. Die Laune dabei war gut – wohl auch auf Grund des Kasten Bieres, auf den der zarteste von ihnen, eine Art Dirk Bach in Ledermontur, seinen Fuß stellte.

»Machst du die noch naggisch, Olli?«, fragte er den Besitzer der *Glide* und biss dabei eine Flasche mit den Zähnen auf.

Carlo wusste noch aus seiner Zeit mit seiner 250er Honda: An diesem Motorrad war für einen echten Rockerhobel noch zuviel Schnickschnack dran. Zum Beispiel der Rückspiegel. Der musste dringend weg, genauso wie alle Schriften und überflüssigen Armaturen.

Was sind das denn nur für Assis? Carlos Gehirn gab ihm verlässlich den üblichen Impuls: Losbrüllen, Ruhe verlangen, vom Platz verweisen und Prügel riskieren, ohne Rücksicht auf Verluste. Seine hübschen Schneidezähne waren in ähnlichen Situationen schon oft gefährdet gewesen.

Zu seiner eigenen Verwunderung passierte nichts. Er schaute auf sich selbst wie von außen, schaute auf die Rocker und auf seine Impulse. Und tat nichts! Irgendetwas in ihm gab ihm Zeit, Zeit, sich entscheiden zu können, ob das, was er spontan tun wollte, auch angemessen war. Angesichts von vier Männern mit je 120 Kilo bestimmt keine schlechte Sache. Aber auch für einen Kerl wie ihn eine neue Erfahrung.

Er sah Rüdiger von der Seite an. Auch er beobachtete die Szene ganz ruhig. Dann schrie er: »Guten Tag, die Herren! Entschuldigung: Darf ich fragen, was Sie hier tun?«

Die Rocker drehten sich erschrocken um. Sie hatten Carlo, Nele und Rüdiger wegen des Lärms gar nicht bemerkt. Und sahen: zwei ältere Männer in Gartenhosen, einer davon mit einem Kissen unter dem Arm – und eine scharfe Braut, die sich auf jedem Sozius super machen würde.

Der kleine Dicke sagte: »Freizeit gestalten.«

»Mit achttausend Dezibel?«, rief Nele. »Na super!«

Rüdiger gab ihr ein Zeichen sich zurückzuhalten. »Darf ich fragen, warum Sie das ausgerechnet hier tun?«

»Warum nicht? Ist doch unser Garten, oder?«

»Seit wann?«

»Na, seit jetzt. Unser Boss hat das Ding gemietet, und jetzt gibts Party, oder?«

»Das sind die Randidos«, flüsterte Nele ängstlich.

»Woher weißt du das?«, fragte Carlo.

»Das sieht man doch an den Kutten. Sorry, Carlo, halt den Ball flach! Mit denen ist nicht zu spaßen. Der Chef von denen, der Kuddel, vor dem hat jeder Angst. Der ist jede Woche in der Zeitung. Oder in U-Haft.«

Normalerweise wäre Carlo tatsächlich laut geworden. Nur gut, dass seine Impulse so kurz nach der Meditation auf ein gesünderes Maß gedämpft waren und er begriff, warum Rüdiger nichts tat. Es hatte einfach keinen Sinn, sich mit diesen Muskelpaketen anzulegen. Nicht, bevor die Sachlage geklärt war. Deshalb gingen sie zurück in das Zendo, um über Rüdigers Chai-Tee die Sache zu diskutieren. Sie waren sich ganz schnell einig, dass man Bruno Bender mit den neuen Nachbarn nicht allein lassen durfte.

»Ist der kleine Dicke der nette junge Mann, von dem der Vorstand gestern noch so geschwärmt hat?«, sinnierte Carlo.

Nele lachte in ihre Tontasse: »Na, wenn die hier jetzt unterwegs sind, dann können wir endlich im Sommer mal richtig Party machen. Ganz geil eigentlich. Dann mache ich auch noch meinen Einser-Führerschein.«

In Carlos Herzgegend zog es ein wenig. Aha, dachte er. Ihr nächster Lover ist schon in Sicht. Ein bisschen Motor hochreißen, und sie steht drauf: Stinkige unrasierte *Headbanger*, die ihr Mini-Gemächt mit lauten Spritztouren auf zweihundert Pferdestärken und mit abgesägten Auspüffen aufpimpen. Primitiv!

35

Nach etwa zwanzig Minuten Meditation hörte Carlo, wie die Haustür aufging.

Die Kinder würden doch nicht jetzt noch aus dem Haus gehen wollen? Er überlegte kurz, die Meditation abzubrechen, nach oben zu gehen und nach dem Rechten zu sehen. Ärgerlich. War doch das Entspannendste an der Meditation die Tatsache, dass die Zeit genau festgelegt war. Vierzig Minuten. Basta. So musste man nicht dauernd darüber nachdenken, wie lange man noch machen wollte.

In diesem Moment hörte er Maikes Stimme. Aha, da musste er die Vermisstenanzeige doch nicht aufgeben. Er freute sich, sie zu hören. Er entschied aber zunächst, in seinem neuen Weinkeller-*Zendo* sitzen zu bleiben.

Oben hörte er Maike: »Was, ihr schaut noch Fernsehen? Um diese Zeit? Macht die Glotze aus, sofort! Wo ist Papa?«, fragte sie gereizt.

Carlo hörte ihre Absätze die Kellertreppe herunterklackern.

»Ach, an der Wand! Wie arm. Wo ist nur der Mann geblieben, den ich geheiratet habe? Steh sofort auf! Und mach diese Scheiß-Räucherstäbchen aus, den Gestank kriege ich nie wieder aus der Wäsche raus! Im Büro nennen sie mich schon Hare Krishna.«

Carlo erhob sich mühsam aus dem halben Lotussitz. »Guten Abend, Liebling«, sagte er betont milde und versuchte, seine Frau am Oberarm zu berühren. »Wie geht es dir, Schatz?«

Maike wich zurück: »Beschissen! Ich habe zum Beispiel heute die Zeugnisse deiner Kinder unterschrieben. Ein Manifest der geistigen Verwahrlosung.«

»In einem mutterlosen Haushalt – kein Wunder. Das war mal unsere Abmachung: Solange die Kids noch nicht aus dem Gröbsten heraus sind, arbeitest du nur halbtags.«

»Es war auch unsere Vereinbarung, lieber Carlo, dass du dich auch mal ein bisschen in der Familie einbringst und nicht nur Kilago und Geld-Geld-Geld im Schädel hast. Ich brauche keine zwei Urlaube im Jahr und keinen Zweitwagen. Ich brauche dich an meiner Seite. Ich will mit dir durch unser Leben gehen und dich nicht mit einer halbwüchsigen Punkschlampe teilen. Ich hatte gehofft, dass dich dieser Rüdiger ein wenig näher zu dir selbst führen würde. Stattdessen legt er offenbar jedes noch so geheime Bedürfnis in dir frei. Dieser Laubenpiepermönch zerstört doch unser Glück mit seinen dämlichen Atemübungen. Früher haben wir uns über solche Leute lustig gemacht. Was ist nur los mit dir, Carlo?«

»Hör zu Maike! Das stimmt so alles nicht. Ich liebe dich und ich will wirklich bei dir bleiben. Mit der Kleinen ist längst Schluss. Das war ein Ausrutscher, ehrlich. Da habe ich mich im Auftrag von Kilago dumm hinreißen lassen. Du und die Kinder, ihr seid doch alles für mich. Und das mit den Noten kriegen wir auch wieder hin. Guck mal, ich habe doch auch Karriere gemacht, obwohl ich in der neunten Klasse sitzen geblieben bin.«

»Ich fühle mich zur Zeit so allein, Carlo.« Maike schlug jetzt einen sanfteren Ton an. »Ich habe einfach das Gefühl, ich sitze in einem Ruderboot auf einem großen See – und du ruderst nicht mehr mit.« Sie setzte sich auf die Kellertreppe.

Carlo lehnte sich an die Waschmaschine: »Jetzt krieg dich mal wieder ein, Maike. Jede Ehe hat mal eine kleine Krise. In zehn Tagen bin ich mit dem Kilago-Projekt durch, dann haben wir auch wieder Ruhe. Dann gehen wir mal wieder ins Kino, in ein schönes Restaurant oder vielleicht auch in die Sauna. Aber ohne Susi.«

»Okay …«, Maike schien aufzutauen. »Da bin ich mal gespannt, was dir zum Wochenende dann so einfällt. Ich ginge auch gerne mal wieder zu Luigi.«

»Oh, Wochenende? Dieses? Da kann ich leider gar nicht.«

»Wie? Seminar mit Kilago, oder was jetzt schon wieder?«

»Sesshin. Meditieren und schweigen im *Zen*-Zentrum.«

»Das heißt, du bist *wieder* nicht da, wenn am Sonntag meine Mutter kommt?«

»Fürchte ja.«

Maike sprang auf und galoppierte los. »Du egoistisches Schwein!« Auf halber Treppe drehte sie sich noch einmal um: »Ich verlasse dich, Carlo. Du fährst doch bestimmt mit der Kleinen irgendwohin. Meditieren? Ihr macht alles kaputt.« Maike rannte ihre Kinder beinahe um, als sie, um das Haus zu verlassen, an ihnen vorbeistürmte. »Ich schlafe nicht mehr mit dir unter einem Dach«, war der letzte Satz in seine Richtung, bevor sie die Tür zuknallte.

Auf dem Treppenabsatz standen beide Kinder.

»Oh Gott, meine Nerven.« Carlo setzte sich auf die oberste Stufe, die Kinder taten es ihm gleich. Matthies hatte noch die Chipstüte in der Hand.

»Und? Die Nummer mit den Zeugnissen? Was ist da bei euch los?«

»Papa, wie kannst du jetzt an Noten denken, wenn hier alles zusammenbricht und ihr euch demnächst scheiden lasst«, jammerte Undine.

»Außerdem ist es doch egal, Papa«, schob Matthies hinterher.

»Wieso?«

»In deinem neuen Zensprüchebuch steht doch drin: *Sei so arm wie möglich und meide den Erfolg.* Das gilt bestimmt jetzt auch für uns.«

Carlo war verblüfft und musste lachen. »Das galt für japanische Mönche im Mittelalter. Kleine normale Schüler wie ihr *müssen* gefälligst erfolgreich sein.«

Matthies lächelte triumphierend: »Wer sagt das? Dein Meister in deinem Buch sagt auch:

Was willst du? Du bist doch auch nur ein Fleischsack voller Scheiße. Wenn das so ist, dann kann ich doch ab jetzt chillen …«

»Jetzt reichts aber, so ein Quatsch! Ab ins Bett! Und ab morgen ist Hausaufgabenüberwachung in meinem Schrebergarten angesagt. Punkt 16 Uhr. Da habt ihr Ruhe, und ich kann auf euch aufpassen. Und die Nele ist auch gut in Mathe.«

»Die von Twitter? Die hier alles kaputt macht, die soll mir auch noch helfen?«, schrak Undine auf.

»Cool«, sagte Matthies und schüttelte sich die letzten Chipskrümel aus der Tüte direkt in den offenen Mund. »Vielleicht zeigt sie mir auch ihren Salamander.«

36

Carlo nahm den Stapel Briefumschläge aus dem Posteingangsfach, ohne seine Wetterjacke abzulegen. Heute war ja Rasenvertikutieren mit Rüdiger im Stoltze angesagt. So blieb nur kurz Zeit bei Kilago, um die Post und die Unterschriftenmappe durchzusehen. Nörk stellte die Gartenblumen, die er ihr mitgebracht hatte, lächelnd in ein großes Wasserglas.

»Sehr nett von Ihnen, Herr Dr. Rümmel, dass Sie im Dschungelkampf noch an mich denken.«

»Das ist auch ein bisschen dafür, dass Sie mir in diesem Haifischbecken die Stange halten.«

»Sind die etwa selbstgepflückt?«

»Selbstredend! Aus dem eigenen Beet.« Sie musste ja nicht wissen, dass er sie in Wirklichkeit Oma Veigele abgequatscht hatte – und dass sie ursprünglich für Maike gedacht waren.

»Ist es nicht ziemlich laut da im Garten?« Dagmar Nörk schlug ihren typischen Ich-meine-ja-nur-Tonfall an, während sie die Blumenköpfe arrangierte.

»Wieso?«, fragte Carlo und riss dabei einen Umschlag auf.

»Ich meine ja nur …«, sagte Dagmar, »jetzt wo auch die Biker alle da draußen sind.«

»Welche Biker?«

»Na, die Randidos. Die doch jetzt auch einen Garten im Stoltze haben.«

»Woher wissen Sie das?«

»Vom Müller. Der hatte in letzter Zeit ja viel am Hut mit diesem Kuddel. Der war sogar mal mit ihm hier! Da hatten wir vielleicht Schiss. Ich habe gleich alles abgeschlossen. Und den Matze vorgewarnt. Aber: Der wurde so empfangen wie die Vogelmänner. Mit Gebäck und allem.«

»Und was wollte der hier, bitte schön?«

»Das versuche ich Ihnen doch gerade zu erklären, Chef. Der hat von Müller einen Auftrag bekommen. Und einen Garten. Im Stoltze. Und Geld. Das musste ich vorher bar besorgen.«

»Ach!« Carlo legte seinen Poststapel zur Seite. Unglaublich. Ihm wurde heiß. So fühlte es sich also an, wenn man kaltgestellt wurde.

»Da gibt es doch auch so einen Fachausdruck für«, plapperte Dagmar Nörk weiter, »wie heißt das nochmal, wenn die Mieter rausgeekelt werden sollen. Das soll der Kuddel im Stoltze machen. So hab ich das jedenfalls verstanden. Laubharken soll der nicht.«

»Entmietung«, sagte Carlo trocken. »Entmietung heißt das.«

»Und Brausewang hat noch gesagt, das wäre vielleicht auch für *Sie* gut, dass wir Ihnen ein bisschen unter die Arme greifen. Aber von mir wissen Sie das nicht!«

»Nee, nee«, versicherte Carlo rasch. »Das war ja alles so mit mir abgesprochen.«

37

»Einfach rein ins hübsche Mäulchen, nicht lange nachgedacht – und du musst feste ziehen. Nicht blasen! Ziehen hab ich gesagt!«

Carlo Rümmel legte die Tasche in seiner Hütte ab und hörte durch die dünnen Wände

die Anweisungen seines neuen Nachbarn, Toddi. Kuddels rechte Hand, wie seine Erkundigungen ergeben hatten.

»Sooo?«, fragte eine Mädchenstimme ein wenig gedämpft. Carlo erschrak. Das klang doch nach Undine, wenn sie sich zuhause den Mund mit Chips vollstopfte. Er stürmte hinaus und hörte erneut Toddis Anweisungen: »Nein, Kleine. Nicht so nass machen, das Ding. Ja, so ist gut. Jaaa, perfekt.« Und tatsächlich: In der Nachbarparzelle saß seine Tochter Undine. Rittlings in ihrer rosa Stretchjeans auf einer riesigen Harley Davidson! Paffte ein Zigarillo! Daneben ein ungepflegter Toddi in einer mit Stickern zugepflasterten Randido-Lederkutte.

»So? Ja?«, fragte Undine ein wenig zu eifrig. Neben ihr stand ihr Bruder Matthies und mühte sich ab, eine Bierflasche mit den Zähnen zu öffnen.

»Was geht denn hier ab?«, schrie Carlo lauthals. Alle drei erschraken. Toddi drehte sich dann aber betont langsam um und sagte: »Jetzt mal ganz ruhig, Vaddi. Nachhilfe ist das hier. Deine Kleinen können ja mal gar nix.«

»Rauchen und Saufen?«

Carlo hatte ganz vergessen, dass er die Kinder heute in den Garten bestellt hatte, damit Nele ihnen bei den Hausaufgaben half.

»Undine, du kommst sofort runter! Ab in unseren Garten! Sofort! Setzt euch in die Schaukel und fangt mit den Hausaufgaben an. Wo ist Nele?«

»Oja, Nele!« Matthies hatte sich vom ersten Schreck erholt. »Büffeln wir etwa mit der Nele?«

Und Undine: »Das hat sie gar nicht getwittert!«, während sie maulig über die Rabatten zwischen Kuddels und Carlos Gartengrenze stieg.

»Getwittert oder nicht. Ab jetzt werden gescheite Sachen gelernt! Jetzt ist Schluss mit lustig.«

Carlo entriss Undine das Zigarillo, das sie immer noch zwischen den Fingern hielt, und warf es in Kuddels Beet.

»Heh, Vorbild sein sieht aber auch anders aus, Meister!«, maulte Toddi, »Und wenn ihr beiden nachher wieder Zeit zum Chillen habt, wisst ihr ja, wo ihr mich findet! Dann fahren wir mit meinem und Kuddels Schätzchen hier ne Runde um die Parzellen.« Er verwies mit einem Kopfnicken auf die zweite Maschine.

»Boah, Papa«, entfuhr es Matthies.

»Nichts da!«, zischte Carlo. »Kontakt mit den Randidos! Das hat mir gerade noch gefehlt. Lassen Sie die Finger von den Kleinen …«

»Meinst du die Finger hier?« Toddi hielt seine beiden Fäuste hoch. Zwischen Mittel- und Ringfinger glomm sein

Zigarillo. Er hielt die Fäuste so, dass Carlo die Tätowierungen auf den Finger lesen konnte: L-O-V-E H-A-T-E.

Carlo legte seinen Arm schützend um seine Kinder und geleitete sie wie Verletzte in Richtung Hollywoodschaukel. Jetzt kam Nele zur Gartenpforte herein. Sie machte ein erstauntes Gesicht, ließ ihre Umhängetasche auf einen Gartenstuhl gleiten und wandte sich den beiden Kindern zu.

»Hi! Ich bin die Nele. Und ihr wohl die Kids vom alten Kater Carlo? Unglaublich! Dieselben Ohren!«

»Die kennst du ja offensichtlich ganz gut«, zischte Undine.

Nele sagte zu Carlo: »Na? Gibts Ärger mit den neuen Assis?« Sie deutete mit dem Kinn hinüber zu Toddi, der prompt in Carlos Stachelbeerbeet spuckte und Nele die Zungenspitze zuflattern ließ.

»Iiih!«, erwiderte Nele diese obszöne Andeutung, indem sie ihm ihren Mittelfinger zeigte.

Da hatte der Müller ja etwas Schönes angerichtet, dachte Carlo. Für Kilago mit dem Teufel im Bunde. Aber, das musste er zugeben, für die Sache war es genial. Carlo ärgerte sich ein wenig, dass er nicht selbst auf diese Idee gekommen war: Entmietung durch Angst. Naheliegend. Er musste jetzt nachlegen. Und wieder mehr an sich denken. Dreamland musste *sein* – und durfte nicht Müllers Erfolg werden!

Undine und Nele saßen auf der Plüschschaukel. Matthies traute sich nicht so recht, sich neben die beiden Mädchen zu setzen. Nele trug ein quietschgelbes Tank-top. Wieder, wie Carlo fand, mit wesentlich zu lockerem Armausschnitt.

»Kannst du überhaupt Mathe?«, wollte Matthies wissen.

»Wie sieht denn für dich jemand aus, der Mathe kann?«

»Na, nicht wie du jedenfalls.«

»Tja. Optik ist eben nicht alles, Kleiner. Einstein hatte schließlich auch keinen Kamm«, sagte Nele. »Also, was liegt denn für heute an?«

»Geometrie. Gleichschenklige Dreiecke …«, nun grinste Matthies Nele an.

Carlo fiel auf, wie jung Nele in dieser Konstellation wirkte. Unvorstellbar, dass er mit diesem Mädchen das Bett geteilt hatte. Er riss sich von diesem Gedanken los und ging hinüber zu Rüdiger.

Matthies nutzte die Gelegenheit: »Schläfst du eigentlich mit unserem Papa?«

»Matthies!«, zischte Undine.

»Hey du Freak! Nee. Wie kommst du denn darauf?«, patzte Nele ihn an. »Du warst wohl gestern Abend zu lange im Netz. Konzentrier dich jetzt lieber auf deinen Pythagoras.«

»Ja, deswegen komm ich doch drauf – gerade weil ich im Netz surfe!«, lachte Matthies.

»Das geht dich gar nichts an, Kleiner.«

Ein eindeutiges »nein« hätte sich anders angehört, dachte Undine und traute sich zu sagen: »Wenn sich dein Leben durch die Affäre deines Vaters schlagartig ändern würde, dann ginge dich das doch auch was an, oder?«

Nele kannte die beiden Kinder erst fünf Minuten und musste sich schon rechtfertigen. Damit hatte sie nicht gerechnet. Keiner ihrer bisherigen Liebhaber hatte Kinder mit in die kurzfristigen Beziehungen eingebracht.

»Wir haben sogar Bilder von Papa in Unterhosen bei dir gesehen«, sagte Undine, als hätte sie Neles Gedanken gelesen.

»So. Jetzt holt mal die Bücher raus …«

»Und nicht nur wir haben das gesehen. Meine ganze Klasse auch – und unsere Mutter.«

»Wieso folgt ihr mir eigentlich? Macht das doch mit Justin Bieber.«

»Na, wegen Stoltze. Das hat doch jeder in der Stadt mitbekommen. Da fanden wir dich halt cool. Und dann erfahren wir, dass du mit Papa rummachst. Hammerhart!«

»Scheiße«, entfuhr es Nele. Sie war froh, dass Carlo zu Rüdiger gegangen war.

»Das kann mal wohl sagen.« Undine hob ein wenig die Stimme. »Mama ist jedenfalls seitdem weg.«

»Und wir müssen dauernd Tiefkühlpizza essen oder zu Papa in die blöde Firmenkantine gehen.«

»Ich dachte, er arbeitet eher von zu Hause aus«, fragte Nele argwöhnisch nach.

»Uns erzählt er immer, dass er hier ist. Das Stoltze ist doch sein neuer Job.« Undine holte ihre Mathehefte aus dem roten Rucksack.

»Ich verstehe gar nicht, warum Papa immer so genervt von der Arbeit nach Hause kommt, hier ist doch alles ganz cool.« Matthies holte sich eine Dose Cola aus der Kühlbox seines Vaters.

»Aha, das Stoltze ist also ein Job für euren Vater, richtig?« Nele sah Carlos Kindern an. »Wollen wir mit Mathe anfangen?«

Donnernde Motorengeräusche – und ein entsprechend zitternder Gartentisch – übertönten Undines und Matthies' Antworten. Kuddel, der sich immer lautstark ankündigte, driftete Richtung Parzelle und hinterließ verheerende Spuren auf dem Kiesweg. Eine Abgaswolke zog an der Hollywoodschaukel vorbei. Die Spatzen in den Platanen flatterten in Panik auf. Matthies hielt sich die Ohren zu. Toddi erhob sich aus seinem Liegestuhl und startete ebenfalls seine Maschine.

Brrrr, Brrrhhhuumm ... Das Gebrüll zweier Harleys mit nicht ganz legalen Auspuffanlagen erschütterte alles im Stoltze. Nele sprang auf und schrie lauthals gegen den Lärm an: »Hey!« Brhhhuuummmm. Ein hilfloser Versuch.

»Viel zu hochtourig eingestellt, dein Ding«, hörte man Toddi brüllen.

»Quatsch nicht! Die liegt auf der Straße wie ich auf meiner Muddi. Perfekt.« Das ohrenbetäubende Motorengeräusch war in das typische, etwas leisere Harley-Leerlaufbrodeln übergegangen, so dass man Kuddels Gebrüll jetzt verstehen konnte.

»Macht die Scheiß-Öfe aus!« Bruno Bender war von seiner Parzelle herübergerannt. Seine Gesichtsfarbe sah gefährlich nach Blutdruck von 180 zu 120 aus.

»Spinnt ihr? Des is hier net die Nürburgring. Wo is dann der Knüllwald? Weiß der, was ihr uff seim Grundstück treibt?«

»Ja, logo«, sagte Kuddel entspannt und würgte seine Maschine ab. Toddi tat es ihm gleich. »Jo, der Charlie Knüllwald ist doch unser Kassenwart. Der muss doch nur unter der Woche seine Verkleidung tragen – den lächerlichen Zweireiher! Am Wochenende ist er dann einer von uns, hast du das nicht gewusst, Digga?«

»Was sagst du, Dicker? Ich geb Ihne gleich Dicker, so reddst du net mit mir.« Brunos erster Herzinfarkt war im Anmarsch. Spucke flog ihm aus den Mundwinkeln. »So reddst du net mit mir!«

»Okay«, sagte Kuddel ganz ruhig. »Darf ich dann höflichst nachfragen, wer mich hier gerade auf unserer Parzelle dumm anmacht. Ich bin übrigens Kurt Schröder.« Er streckte Bender eine riesige beringte Hand entgegen.

»Für Freunde auch Kuddel«, sagte Toddi vorschnell.

Bender ignorierte Kuddels Pranke.

»Bender, Bruno!«, brummte er. »Vorsitzender der Eigentümerversammlung hier. Ich hatte Herrn Knüllwald eindeutig übber unser Hausordnung und die Regeln des Zusammenlebens aufgeklärt.«

»Welche Ordnung? Welches Haus? Ist doch gar kein Richtiges da«, warf Toddi wieder ein.

»Halt's Maul«, rügte Kuddel seinen Adjutanten scharf.

»Na, Herr Bender, da wird sich schon eine Lösung zwischen ihrem Ruhebedürfnis und unserer – na, ich sag mal – Lebenslust finden lassen. Aber da muss sich halt jeder ein Stückchen auf den anderen zubewegen. Das ist keine Einbahnstraße, Herr Bender. Das können Sie heute Abend gleich ein wenig üben. Da haben wir nämlich unsere kleine Einweihungsfeier. Und da müssen Sie schon mit einer angemessenen Geräuschkulisse rechnen.«

»Müssen wir gar nicht!«, rief jetzt Carlo Rümmel, der mit Rüdiger Wengler aus dem Zendo getreten war. »Die Hausordnung nämlich ist bindend – und die besagt, dass Lärm im Stoltze vermieden werden muss!«

»Welcher Lärm …?«, fragte Kuddel plötzlich schleimig. »Sie werden doch wohl nicht behaupten wollen, dass der süße Gesang meines Schätzchens hier« – er wies auf seine Maschine – »Lärm ist. Das ist doch – ja, wie würdest du das nennen, Toddi? – Musik! Und gegen Musik kann ja wohl keiner was haben.« Toddi kicherte. »Keiner was haben, genau!«

Carlo ging an Kuddel vorbei und kniete sich neben die Maschine. »Na, diese Auspuffmanipulation, die wir hier haben, die ist ja schon mal illegal«, bluffte er. Er beugte sich leicht zurück und las laut das Kennzeichen vor: »F-KS 1 na, das werde ich mal überprüfen lassen, wenn die Party heute abend laut werden sollte.« Wengler, Bender, Nele und die Kinder beobachteten gespannt die Szene. Auch aus den anderen Gärten kamen die Nachbarn hinter ihren Kirschlorbeerbüschen hervor.

Carlo befingerte jetzt die TÜV-Plakette.

Da sprang blitzschnell und plötzlich der riesige Kuddel auf ihn zu. Er schlug Carlo mit der flachen Hand auf den

Hinterkopf und nahm ihn in den Schwitzkasten! »Oh oh oh«, kommentierte Toddi. Carlo zappelte wie ein Karpfen im Netz. Unter Kuddels Achselhöhle lugte nur noch ein Haarschopf hervor.

»Nimm deine Wixgriffel von meiner TÜV-Plakette, sonst gibts hier ein Begräbnis.«

Carlo antwortet undeutlich: »Lss msch los. Pulzei …«

»Wie bitte?«, kam es wieder von Toddi, der lachend in die Runde blickte und dabei blöde nickte. »Der spricht aber nicht sehr deutlich. Für einen Doktor.«

Die anderen Schrebergärtner glotzten wie Staugaffer auf der A1.

»Pappiiii!«, schrie Undine und sprang von hinten auf Kuddels Rücken, der sie mühelos abschüttelte wie ein Elefant einen Kartoffelsack. Carlo röchelte, und die Augen traten aus den Höhlen.

»Hör zu, Jüngelchen«, schrie Kuddel. »Wenn du meinem Schätzchen hier irgendwie zu nahe kommst, blas ich dir das Licht aus! Ich schwörs!«

Rüdiger Wengler erholte sich als Erster von diesem Schock: »Lassen Sie sofort Herrn Rümmel los, sonst rufe ich die Polizei«, sagte er bestimmt. Der sonst so cholerische Bender stand hingegen unbeweglich daneben. Echte Gewalt hatte er noch nie erlebt. Nur Verbalattacken bei Sitzungen.

Kuddel ließ Carlo jetzt los, nicht ohne ihm zum Abschied noch eine saftige Kopfnuss zu verpassen. Die erste, die Carlo seit einer Klassenfahrt in der Siebten kassiert hatte. Er rappelte sich auf und hielt sich den Kopf. »Das wird ein Nachspiel haben«, maulte er hilflos.

»Du verfluchter Drecksack!«, schrie Nele Kuddel entgegen, während sie Carlo schützend in den Arm nahm. »Ich hoffe, dass du zwanzig Jahre für diese Nummer kriegst! Agressives Schwein, du.«

Kuddel raffte sich auf und entspannte sich demonstrativ. »War was?«, fragte er jetzt aufreizend jovial. Auch Toddi lockerte nun seine Schultern deutlich sichtbar und sagte: »Nichts für ungut, Leute – aber wenn jemand für heute abend noch einen Nudelsalat machen könnte, das wär ganz nett!«

»Genau«, sagte Kuddel: »Oder ne Bowle. Aber eins jetzt doch noch: Wenn ihr mit Polizei kommt, dann wirds hier richtig lustig. Aber mal Schwamm drüber. Nun feiern wir erst mal heute Abend. Das wird bestimmt schön, jetzt wo wir uns etwas näher kennengelernt haben. Also, bis denne, Leute.« Er lachte kurz auf und warf seine Maschine an, wendete, fuhr los und hinterließ eine erschütterte Gärtnerschar.

Alle wussten, dass eben eine neue Zeitrechnung begonnen hatte. Eine Ära, die man vielleicht nicht mehr miterleben wollte. Für die Meusers stand ihre Entscheidung jetzt fest. Sie würden sich sofort für Rödelheim entscheiden.

38

Bruno Benders Finger trommelten im Takt von Andrea Bergs *Du kannst noch nicht mal richtig lügen.* Vor sich hatte er einen Pfefferminztee.

»Und? Wie wars?«, fragte Carlo, der neben ihm im *Grünen Baum* seinen Morgenkaffee trank. Außer ihnen und Paul, dem Wirt, war um diese Zeit noch niemand da.

»Furchtbar! Die ganz Bande mit sechzehn Motorrädern lauter schwarze Männer, mit Musikanlag un Galgegrill!« Bender würgte seinen Löffel mit der Teebeutelschnur. »Die habe mit ihre breite Reife den ganze Schotterweg versaut. Kannste jetzt alles wieder neu mache. Un überall Kondome. De Ast vom Kämmerer seiner Trauerweid is abgebroche, weil se zu dritt druff geschaukelt habbe.«

»Da könnt ihr gar nichts machen.« Paul polierte gelangweilt seine Apfelweingläser. »Das sind Terrorprofis.«

»Genau. So sin se, die Mistkerle, die!« Bender wrang seinem Teebeutel ein allerletztes Tröpfchen Minze ab. »Wie verhext is des!«

Carlo schlürfte an seinem heißen Kaffee und sagte: »Die wissen genau, wie weit sie gehen dürfen. Um punkt zehn haben sie ihre Musik leise gestellt! Wie die Engel plötzlich! Und mit den Bullen, die du, Bruno, voreilig geholt hast, mit denen waren die doch per du! Hallo Kuddel, hallo Toddi! Das ganze Programm! Dass die sich nicht noch ein Küsschen gegeben haben, war alles.«

»Und wir können doch nicht wegen jedem Motorengeräusch immer die Polizei rufen«, sagte Paul. »Die haben eh schon gelacht, die Beamten. ›Na, habt ihr neue Haustiere?‹, haben die mich gefragt und: ›Die kriegt ihr nie stubenrein.‹ Sehr witzig, oder?«

Tja, dachte Carlo. Das ist halt Entmietung. Das geht an die Nerven - und am Ende sind alle so windelweichgekocht, dass sie alle verkaufen. Nicht schlecht, Herr Müller!

Passend dazu sang Andrea Berg aus der Anlage: *Nimm deine Freiheit mit, wenn es dich glücklich macht. Feg alle Sterne zusammen ...* Bender fand langsam zu seiner gewohnten Rage. »Die Meusers habbe mir heut morsche gleich uff die Mailbox gesproche. Mit Rockern , habbe se gesagt, verkaufe se sofort. Also die sin schon emal fort. Un die Kaisers un die Brettschneiders habbe sich in Rödelheim schon emal nach de Pachtpreise erkundigt.«

Die Tür öffnete sich. Toddi.

»Hey, Paul! Stell uns mal acht Kästen kalt!«

»Wieso das denn? Schon wieder Party?«, fragte Paul leicht aufgeregt. Wegen seiner Angst vor Toddi - und wohl auch wegen seiner sich offenbar bessernden Jahresbilanz.

»Hör mal zu, Paul. Das ganze Leben ist eine Party, wenn man die Sache richtig anpackt, oder?«, erwiderte Toddi. »Und es ist ja nur einmal Frühsommer, und jetzt, wo es grad so schön warm ist. Stell gleich noch ein paar Buddeln Wodka und Whisky dazu. Aber von dem guten, nicht von dem Racke Rauchzart da. Ich hole alles später ab.« Im Vorbeigehen klopfte Toddi auf Carlos und Benders Tisch.

»Na? Kater? Oder nur falsche Augencreme? Ihr seht ja so müde aus wie zwei Lehrer nach den Sommerferien.«

Und du siehst aus wie immer. Wie einer, der die Nacht über ungewaschen in einer Schreberhütte übernachtet hat, dachte Carlo.

»Fürs Geschäft sind sie ja nicht schlecht«, getraute sich Paul zu bemerken, nachdem Toddi wieder draußen war. »In zwei Tagen habe ich mehr Spirituosen losgeschlagen als in den letzten vier Jahren zusammen. Und nicht immer nur den ollen Steinhäger von euch. Ich muss nachher sogar nochmal zur Metro raus.«

»Na prima«, sagte Bender. »Freut mich, dass es für dich läuft. Abber jetzt emal im Ernst. Wenn werklich all verkaufe, dann läuft des hier net. Odder glaubst du, die baue des Zentrum um des Gärtche von de Erna erum? Reißt euch am Rieme! Ich hab den harte Kern zusamme, un wenn die annern all abspringe, finde mir schnell neue Käufer.«

»Wie den sauberen Herrn Knüllwald und seine Freunde«, warf Carlo ein.

»Naa, naa, Carlo. Die sin garantiert geschickt von de Kilago. Un die halte net ewig durch. Im Herbst sin die verschwunde, und bis dahin müsse mir zusamme halte. Wenn mir hier all mit den Lauberjern kämpfe, ziehe die sich zurück. Und bis dahin heißts: Die Zähn zusammebeiße, un Oropax in die Ohrn. Ihr kennt doch die Geschicht vom Odysseus und de Sirene ...«

»Oma Veigele muss ja nur ihr Hörgerät ausschalten. Für die ist das dann neben einer Harley wie auf einem Massagestuhl.«

»Carlo, du machst doch die Meditiererei. Des is doch aach so e Technik zum in die Ruh komme, Kraft sammele und dorchhalte, odder?«

»Jein«, sagte Carlo, »eher ist es so, dass du dadurch die nackte Wahrheit erkennst. Wann man den Koffer packen und gehen muss. Wenn kämpfen sich nicht mehr lohnt. *Wenn du merkst, dass dein Pferd tot ist, steige ab.*«

Das war eine gute Argumentationslinie, fiel Carlo auf. Vielleicht konnte das helfen, die Widerständler zu überzeugen: Zen. Lasst los. Das Leben ist eine Reise. Die Vergangenheit tot, die Zukunft noch nicht lebendig! Und vielleicht konnte er ja so dem harten Kern vermitteln, dass diese Zukunft auch in eine andere Schrebergartenanlage führen könnte.

»Des Pferd is noch net tot. Was fer en Buddiste-Quatsch«, Bender schrie jetzt wieder. »Dies Pferd namens Stoltze wird auch noch Weihnachte 2020 lauthals wiehern. Mensch, Carlo, spiel doch mal Fußball. Damit du besser druff kimmst als bei deiner Rumhängerei mit dem Rüdiger.Der hat doch längst kei Eier mehr in de Hos.«

»Aber ihr!«, verteidigte Carlo seinen Zen-Freund. Er wusste, dass sein Image als echter Mann durch seinen Aufenthalt in Kuddels Achselhöhle stark gelitten hatte.

Carlo ließ anschreiben und ging hinüber in seine Parzelle. Das Grillfeuer der Nachbarn schmauchte noch vor sich hin. Toddi erholte sich in einem Liegestuhl und trank schon wieder Bier. Er grüßte mit erhobener Flasche.

Der Müller – ein Fuchs, dachte Carlo. Aber gut: Dann muss ich auch nicht mehr so ein schlechtes Gewissen haben. Die Rocker toppe ich locker! Jetzt kommt mein Plan. Warum gingen denn Leute in den Garten? Wegen der Pflanzen. Sein Ansatzpunkt. Im März nächsten Jahres würde hier eine schöne Baugrube gähnen. Und er sich auf einem Liegestuhl unter Palmen räkeln, das Kilago-Geld auf der Bank, der Zuneigung Brausewangs und der der lieben Maike wieder sicher. Wer braucht schon Freunde, wenn man einen fetten Bonus kassieren kann?

39

»Na, WG-Läuse?«, fragte Carlo belustigt, als er den Laubrechen zurück in Oma Veigeles Hütte stellte.

Nele saß am Gartentisch und kratzte mit einem Stielkamm hilflos in der Plastikfolie herum, die sie um ihren Kopf gewickelt hatte. »Nee, du Penner, ich blondiere.«

»Kriegst du deinen Iro nach der Folienfolter denn überhaupt wieder in die Senkrechte?«

»Der ist weg. Hab ihn vor ner Viertelstunde selbst abrasiert.«

Jetzt erst bemerkte Carlo das Häufchen Haare auf dem Tisch. »Ist Punk für dich vorbei? Na, da gratulier ich. Wirst du jetzt Nonne?«

»Tja, wer weiß. Der Kopf ist ja rund, damit das Denken die Richtung ändern kann.« Dabei kratzte sie sich mit dem Stiel an der Stirn, auf der sich kreisrunde rote Flecken zeigten.

Es entstand eine unangenehme Pause. Carlo und Nele schauten auf Toddis Deutschlandfahne, die müde im Wind flatterte.

»Sag mal, Nele, was hast du eigentlich für Vorstellungen vom Leben?«

»Häh?« Diese Frage kam für Nele doch sehr plötzlich.

»Ja, ist doch nicht so schwer. Interessiert mich halt, was in dir vorgeht. Irgendwie haben wir ja so eine Art Verhältnis gehabt.«

»Carlo! Aufwachen, das heißt nicht Verhältnis. Wir haben nichts, was uns verbindet. Wir hatten einen schönen Fick, okay – und sonst? Nada. Bilde dir jetzt bloß nicht ein, dass ich dir den Hintern abwische , wenn du mal achtzig bist.«

Obwohl er wusste, dass sie natürlich recht hatte, spürte er dennoch einen winzigen Schmerz in seiner Brust. »Willst du denn nicht irgendwann mal Familie, einen Mann, Kinder und so?«

»Alter, ich weiß noch nicht mal, ob ich nächsten Monat noch meinen Handyanbieter habe, da mache ich mir doch jetzt keinen Kopf darüber, was mir passiert, wenn ich mal so alt bin wie du.«

»Und das mit deinem Freund? Ist das nichts Festes?«

»Festes, Festes, was soll denn diese spießige Fragerei? Bist du jetzt von der Stasi, oder was? Ich bin noch jung. Mensch, Carlo, ich will die Welt verändern und Spaß haben. Eine Familie gründen doch echt nur die, die nicht wissen, was sie sonst mit ihrem Leben machen wollen. Und sorry, Carlo: ich will nicht so unglücklich enden wie deine Trulla im Tannenweg.«

Aha, dachte Carlo. Mit so einer Frau gäbe es also weder Matthies noch Undine.

»Sag mal, machst du das zum ersten Mal, das mit deiner Färberei? Was benutzt du denn da für ein Zeug?«, fragte Carlo.

»Den Klassiker natürlich. Wasserstoffperoxyd! Die Qual ist es echt wert, denn in einer Stunde sieht das Hammer aus. Wenn einem nicht vorher die ganzen Haare ausfallen. Oft kann man das nicht machen, das Zeug brennt ganz schön. Priktopil desinfiziert damit seine regengrauen Steinplatten und bleicht damit seine Ziersteine. Mit der Brühe«, lachte sie, »wird jeder Maulwurf zum Nacktmull.«

In diesem Moment hatte Carlo eine Erleuchtung. »Und wie wirkt das, wenn du es hier über den Rasen kippen würdest?«

»Ungefähr so, als wenn zehn Welpen wochenlang auf deinen Zierrasen pieseln. Alles verbrannt, so wie meine Kopfhaut gerade. Autsch.«

»Aha …«, sagte Carlo langsam. Und in seinem Kopf begann sich ein hinterhältiger Plan zu formen.

40

Plittplitt. Carlos Zentralverriegelung gab routinemäßig laut. Kurz darauf ertönte fast das gleiche Geräusch drei Parkplätze weiter: *Plittplitt.* Wenigstens unsere Zentralverriegelungen klingen harmonisch, dachte Carlo. Maike trat ihm vor dem Eingang des Gymnasiums gegenüber. Sie hatte sich fein gemacht. In ihrer hellbeigen Lederjacke und der engen Jeans hatte sie ihm immer schon gut gefallen. Allerdings presste sie die Lippen so stark aufeinander, dass er wusste: In der Mission Eherettung stand er vor einer schwierigen Bergetappe.

»Hallo«, sagte sie spitz und versuchte überdeutlich, cool zu sein.

»Hallo, Maike. Wie geht es dir?«, fragte er in versöhnlichem Ton – den sie allerdings nicht erwiderte. Sie brachte lediglich ein »gutunddu« hervor.

»Na ja, so lala. Wo sitzt die Strumpf nochmal genau?«

»Raum R411.«

Frau Strumpf schreckte von ihrer Plastikbox hoch und ließ ihr selbstgeschmiertes Käsebrötchen wieder hineinfallen.

Sie begrüßte die beiden mit Krümeln im Mundwinkel: »Schön, dass sie gemeinsam da sind! Ein gutes Zeichen! So eine intakte Familie ist heute eine echte Seltenheit.«

»Na ja«, knurrte Carlo und winkte ab.

Frau Strumpf reagierte prompt: »Wie darf ich das verstehen? Haben Sie denn Schwierigkeiten? Ich frage das, weil ich an Undine gewisse Anzeichen einer Krise feststellen kann, die nicht pubertär bedingt sind.«

Frau Strumpf legte ihnen ein Schriftstück vor: *Hiermit entschuldige ich das Fehlen meiner Tochter Undine … wegen einer akuten Seitenstrangangina … nicht teilnehmen kann.* Die Unterschrift sah der von Carlo verdammt ähnlich. Nur sein schwungvoller Ansatz war ein wenig zu zaghaft ausgeführt worden.

»Ist das Ihre Unterschrift?«, fragte Frau Strumpf streng.

»Nein.«

Maike starrte Carlo an und fragte empört: »Was heißt das? Nicht deine Unterschrift! Aber das ist doch dein Briefkopf!«

»Das mag ja sein, aber bis eben kannte ich noch nicht einmal das Wort Seitenstrangangina! Und wann hatte Undine die?«

»Na gar nicht! Die ist seit Weihnachten kerngesund!«

»Fakt ist aber, liebe Familie Rümmel«, intervenierte Frau Strumpf. »Fakt ist, dass Ihre Tochter Undine, die eigentlich eine meiner besten Schülerin ist, in den letzten sechs Wochen neunmal – *entschuldigt!* – gefehlt hat. Sie wollen mir doch nicht etwa erzählen, dass Ihnen das entgangen ist.«

Carlo und Maike waren entsetzt. Maike fand als erste ihre Sprache wieder »Verstehe ich das richtig? Undine war *neun* Tage nicht in der Schule?«

»Genau.«

»Und Sie, Frau Strumpf, haben es nicht für nötig gehalten, uns anzurufen?«

»Wie gesagt«, wehrte sich Frau Strumpf. »Sie fehlte entschuldigt, Frau Rümmel. Mit der Unterschrift Ihres Mannes. Und bei allem Respekt – ich korrigiere gerne die Klassenarbeiten, aber in Graphologie bin ich nicht ausgebildet.«

Carlo schüttelte den Kopf und sinnierte vor sich hin: »Das verstehe ich nicht. Warum hat sie uns nicht gesagt, dass sie in diese Castings will. Sie kann doch mit uns über alles reden!«

Aber er wusste genau: Undine kannte seine Einstellung gegenüber Fernsehshows, in denen normale Leute sich zum Affen machen – und kleine Mädchen angehalten werden, ihrem Leben einen Lady-Gaga-Drall zu geben. Insofern war Undines Entscheidung, vom rein rationalen Standpunkt einer Teenagerin her gesehen, gar nicht so unklug.

Carlo musste kurz lächeln. Ganz der Vater! Auch er ging ja oft unkonventionelle Wege.

»Wussten Sie übrigens, Frau Strumpf, dass sie da bei Dieter Bohlen ganz schön weit gekommen ist?«, platzte es plötzlich stolz aus ihm heraus. Maike sah ihren Mann völlig entgeistert an. »Was hat denn jetzt Dieter Bohlen mit der Seitenstrangangina zu tun?«

»Leider eine ganze Menge, fürchte ich«, erwiderte Carlo.

41

Carlo flehte jetzt fast. »Wir müssen das klären, Maike!«

Die beiden standen auf der großen Treppe im Schulgebäude. Seine Worte hallten unangenehm laut wider. Gut, dass um diese Zeit nur noch wenige Kinder unterwegs waren.

Das Gespräch mit Frau Strumpf hatte ihnen bewusst gemacht: Bei aller Egomanie würden sie auf die Kinder aufpassen müssen. Beide.

Maike begann zu weinen. »Wie peinlich ist das denn, dass wir uns von dieser Halbtagswerktätigen zeigen lassen müssen, dass wir am Ende sind. Und deine Sexeskapaden ruinieren das Leben unserer Kinder. Unsere Kleine präsentiert sich bei diesem Bohlen – und wir merken es noch nicht einmal! Ich schäme mich so.«

»Das mit der Nele ist endgültig vorbei, Maike!«, versuchte Carlo seine Frau zu beschwichtigen. »Das mit ihr gehörte sozusagen zum Job. So wie sich Undine, um bei Bohlen zu landen, auch mal bauchfrei zeigen muss …«

»Hör auf, Carlo! Das ist ekelhaft! Sex für den Bonus! Das muss keiner! Das kannst du mir nicht erzählen.«

»Ich wollte das Ding halt unbedingt an Land ziehen …«

Maike zog bei »Ding« und »an Land ziehen« hörbar Luft durch die Zähne. Carlo berichtigte sich dann auch rasch: »Das Projekt, meine ich! Das musst du mir jetzt auch wirklich mal glauben. Aber, und ich wiederhole es hundert Mal: Ich liebe nur *dich,* Maike! Ich will mit *dir* und den Kindern zusammen sein!«

»Meinst du, ich kann einfach zurück, als wäre nichts geschehen, Carlo?«, erwiderte Maike. »Das geht nicht. Das sagt Susanne übrigens auch.« Dabei schlang sie die Arme um sich, als fröre sie. »Ich muss mir erst über einiges klarwerden. Muss mir echt überlegen, ob du noch Teil unseres Lebens sein kannst.«

Jetzt rannen ihr Tränen über das Gesicht. Ihn rührte das, so wie damals, als sie beim Michael-Jackson-Konzert geweint hatte. Eine weinende Maike erweichte sein Herz wie Butter in der Mittagssonne. Weinend konnte sie von ihm alles haben.

Aber anders als in vergleichbaren Situationen von früher hatte er diesmal nicht das Gefühl, die Sache schnell wieder glattziehen zu können. Seine Frau machte einen tief erschütterten Eindruck.

Er traute sich nicht, Maike, mit der er jahrelang Haus, Bett und Versicherungsverträge geteilt hatte, zum Abschied zu umarmen.

»Klar, versteh ich!«, beteuerte er. »Nimm dir alle Zeit der Welt. Wir kommen zurecht. Ich nehme die Kinder mit in die Kilago-Kantine - und eine Nachhilfe habe ich schon im Kopf. Jetzt, bei dem schönen Wetter, können die mit ins Stoltze. Da habe ich sie im Blick.«

Maike horchte auf: »Ich möchte nicht, dass die Kinder in irgendeiner Form irgendwie Kontakt haben mit deiner

Affäre da … Dass das noch mal klar ist, Carlo! Das mit dem Twittern war für mich schon demütigend genug.«

»Mach dir keine Sorgen. Kannst dich auf mich verlassen. Und schöne Grüße an Susanne!« Diese letzte Bemerkung konnte er sich dann doch nicht verkneifen. Gott sei Dank ging sie im *Plitt-plitt-plitt-plitt* der Türschlösser unter.

42

Dafür, dass man mit dem Zeug Bomben bauen kann, ist es erstaunlich leicht zu beschaffen, dachte Carlo. Er saß am Abend in seinem Arbeitszimmer und blickte auf den Computerbildschirm. Aus Vorsicht bestellte er zunächst nur zwei Kanister à fünf Liter konzentrierten Wasserstoffperoxids. Fünfunddreißigprozentig. Weitere Mengen würde er auf anderen Gartenbedarfswebseiten bestellen müssen. Er stellte sich vor, wie beim Bundeskriminalamt und den speziellen Abteilungen für Terrorbekämpfung jetzt die Alarmbeeper losgingen: Ein Computer im Tannenweg ordert kritische Mengen gefährlicher Stoffe. Er sah sich schon mit einer Papptüte über dem Kopf und Handschellen auf dem Rücken, von vermummten Polizisten zu einem fensterlosen Lieferwagen geführt werden. Ach, Quatsch. Für Dinge, die es im Gartenbedarf zu kaufen gibt, haben die Terrorbekämpfer bestimmt keine Zeit. Und irgendwie müssen Gärtner ja auch ihre Teiche desinfizieren.

Das schlechte Gewissen meldete sich aber heftig, als er sich ausmalte, was dieses Teufelszeug mit Rüdiger Wenglers geliebter Sonja anrichten würde. Immerhin blieben keine chemischen Rückstände an den verwelkten Blumen. Und die Chancen, dass Rüdigers Babys im kommenden Sommer wieder in alter Pracht auferstehen würden, standen, soweit er wusste, nicht schlecht.

Sollte der Wasserstoffperoxidschock nicht alle Stoltzianer verschrecken und automatisch zum Verkauf treiben, dann brauchte Carlo allerdings noch einen Plan B. Zum Glück schuldete ihm ein alter Schulfreund, seines Zeichens Inhaber eines Chemielabors, noch eine Gefälligkeit. Eine kleine Bodenprobenanalyse etwa, ein Häufchen Erde, das Carlo zuvor mit einem interessanten, aber hochtoxischen Spurenelement präpariert hätte. Hatte nicht irgendwann einmal auf dem Stoltze-Gelände irgendeine hässliche schwerindustrieelle Anlage ihren Giftschlamm verklappt?

Wenn nicht, würde man eben die Archive bemühen müssen … Er sah schon die Schlagzeile in der Neuen Presse: *Coup für Kilago – Schwermetalle in Erdbeermarmelade.* Für einen Moment fühlte sich Carlo in seinem dunklen Zimmer wie ein deutscher Malfoy aus Harry Potter.

Carlo drückte auf *Bestellen* und lehnte sich zufrieden zurück. In drei Tagen würde kanisterweise Zauberwasser bei Kilago auflaufen. Er durfte nicht vergessen, Nörk über die Lieferung zu informieren, sonst würde sie sie am Ende noch zurückschicken!

Er goss sich noch ein großes Glas Barolo nach und rief die Website des Zen-Zentrums auf. Verrückt. Ab Freitag würde er dort zwei Tage an der Wand sitzen. Schweigend. Diese Vorstellung passte so gar nicht zu dem Carlo, der gerade konspirativ Böses plante. Er freute sich aber auf die

Aussicht, einmal achtundvierzig Stunden von niemandem genervt zu werden.

Ein bisschen Angst hatte er schon davor, den lieben langen Tag womöglich neben klimakterischen Ökotussen und altgewordenen Hausbesetzern zu verbringen. Und die wichtigste Frage hatte er Meister Rüdiger gar nicht gestellt: Durfte man trinken? Gab es in den Zimmern eine Minibar? Oder wurde das Gepäck gleich bei Ankunft auf Flaschenvorräte durchsucht? Er entschied, sicherheitshalber seine dunkelblaue Sporttasche mitzunehmen. Sein kostbarer Italiener wäre im Bodenfach für die verschwitzten Schuhe gut aufgehoben.

Na, diese Sesshin begann ja schon prima! Noch gar nicht da und schon Stress. Für so etwas hatte er nicht eine Nanosekunde Zeit. Aber Rüdiger belaberte Carlo schon seit Tagen, wie sehr der Rückzug ihm Kraft gäbe. Für all die Sorgen, die momentan an ihm klebten wie die Wespen an Oma Veigeles Bienenstich.

Carlo rieb sich müde über den Hinterkopf und betrachtete die Fotos des Zendo auf der Website. Lauter dunkel gekleidete Menschen, die wie abgestellte Buddhas vor der Wand hocken. Er kniff die Augen zusammen und näherte sich dem Bildschirm, um die Frauen der Gruppe in Augenschein zu nehmen. Ihre Körperformen waren aber durch die Kutten leider nicht zu erkennen.

Die Kinder schliefen … Eigentlich könnte Carlo jetzt doch einen Blick auf die Websites werfen, die er sich, wenn

Maike zu Hause war, verkneifen musste. Und heute würde er sogar den Ton leise mitlaufen lassen können. Enthaltsamkeit war Ende der Woche angesagt. Jetzt war ein bisschen Zeit für, wie Woody Allen sagen würde: Liebe. Liebe an und für sich.

43

»Guten Tag – *Kilago Investments,* Vorzimmer Rümmel-McFarlane – was kann ich für Sie tun?«

»Hallo, Dagmar.«

»Herr Doktor!« Dagmar freute sich aufrichtig, Carlos Stimme zu hören. In letzter Zeit hatte sie sich entweder gelangweilt – oder war den zickigen Anweisungen McFarlanes ausgesetzt gewesen, die, so glaubte sie zumindest, für Nörks unverstellte Weiblichkeit und ihren vermeintlich nicht vorhandenen beruflichen Ehrgeiz nur Verachtung empfand.

»Sind die Kanister schon da?«, fragte Carlo konspirativ leise.

»Wie bitte?«

»Kanister. Na, die Kanister.«

»Ach so, ja. Ich habe das Paket gerade aufgemacht.« Dagmar Nörk las vor: »*Gartencenter Sunflower – bei uns ist alles im grünen Bereich.* Wasserstoffirgendwas ist da drin.«

»Sehr schön! Ich hole das dann heute Nachmittag ab«, sagte Carlo.

»Wofür ist denn das?«

»Für die Pflanzen«, sagte Carlo knapp und legte auf.

Für die Pflanzen? Nörk zerrte einen der Kanister aus dem Karton und öffnete den Schraubverschluss. Sie roch vorsichtig an der klaren Flüssigkeit. Nichts. Komisch – na egal, dachte sie. Und: Einer, der Schuhe für dreihundert Euro trägt, der kauft auch für den Garten nur das Beste. Schaden wirds bestimmt nicht.

Sie klemmte sich den schweren Behälter unter den Arm, trug ihn hinüber zu ihren büromüden Orchideen und schüttete einen kräftigen Schuss in jeden einzelnen Topf. Ihr sollt auch nicht leben wie die Hunde, zitierte sie im Geiste ihren Vater, der diesen Spruch immer dann angebracht hatte, wenn er Dagmar sonntags ein großes Eis kaufte. Ups, dachte sie, das war jetzt vielleicht ein bisschen viel. Wie hatte ihr Vater auch immer gesagt: Man muss auch jönne könne.

Nörk wischte einen Rest der verschütteten Flüssigkeit mit dem Unterarm von der Schreibtischplatte, verschraubte den Kanister und ließ ihn wieder in den Karton gleiten.

Jetzt bin ich aber mal gespannt, ob meine Schätzchen austreiben. Und laut: »Vielleicht blüht ihr ja jetzt sogar schöner als die Primeln von der alten Kniffel in der Revision.«

»Wenn du mit jemandem reden willst, wähle lieber die 3331.« Dagmar Nörk fuhr erschrocken herum. Securitymann Matze schaute wie immer gut gelaunt zur Tür herein und deutete mit einem Kopfnicken auf den Karton mit den Plastikkanistern. »Na? Wird geputzt? Oder hat sich der Chef was aus Lourdes liefern lassen? Wunderwasser für noch mehr Erfolg und Kohle?«

Wie schön, dass Matze ab und zu mal raufkam. Ohne Carlo Rümmel wurde auf diesem Flur einfach viel zu selten gelacht. Auch Matze vermisste den Chef der Abteilung. Seit der Stoltze-Sache gab es schließlich auch kaum noch Gelegenheit, dessen Porsche über die A 661 zu jagen.

Nörk schaute Matze verträumt an. Ach, wie hieß es so schön auf diesem Schild im Irish Pub, den sie ab und zu besuchte: *The nice guys work in the post department*. Sie überlegte allen Ernstes, sich ein Foto von Matze als Bildschirmschoner zu laden. Aber dann eines, auf dem man seinen blöden Hippiezopf nicht sah!

»Kann sein …!«, beantwortete Nörk kokett Matzes Frage. Und hoffte wieder, dass seine nächsten Worte ›Was machst du eigentlich heute abend, Dagmar?‹ sein würden.

Sie seufzte. Sie wusste, dass sie vergebens hoffte. Matze war ihr gegenüber auf diese blöde Art kumpelig, wie Männer sind, wenn sie mit Frauen *Freundschaften* wollen.

Aber dann fiel sein »Du, Dagmar …?« doch erstaunlich zart aus.

»Hmh?«, erwiderte Dagmar ebenso, jetzt mit klopfendem Herzen.

»Du kochst doch so gut, Dagmar …«

»Hmh, ja, manche behaupten das.«

»Hat mir der Müller erzählt …«

»Häh? Woher will der das denn wissen? Den seh ich doch immer nur in der Kantine. Immer Buletten oder Fritten rot-weiß.« Wie hatte ihre Mutter immer gesagt: Schau einem Mann beim Essen zu, und du weißt, wie er *auch sonst* ist! Und Müller aß pienzig. Sie musste sich kurz schütteln.

»Also egal, der weiß es halt! Aber ich wollte mal fragen: Könnte ich bei dir Nachhilfestunden nehmen? Verstehst du: Damit ich bei meinem Date mit der Lindenberg aus der Lohnbuchhaltung am übernächsten Montag weiß, womit ich die Zeit überbrücken kann. Ihr Frauen liebt es doch, wenn man vorher kocht … Komm! Sei nicht so.« Matze lachte kurz auf.

»Ach. Mit der Lindenberg.« Nörk sackte wie ein Soufflé in sich zusammen. Ausgerechnet mit der! Die Lindenberg war doch bestimmt schon von der halben männlichen Kilago-Belegschaft bekocht worden.

»Um Gottes Willen!«, rief Matze plötzlich aus, als er das *Sunflower*-Etikett auf dem Paket und die vielen Kanister sah. »Nörk! Doch nicht blond! Das steht dir nicht!«

»Häh?«, fragte sie fast dämlich. »Wieso blond?«

»Das Zeug macht die Haare so kaputt! Und willst du eine ganze Frauenfußballmanschaft plus Ersatzbank blondieren?«

Nörk verstand jetzt gar nichts mehr. Wovon redete Matze? Ihr linker Unterarm, mit dem sie vor fünf Minuten die Tischplatte getrocknet hatte, begann unangenehm zu jucken.

44

»Mach dir mal kein Sorgen, Elvira! In drei Wochen schraube ich *deinen* Namen an dieses geile Eckbüro!«

Müller tippte mit der Fingerspitze auf Carlo Rümmels Büroschild und setzte den Blick auf, mit dem er, wie er glaubte, Frauen beeindrucken konnte. Elvira spürte eine kurze, aber heftige Abneigung Müller gegenüber. Sie dachte darüber nach, was der sich wohl mit ihr vorstellte. Das war bestimmt einer, der bis zum Frühstück bleiben will!

Elvira hatte sich im Griff. Sie drehte sich zum Fenster und schaute über die Skyline Frankfurts. Im Kopf strich sie Carlos Wände bereits mit ihrer Lieblingsfarbe *lavendel-provencal.*

»Ich trau dem Frieden hier nicht, Bernd. Glaub mir, der hat noch was im Ärmel. Gerade wenn es so ruhig wird, zieht der voll ab. Ich spür das. Ich seh schon den Brausewang, wie er ihm auf die Schultern klopft und uns links liegen lässt! Vergiss nicht! Dieter hatte immer schon eine irrationale Schwäche für seinen Dr. Carlo.«

»Quatsch.« Müller trat von hinten an sie heran und kam ihr dabei zu nah. Sie roch das Menü 3 aus der Kantine: Bulette mit Pürreé und Erbsen.

»Brausewang liebt immer den, der ihm Ergebnisse liefert. Und jetzt sind *wir* dran, Elvira.«

Sie hatte kurz Angst, er würde sie umarmen.

»Ich habe es selbst gesehen. Carlo ist nicht mehr derselbe. Diese *Occupy-Frankfurt*-Chaoten haben ihn enteiert! Der ist tot für Kilago. Mausetot. Das hat mir auch der Kuddel gestern noch gesagt.«

»Wäre schön, wenn du recht behieltest. Wenn alles so stimmt, was du jetzt sagst, dann gehe ich mit dir essen, Bernd.« Elvira verzog plötzlich ihre Mundwinkel, als würde sie jeden Augenblick weinen wollen. Plötzlich schrie sie los: »Dieser Rümmel nervt mich seit ich hier bin! Hat *der* etwa für ein MBA gebüffelt so wie ich? Hat *der* in New York in einer Kakerlakenbutze gehaust und nebenbei gejobbt? So wie ich? Irgendwann muss sich das doch für mich auch mal lohnen.«

Müller trat ein wenig zurück. Er hatte schließlich auch keinen MBA und kein New York vorzuweisen. Seine »Kakerlakenbutze« war die Einliegerwohnung seiner Eltern in Fechenheim gewesen. Und zur Vorlesung war er in keiner sexy grafittibesprühten U-Bahn, sondern in Mamas Nissan Micra gefahren.

Müller nervte dieses ganze internationale MBA-Getue!

Müller musste gestehen: Elvira verkaufte sich gut. Außerdem sah sie klasse aus. Sie konnte Amerikanisch wie Obama und war eiskalt wie eine echte *Sex and the City*-Kanone.

Aber: Konnte sie einen Rümmel ersetzen? Dazu brauchte es etwas anderes. Routine! Stallgeruch! Und ihn, Müller!

Gut: Sein Englisch war ausbaufähig – er hatte erst letzte Woche von Elvira gelernt, dass Pastrami keine Bandnudeln sind. Aber wer hatte die Randidos ins Spiel gebracht? *Er*, Bernd Müller, der Junge aus Fechenheim. Der mit den gefährlichsten Türstehern des Rhein-Main-Gebietes Lambada tanzte. Noch zwei Wochen – und im Stoltze würde kein Primelchen mehr blühen.

Und dann müsste noch einmal darüber zu reden sein, wer Carlos Eckbüro beziehen würde. Vorsichtshalber würde er *sein* Namensschild auch schon mal drucken lassen.

In zwei Wochen war Deadline. Das schaffte Rümmel nie – und alle ahnten das.

Brausewang nahm Carlo schon seit letzter Woche nicht mehr ›cc‹. Elvira mailte ihre Protokolle nur noch direkt an ihn. Wenn Carlo mitbekäme, was so wirklich mit Brausewang geredet wurd – das würde ihm nicht gefallen!

Und das Neueste war – sozusagen der Todesschuss für Rümmel: Er hatte sich, mitten in dieser heißen Phase, auch noch für ein langes Wochenende inklusive Brückentag zum Yoga-Urlaub abgemeldet! Das hatte Müller von Kuddel gesteckt bekommen. Unglaublich. Ein Mann auf Gummimatten – dieser *Loser*!

Rümmels Abwesenheit musste sein Triumph werden. Er wusste auch schon wie: Was würde Familien in Scharen in die nächste freie Kleingartenanlage treiben? Chemie! Giftstoffe! Bilder von Kleinkindern, entstellt durch Chlor-Akne!

Er, Müller, würde übernehmen, Verwirrung stiften und Männer in Schutzanzügen auf der Randidos-Parzelle Bodenproben entnehmen lassen. Schutzanzüge wie im Film. Bei Rückfragen der verängstigten Laubenbetreiber würde er diese Männer antworten lassen: kein Kommentar … Das würde Schwung in die Sache bringen. Müller wurde in der Krise plötzlich der, der er nie zuvor war – ein Mann der Tat!

Er nahm sein Handy und wählte Matze Nummer. »Hallo, Matze. Müller hier … Sagen Sie: Wollen Sie sich was nebenbei verdienen? Kleiner Extrajob … hmhm … Donnerstag, ja um 10 Uhr. Bringen Sie noch einen oder zwei Kumpel aus ihrem Kampfclub mit … Ja, ich zahle dafür was. Ach ja, und welche Konfektionsgröße tragen Sie? Und noch eins: Das bleibt unter uns! Okay?«

45

Die Kleingartenanlage ruhte. Nur bei den Randidos glomm noch die Grillglut. Auch Benders Laube war seltsamerweise um diese Zeit noch erleuchtet. Um 1 Uhr 30 noch Buchhaltung?

Carlo fuhr seinen Cayenne so nah wie möglich an seine Parzelle heran. Die letzten Meter ließ er ihn leise ohne Licht im Leerlauf rollen. So wie er es im *Tatort* gesehen hatte. Hoffentlich kam nicht gleich diese abgemagerte lesbische Kommissarin um die Ecke, um ihn auf frischer Tat zu ertappen. Er entlud vorsichtig die Kanister und das Pumpsprühgerät aus seinem Kofferraum.

»Na, auch Blattläuse?«, hatte der Kassierer im *Sunflowercenter* noch freundlich gefragt. »Dann brauchen Sie aber noch das *Blattex* aus Regalreihe zwei, gleich da vorne. Heute im Angebot.«

»Hab ich noch was von«, hatte Carlo ihn angemurmelt.

Er fühlte sich in seinem pechschwarzen Outfit wie ein Panzerknacker aus den Donald-Duck-Heften seiner Kindheit. Fehlte nur noch die schwarze Gesichtsmaske, die hatte er in der Eile vergessen. Was wäre, wenn Toddi jetzt noch mal zum Pinkeln rauskäme – und Carlos schneeweißes Gesicht zwischen den Forsythienbüschen leuchten sähe? Hätte er damals nicht den Wehrdienst verweigert, wüsste er heute, dass es ein Fehler sein könnte, das Gesicht nicht zu tarnen.

In seiner Hütte füllte er das Wasserstoffperoxid in den knallgelben Pumpsprüher um. Ein fünfunddreißigprozentiger Gifthammer! Mit verheerender Wirkung: Er vernichtete das lebenswichtige Chlorophyl und raubte so den Pflanzen die Fähigkeit sich zu ernähren. Das Zeug wurde nicht umsonst zur Desinfektion und Reinigung von Gartenteichen und Aquarien verwendet. In spätestens ein bis zwei Tagen würde die gesamte Anlage hier aussehen wie ein andalusischer Stadtpark im Hochsommer.

Carlo tröstete sich mit dem Gedanken, dass sich die Chemikalie vollständig abbaute, nachdem sie ihre verhängnisvolle Wirkung entfaltet hätte. Schließlich überlebten künstliche Blondinen jahrelang die Behandlung ihrer Haare. Und bei denen wuchs nach zwei Wochen ja auch der natürliche Ansatz wieder heraus. Genauso würde sich auch Wenglers Sonja erholen, wenn alle dieses mickrige Fleckchen Erde endlich verkaufen würden. Carlo beruhigte sich selbst: Es war schließlich alles nur vorübergehend, für einen gehörigen Schrecken – und die Unterschriften. Dann würde er sich wieder seinem normalen Leben widmen können. Maike und den Kindern.

Unter keinen Umständen wollte er das Licht in seiner Hütte anschalten. In der Dunkelheit musste Carlo deshalb beim Umfüllen den Daumen mit in den Einfüllstutzen des Pumpsprühers stecken, um zu erspüren, wann dieser voll war. Instinktiv leckte er sich dann den nassen Finger ab. Sofort brannte seine ganze Mundhöhle! Er spürte jeden offenen Zahnhals und sein Zäpfchen! Er stürzte zu seinem Kühlschrank, riss eine Bierflasche heraus, öffnete sie und gurgelte mit eiskaltem Henninger Bräu. In Panik spie er das Bier gleich wieder auf seinen alten Perserteppich, mit dem er seine Hütte ausgestattet hatte. Nachdem der Schmerz einigermaßen unter Kontrolle war, stapfte er los.

In den kommenden neunzig Minuten leistete Carlo ganze Arbeit. Er war wie besessen und pumpte den Hebel des Spühers auf und ab. Wie die Tänzer beim Frankfurter Sportpresseball die Arme ihrer Partnerinnen, dachte er noch belustigt. Zusätzlich schüttete er jeweils noch einen ordentlichen Schwung in die Regentonnen. Gerade Oma Veigele begoss ja damit gerne ihr Gemüsebeet. Ihre Regentonne war nur bis zur Hälfte gefüllt, Carlo goss einen ganzen Kanister vollständig hinein. Prost, Erna, dachte er dabei.

Wenglers Sonja bediente er nur schweren Herzens. Wenn jemals herauskommen sollte, dass *er* der Urheber dieses chemischen Desasters war, würde nicht nur Rüdigers preisgekrönte Rose, sondern auch die zarte Pflanze der Freundschaft zu diesem Mann, die er so zu schätzen gelernt hatte, verdorren wie Omas Veigeles Salatgurken unter seinem Sprühstrahl. Mit einem Schlag wäre er dann wieder ohne einen Freund. Aber wie hatte sein Vater immer gesagt: *Junge, komme nicht vom Weg ab. Man muss im Leben immer ein Ziel haben.* Und: *Wo gehobelt wird …* Emotionen konnte sich Carlo jetzt eben nicht mehr leisten.

Die Szenerie wirkte vollkommen friedlich. Nur der Vollmond beschien schweigend Carlos Verbrechen. War der nicht ein Zen-Symbol? Der Mond? Eine Metapher für die Erleuchtung, das Erkennen des wahren Selbst? Er schaute den Mond an und erkannte: *sein* Selbst sah gerade nicht sehr schön aus.

Aber sorry! Die Amerikaner drängten zur Übergabe des Geländes. Und spielten mit seiner Zukunft wie Kinder mit ihren Murmeln.

Immerhin würde er ab morgen im Sesshin endlich Gelegenheit haben, über sein Handeln nachzudenken. Ab nächster Woche, mit dem Bonus in der Tasche, würde er ein anderer, ein besserer Carlo werden, versprach er sich selbst. Einer, der es nicht mehr nötig hatte, ganze Landstriche zu vernichten, um sich und seine Familie mit Luxus zu versorgen. Während er das dachte, gab er Bruno Benders Erdbeeren einen ordentlichen Hub Bleichmittel.

Fast hätte er seinen eigenen Rasen vergessen! Kein Wunder, er war eben nach dem ewigen Vertikutieren vor zwei Wochen auch bilderbuchschön geworden. Der Rasen genügte mittlerweile sogar Benders strengen Stoltze-Statuten. Schade war es um die paar Meter Grün, an dem sogar sein Sohn Matthies das Chillen vergessen und so schön die Ränder gestutzt hatte.

Fast zwei Stunden war Carlo beschäftigt. Am Ende verwischte er seine Fußspuren auf den Parzellenwegen mit Maikes eigens mitgebrachtem Terrassenbesen. Ab und zu raschelte es im Unterholz. Eine verschreckte Amsel? Oder doch Toddi mit Harndrang?

Carlo verstaute den Besen wieder im Kofferraum und fragte sich, was Bender eigentlich nachts um halb drei noch am Schreibtisch tat. Soviel Buchführung fiel selbst im Stoltze nicht an. Neugierig näherte er sich Benders verschmierter Fensterscheibe. Drinnen saß dieser gebannt vor einem riesigen Flachbildschirm. Na, der musste tagsüber aber unter der ollen Wolldecke versteckt sein. Was sollte das? Warum schauten sie dann alle noch immer mit Helfrieds ollem Röhrengerät Fußball, wenn Bruno doch so gut ausgestattet war. Carlo verstand sofort. Für die Art Filme, die sich Bruno hier gerade zu Gemüte führte, brauchte man einfach eine gewisse Bilddiagonale. Für die Details: Bruno gab sich einem Porno hin! Bender, Bender …, dachte Carlo amüsiert. Zuhause schlummert brav die Mutti, und im Garten wird heimlich von der Palme geschüttelt.

Der Bildschirm war so scharf, dass Carlo unweigerlich die beiden Akteure erkannte: Es waren keine anonymen Pornostars, sondern Nele und Adil! Carlo hörte schlagartig auf, sich zu amüsieren. Noch nie hatte er Neles Gecko so aufgeregt hin und her springen sehen. Bender hatte Gott sei Dank wenigstens den Ton ausgestellt. Jetzt waren die beiden im Film fertig, und Nele machte eine Lampe an – es war Oma Veigeles bunte Tiffany-Stehlampe! Hatten die beiden etwa bei Oma gedreht? Im Augenwinkel bemerkte Carlo, dass sich auch Omas Hütte zeitgleich erhellt hatte. Es dauerte einen Moment, bis er begriff: Synchronizität der Ereignisse. Niemand hatte hier gedreht. Benders Porno war keine Konserve. Carlo und Bruno sahen Nele und Adil *live*! In High Definition! Sicherlich übertragen von einer heimlich installierten Videokamera.

Das Schwein! Carlo wurde plötzlich klar, weshalb Bender auch über seine Affäre mit Nele so gut Bescheid gewusst hatte. Eine Kamera in Omas Hütte! Carlo konnte nur hoffen, dass Bender seine Produktionen nicht auf youporn hochlud. Er musste Nele informieren! Aber wie sollte er das tun, ohne zuzugeben, dass und warum er nachts heimlich im Stoltze herumstieg.

Er hörte Schritte auf dem Kiesweg.

Carlo versteckte sich rasch im Rhododendron. Es war Helfried, der zwei schwere Getränkekisten schleppte. Was war hier eigentlich los? Ein Betrieb wie auf der Frankfurter Zeil samstagmittags. Carlo kannte diese Kisten. Aus dem Getränkemarkt. *Der alte Hochstädter Apfelwein naturtrüb*. So versorgte uns also der angebliche Apfelweinwinzer mit seinem »Selbstgebrauten«. Jetzt würde also auch Helfried gleich anfangen, eine Flüssigkeit umzufüllen. Den guten, kommerziell erzeugten Hochstädter aus den Flaschen, in die er gerade erst abgefüllt worden war, in Helfrieds Tank. Carlo hatte sich sowieso schon gefragt, wie der aus seinen zwei mickrigen Bäumchen diese Unmengen Apfelwein herauswrang. Jetzt wusste er: Die Qualität des Äpplers war von Johanna Höhls Lebensmittelchemiker gewährleistet. Das beruhigte.

Die Nächte im Stoltze waren offenbar interessanter als die Tage. Carlo fühlte sich plötzlich gar nicht mehr so fremd mit seiner Sprühaktion.

Leider musste er seinen Motor anlassen, um aus dem Stoltze hinaus zu fahren. Dumm! Er hatte sich aus Bequemlichkeit zu weit in die Anlage hineingewagt. Prompt schaute Toddi nach dem Rechten. Carlo hätte jetzt einfach wegfahren können, wollte aber dringend eine Begründung liefern, warum auch er nächtens hier herumkurvte. Er senkte das elektrische Fenster. »Smartphone vergessen!«, rief er.

»Ja, ja! Unentbehrlich, der Herr Doktor«, erwiderte Toddi. »Wie heißt es doch bei euch Zen-Typen?«

Was wusste der denn von Zen?, fragte sich Carlo. Hat der etwa auch Kameras installiert? Und wieso kennt Kuddels Wasserträger überhaupt fernöstliche Philosophien?

»Vergiss nie!«, mahnte Toddi jetzt mit erhobenem Zeigefinger. »Du bist auch nur ein Fleischsack voller Scheiße!« Bumm. Das saß. Das musste Toddi von Rüdiger gehört haben.

Na klar, dachte Carlo. Wenn ein Motorradproll wie Toddi einen Zenspruch kennt, dann natürlich den mit dem Fleischsack! Dieser Spruch, den Rüdiger ihm auch schon um die Ohren gehauen hatte, schien ihn zu verfolgen. Der Ausspruch eines berühmten Zenmeisters, der schlagartig ein Bild beleuchtete, dem Carlo bisher nicht zugeneigt war. Aber er war auch gar kein Sack. Schon gar keiner aus Fleisch. Und auch nicht *voller Scheiße*. Obwohl: Vielleicht meinte dieser Zenmeister – und auch Toddi – im

Ansatz schon etwas Richtiges. Manchmal nahm er sich tatsächlich ein wenig zu wichtig. Hatte Rüdiger ja auch schon angedeutet. Und Maike sowieso.

Carlo fuhr nachdenklich und gegen seine Gewohnheit ganz langsam in Richtung Ausgang.

46

Carlo packte seine Reisetasche und drückte zwei Bordeauxflaschen sorgfältig zwischen seine weißen T-Shirts. Das musste für zwei Abende im Sesshin reichen.

War Trinken an so einem Ort überhaupt erlaubt? Tranken Mönche? Man kannte doch die alte Verbindung zwischen Kutte und Krug. Und wenn ja, was? Sake? Oder doch nur Tee? Während er Maikes geräumige Yogahose faltete – er besaß selbst nichts Adäquates -, erinnerte er sich an Rüdiger Wenglers Spruch: Im Zen kannst du machen, was du willst, du musst dir nur über die Konsequenzen im Klaren sein. Also auch ein, zwei Gläser nach Feierabend trinken.

Es klingelte. Nele und Adil standen mit einem Rucksack vor der Rümmelschen Eingangstür.

Carlo hatte Nele gebeten, sich in den drei kommenden Tagen um Matthies und Undine zu kümmern. Aber mit Adil! Er hoffte, mit dieser Konstellation Maike bei einem unangekündigten Besuch nicht völlig gegen sich aufzubringen. Adil war für Carlo der lebende Beweis, dass es zwischen ihm und Nele zu Ende war und Nele wirklich nur noch als Babysitter fungierte.

»So! Willkommen! Schön, dass das geklappt hat! Ich zeig euch noch schnell alles.«

Sie gingen die Treppe hinauf. »Hier ist das Gästezimmer, das Bett ist hoffentlich groß genug für euch Turteltäubchen.«

»Carlo, bitte!«, maulte Nele.

»Kondome sind in der Schublade.«

»Carlo!«

»Kleiner Scherz, Nele, aber ich stelle mir halt vor, wie das ist, wenn Adils junger Adler losflattert.« Carlo konnte sich diese Bemerkung nicht verkneifen.

»Nele?«, Adil wandte sich empört an Nele. »Woher weiß der was von meinem neuen Tatoo?«

»Keine Ahnung, ich war es nicht. Ich schwörs«, erwiderte Nele und hängte sich zärtlich an seinen Hals.

»Komisch«, sinnierte Adil. »Das Ding ist erst zwei Wochen alt, und die ganze Welt spricht schon darüber – wie kann das sein …?«

Carlo führte die beiden durch das ganze Haus. »Die Tiefkühltruhe ist voll. Und ich lass euch 200 Euro da, für *Luigi* oder den Chinesen. Ihr könnt mit Undine und Matthies auch mal ins Kino gehen.«

»Was mache ich denn, wenn deine Maike hier aufschlägt? Die weiß doch, dass ich wieder mit Adil zusammen bin?«

»Kein Problem! Bleibt einfach locker, geht auf sie zu und beruhigt sie. Ich habe ihr nicht erzählt, dass ihr aufpasst, während ich meditiere.«

Nele und Adil schauten ein wenig besorgt. »Das kann ja heiter werden. Deine Frau macht doch Kickboxen, oder? Da habe ich schon ein bisschen Angst.«

»Nein, nein Blödsinn, so ist Maike nicht drauf. Die heult dann nur. Den Schlüssel legt ihr bitte hier in die Schale beim Eingang. So, ich muss jetzt aber los. Sonntag gegen 18 Uhr bin ich wieder da. Alles klar? Im Notfall ruft ihr das Kloster direkt an, mein Handy ist dort leider aus.«

Er griff nach seiner Tasche. Einen winzigen Augenblick lang zögerte Carlo. Ob es tatsächlich eine so gute Idee war, seine Kinder ausgerechnet in die Obhut seiner Exgeliebten zu geben?

Im Windfang waren er und Nele kurz allein: »Woher weißt du von Adils Adler?«

»Kleiner Tipp an meine Twitter-Ex. Auch du wirst vielleicht gefilmt, ohne es zu wissen. Schaut euch doch mal spaßeshalber in Oma Ernas Hütte um.«

47

Rüdiger Wengler betastete die Blätter seiner Sonja. Sie zeigten leicht gelbe Flecken an den Rändern. Eigenartig, dachte er: Trockenschäden? In diesem verregneten Sommer?

In der Nachbarparzelle füllte Oma Veigele gerade ihre Gieskanne in der Regentonne.

»Guten Morgen!«, rief er ihr launig zu.

»Morgen!«, erwiderte sie freundlich.

»Immer schön gießen, Erna! Bei mir trocknet schon alles aus hier!«

48

Wow!, dachte Carlo, als er auf den Parkplatz des Franziskushofs fuhr. Beim Anblick des dort ausgestellten Besucherfuhrparks fühlte er sich endlich einmal wieder zuhause. Diesen geschmackvollen Luxus toppte nur noch der Mitarbeiterparkplatz der Deutschen Bank.

Dazwischen aber stand auch der eine oder andere abgenutzte, also ernstgemeinte Kleinwagen. Natürlich hat es auch hier Lehrer, dachte er.

Der Empfang roch erwartbar nach Esoterik-Räucherwerk. Es würde Wochen dauern, bis er diesen süßlichen Müffel wieder aus dem Jackett bekam. In einer Nische brannten Teelichter vor einer Buddhastatue und einer orthodoxen Jesusikone.

Aha, dachte Rüdiger. Für jeden was dabei. Spirituelles Crossover.

Er ließ seine Tasche vor der Rezeption auf den Boden fallen. Es klirrte gedämpft. Carlo brach der Schweiß aus. Der Château! Die anderen Ankömmlinge drehten sich nach ihm um.

»Aftershave«, beeilte er sich zu sagen. Und zur Rezeptionistin: »Ich war angemeldet für … Moment« – er schaute auf seine zerknüllte Bestätigungsmail –, »die Zen-Einführung. Rümmel, Dr. Rümmel mein Name. Carlo. Ich bleibe drei Tage.«

»Herzlich willkommen, Herr Dr. Rümmel«, flötete die Dame hinter dem Tresen routiniert mitfühlend. Neben ihm wartete noch eine attraktive Mittvierzigerin in hochhackigen Pumps und strengem Business-Outfit. Definitiv seine Kragenweite! Eine richtige Fackel. So etwas hatte er hier nicht erwartet. Wie die wohl den Räucherstäbchenmuff wieder aus ihrem Kostüm bekam? Wahrscheinlich die Steuerberaterin hier, überlegte er, die müssen ja auch ein bisschen ans Geschäft denken.

»Zimmer 302 für Sie, Herr Dr. Rümmel.« Es war ihm ganz recht, dass die *sexy Fackel* seine Zimmernummer mitbekam.

»Gibts WLAN?«, erkundigte er sich.

Die Rezeptionistin und die Steuerberaterin schauten sich amüsiert an.

»Leider nein. Es erwartet Sie das Standardzimmer mit Toilette und Dusche. Sie hatten ja nicht das Gruppenzimmer gebucht, oder?« Sie schaute kurz in ihre Unterlagen.

»Nein, nein! Kein Gruppenzimmer!« Carlo schrie fast bei der Vorstellung von fremden Schlafpartnern in gestreiften Pyjamas und nackt unter Gemeinschaftsduschen.

»Es gibt aber eine Steckdose«, meinte das Businesskostüm. Demonstrativ schaltete sie ihr Handy aus und übergab es der Rezeptionistin. »Damit ich nicht in Versuchung komme, Frau Kallheim …«

»Oja! Sie erhalten es dann in zehn Tagen wieder zurück. Wie immer, Frau Künzel. Einen schönen Aufenthalt wünsche ich.«

Zehn Tage?, dachte Carlo. Welche Revision dauert denn so lang?

Frau Kallheim wandte sich wieder ihm zu. »Treffpunkt für unsere Einführung bei Michael ist der Speisesaal, um 18 Uhr. Beim Essen dürfen Sie noch sprechen. Danach bitten wir um strenges Schweigen. Aber das wird Ihnen der Hausvorstand alles noch en detail erklären. Viel Spaß!«

»Hmmhm«, erwiderte Carlo, der bis dahin noch nicht gewusst hatte, dass sie hier wirklich ernst machten mit dem Nichtreden. Klar – darum bin ich ja hier, sagte er sich.

»Und wir bitten auch darum, mit den anderen Teilnehmern möglichst nicht in Kontakt zu treten, auch nicht mit Blicken.«

Ach so: Deshalb waren die anderen auf dem Hof vorhin so entrückt an ihm vorbeigeschlichen! Kurz dachte Carlo noch ans Abhauen.

»Ich nehme an, meine Sesshin beginnt auch mit dem Essen?«, erkundigte sich Frau Künzel.

»Ja.«

Carlo nahm seine Reisetasche und ging in Richtung Treppe.

»Hallo!«, rief Frau Künzel ihm nach. »Ihr Aftershave tropft.«

»Ich habe gar keines mit«, erwiderte Carlo unüberlegt. Doch dann sah er die tiefroten Flecken, die von der Rezeption zu ihm führten. Und das auf Natursandstein! Sein

Aufenthalt hier wurde damit unauslöschlich dokumentiert. Aber so war das halt: Ein Carlo Rümmel konnte eben gar nicht anders, als überall Spuren zu hinterlassen.

Hastig hielt er die Hand unter seine tropfende Tasche und verschwand in Richtung 302.

Ein Zimmer mit Bett, Tisch, Stuhl, einer schlichten Lampe an der Decke und einer über dem Bett. Daneben etwas, das der Bezeichnung ›Nasszelle‹ alle Ehre machte. Alles supersauber. Ein Operationssaal zum Übernachten.

Carlo inspizierte rasch die Reisetasche. Sie roch genau wie die Weinstube, in die er Maike früher immer gerne entführt hatte.

Eine seiner zwei Flaschen war zerbrochen. Glücklicherweise hatte sie aber nur die unteren Kleiderschichten durchgesuppt. Gott sei Dank war das keine Dienstreise. Er hatte sich an Wenglers Empfehlungen gehalten und nur ältere, bequeme Kleidung mitgenommen.

Maikes ausrangierte Yogahose war aber durch. Er würde also in seiner hautengen Designer-Jeans meditieren müssen. Auch musste die aktuelle Unterhose bis übermorgen ihren Dienst tun. Egal, beruhigte sich Carlo. Der Deoroller ist ja noch intakt. Und für Engtanz bin ich ja auch nicht hier. Obwohl – mit der Künzel …

Das Abendessen gestaltete sich noch sehr lebhaft. Etwa siebzig Leute saßen eng gedrängt um einfache Tische, und dafür, dass sich alle gerade erst kennengelernt hatten, brummte der Lärmpegel beeindruckend. Das Essen war erstaunlich schmackhaft. Gut verschleierter Vegetarismus. Der Renner: Die *Lebenswurst*, eine Köstlichkeit, die aussah und schmeckte wie Leberwurst, aber natürlich rein pflanzlich war. Ein Trost für noch trauernde Anfänger in der Welt der Sojaprodukte.

Nach einem kurzen Vortrag über die Gepflogenheiten im Sesshin, die die meisten schon zu kennen schienen, verfielen alle in eine Art Schockstarre und gingen gemessenen Schritts, ohne sich eines weiteren Blicks zu würdigen, zum ersten Sitzen in das Zendo, den Meditationsraum. Er war groß wie eine Turnhalle, hatte eine niedrige Decke und war schwach beleuchtet. An die vierzig kleine schwarze Meditationskissen lagen auf rechteckigen Matten, die ihrerseits sauber in Reih und Glied entlang den Wänden und der Fensterfront plaziert waren. Der Abstand zur Wand betrug jeweils etwa fünfzig Zentimeter. An der Stirnseite des Saals war eine stilisierte Sonne aus vergoldetem Holz aufgehängt. Davor standen ein Altar, ein Blumengesteck und eine brennende Kerze. Ein Mann in einer Art schwarzem Karateanzug zündete gerade ein Räucherstäbchen an, als Carlo mit den anderen den Raum betrat. Er hatte gelesen: mit dem linken Fuß zuerst.

An einer der Matten fand Carlo ein Kärtchen mit seinem Namen. Dies würde also sein Zuhause für die kommenden sechsundfünfzig Stunden sein. Er warf einen verstohlenen Blick in die Runde. Alle standen jetzt vor ihren Matten, die Gesichter in den Raum gewandt, und sahen aus, als habe eine schlechte Nachricht sie erschüttert. Die Fröhlichkeit des Abendessens war von ihnen abgefallen. Na klasse, wunderte sich Carlo, wirke ich etwa auch schon stark suizidgefährdet, wie alle hier im Raum? Wengler hätte ihn vorwarnen können, dass er hier drei Tage mit Spaßbremsen verbringen musste. Unweigerlich lächelte er die ihm gegenüberstehende Frau an, eine dunkel gekleidete Endvierzigerin. Keine Reaktion. Wahrscheinlich hatte sie Kummer. Frisch geschieden oder so. Aus irgendeinem Grund musste sie schließlich hier sein.

Alle Teilnehmer standen reglos für einige Minuten herum. Dann vernahm Carlo schnelle bestrumpfte Schritte auf dem Parkett. Die Meisterin. Sie durchschritt rasch den Raum. Ihr modernes, an buddhistische Gewänder gemahnendes Kleid wehte hinter ihr her.

Sie setzte sich vor das Sonnensymbol und begrüßte zuerst die Sonne und dann die Teilnehmer freundlich. »Schön, dass ihr alle wieder hergefunden habt!«

Drei mal dreißig Minuten Sitzen standen auf dem Programm. Nach jeder Sitzung musste man schweigend langsam im Kreis gehen. Zwei Mal mehr pro Durchgang als bei Rüdiger!

Nach der ersten Runde hätte Carlo das Kissen gerne gegen ein hohes Bänkchen eingetauscht.

Nach dem Abendzeremoniell, einer Art schweigendem gemeinschaftlichen Nachtgebet, schlich Carlo in seine Zelle zurück. Was er in den vergangenen zwei Stunden an Schmerzen durchgestanden hatte, übertraf selbst seinen Oberschenkelhalsbruch damals bei seinem Motorradunfall auf Samos. Er würde unbedingt die Nummer eines Chiropraktikers googeln müssen.

Aber jetzt hatte er zunächst einmal seine Ruhe, bevor er morgen früh – um Punkt halb sechs! – draußen am Klosterbrunnen mit einer halben Stunde schnellen Gehens weitermachen musste.

Es war jetzt 22 Uhr. Für Carlo quasi Nachmittag.

Was tun? Im Speisesaal waren nur ein paar verhuschte Gestalten unterwegs gewesen, die sich literweise Kräutertee in Thermoskannen gefüllt hatten. Bücher sollte man auch nicht lesen. Galt das Verbot denn auch für den neuen *Dreamland*-Investorenprospekt, den Nörk ihm noch mitgegeben hatte?

Und Musik hören? Hatte er sich nicht von Matthies ein paar klassische Konzerte auf das Smartphone laden lassen? Er kramte danach in der Reisetasche herum. Alles stank nach Rotwein. Aber natürlich: Er hatte nicht an Kopfhörer gedacht! Zu blöd aber auch. Außerdem war der Akku ohnehin fast leer. Und das Ladegerät? Zuhause auf dem Küchentresen. Carlo, sagte sich Carlo, du lässt dich gehen. Kaum kommst du in die Nähe von Mönchen, geht dir die Power aus! Aber der Akku war doch noch voll gewesen. Vielleicht gab es hier an der Rezeption eine Art Störsender, der die Dinger automatisch entlud, sobald man sich anmeldete? Denkbar – nach dem, was er heute hier erlebt hatte. Wahrscheinlich würde gleich noch ein Wärter mit klingelndem Schlüsselbund um die Ecke kommen, um ihn für die Nachtruhe einzuschließen.

Es blieb gerade noch genug Saft, um Undine zu erreichen. »Hallo, Kleines! Ich bin jetzt im Kloster. Alles gut. Meine Akkus sind aber leer – ich fürchte ihr habt jetzt bis Sonntagnachmittag Funkstille vom Papa. Aber Nele ist ja da. Die hat die Nummer des Ladens hier. Aber wirklich nur anrufen, wenn was ganz, ganz Wichtiges ist! Hast du verstanden? Ich dich auch. Danke, ich halte durch! Gute Nacht, mein Schatz!«

Bett. Stuhl. Tisch. Stille. Zu helle Beleuchtung. So musste sich U-Haft in Preungesheim anfühlen. Gott sei Dank hatte Carlo wenigstens seinen bewährten Reisekorkenzieher nicht auch noch vergessen! Er öffnete die verbliebene Flasche Bordeaux, goss sich den Zahnputzbecher bis zum Rand voll und blickte aus dem Fenster in die Abenddämmerung. Er würde mit dem Wein haushalten müssen. Wer wusste schon, was morgen Abend sein würde!

49

»Hey Digga«, Nele schaute verschlafen in Adils Kofferraum. »Verkaufst du etwa meine alten Vinylplatten heute auf dem Flohmarkt? Für die *Grandmaster Flash and the Furious Five*-Platte will ich aber mindestens acht Tacken«, rief sie und schlug die Heckklappe des alten VW Jetta zu. Adil steckte seinen Kopf aus der Eingangstür des Hauses Tannenweg 4 und rief: »Sag mal, kleine Echse, soll ich den Rest des Rotweins weggießen? Oder können wir den heute Abend noch trinken?«

Bei dem Gedanken daran spürte Nele sofort wieder Brechreiz. Sie warf sogar ihre Kippe in den Rinnstein, ein Zeichen, dass es ihr wirklich schlecht ging. Warum mussten Adils Flohmärkte auch immer so früh beginnen? Noch nicht mal Matthies und Undine waren wach.

Adil kam unangenehm fröhlich den Vorgartenweg hinunter und küsste sie euphorisch auf den Hals. Ihm schien der Rotwein nichts ausgemacht zu haben.

»So, Nele«, sagte er betont fürsorglich, »regeneriere dich ein bisschen vom Suff und pass dann mal schön auf die Kleinen auf. Das ist dein Auftrag. Mach dir einen ruhigen Hausfrauentag. Vaddi geht derweil am Mainufer Kohle ranschaffen. Wenn's gut läuft, bringe ich euch nachher eine DVD und Pizzen mit.«

Nele winkte nur ab. Sie hasste seinen samstäglichen Markteifer. Als sie sich zum Haus umwandte, sah sie, wie ein schicker roter Mini Cooper verdächtig langsam vorbeifuhr. Die Fahrerin starrte dabei mit offenem Mund entgeistert in ihre Richtung. Was sollte das denn? Sie hatte ihren Irokesen doch abgesäbelt. Obwohl Nele erst vierundzwanzig Stunden dieses Haus hütete, spürte sie schon eine Art Besitzerinstinkt. Was hatte diese Trulla ihren Tannenweg 4 so anzustarren?

Der Mini parkte am Straßenrand. Die Fahrerin stieg jetzt aus – und ging energisch auf Nele zu! Deren pochender Kopfschmerz verstärkte sich.

Die Fremde fragte frech: »Wer sind Sie?« Und: »Was tun Sie hier?«

Nele nahm alle Kraft zusammen, um diesen Angriff so schnippisch wie möglich zu parieren: »Ich frage mich echt, was dich das angeht!«

Ihrem Gegenüber fiel die Kinnlage herunter. Ihre Ponyspitzen begannen leicht zu zittern.

»Du bist doch diese Nele, oder? Unglaublich, was der sich traut. Wo ist er? Wo ist mein Mann?«

Nele verstand. Das musste Maike sein. Mist, das war es wohl mit dem geruhsamen Hausfrauensamstag.

»Mama«, rief es jetzt aus dem Haus. Undine! Sie lief die Treppen herunter, öffnete das Gartentor und fiel ihrer Mutter um den Hals. »Mama! Kommst du zurück?«

»Wenn hier genug Platz ist, vielleicht«, antwortete Maike und strich ihrer Tochter übers Haar. »Ihr habt ja offenbar schon jungen Ersatz für mich ergattert.« Und nach einer kurzen Pause: »Darf ich denn wenigstens reinkommen?«

»Mir doch egal«, gab Nele so teilnahmslos wie möglich zurück. Hier war ja mehr los als in ihrer WG! Und genauso viel Beziehungsstress.

»Mama, Mama, wie schön, dich zu sehen«, Undine kuschelte sich an den Arm ihrer Mutter, als die drei Frauen wieder ins Haus gingen, »Papa ist nicht da. Der starrt noch immer an die Wand, jetzt aber richtig professionell im Kloster und so.«

»Schön, dass er jetzt abhaut und gleich seine neue Freundin mit einziehen lässt.« Maike funkelte Nele scharf an. »Erst machst du meinen Mann verrückt, und dann ziehst du gleich hier ein. Klar, ist ja auch besser als in einer schmuddeligen Wohngemeinschaft.«

»Genau.« Nele war jetzt auf Krawall gebürstet. »Hier sind ja auch die besseren Betten.«

»Nele!«, schrie Undine jetzt. »Mama, die ist doch mit ihrem Freund hier. Nele ist nur unser Babysitter. Echt.«

Die drei betraten die Küche: »Klar, selbst der teure Barolo ist euch nicht heilig.« Maike nahm die beiden offenen Flaschen vom Küchentisch und begann aufzuräumen.

Nele verspürte wieder ihren Katerbrechreiz. Sie kannte Zickenkrieg zwar aus der WG, aber das hier war eine Nummer härter. Zum ersten Mal stand sie im Verdacht, nicht nur einen Lover, sondern eine ganze intakte Familie in die Verzweiflung zu treiben.

»Nele?« Matthies kam verschlafen die Treppen hinunter. »Ist Adil schon weg?«

Verdammt! Nele hatte vergessen, dass Matthies gerne mit Adil auf den Flohmarkt gegangen wäre. Das hätte nicht passieren dürfen.

Jetzt erblickte Matthies seine Mutter. »Oh!«, entfuhr es ihm. »Voll Porno. Mama! Was machst du denn hier? Die Nele ist doch da.«

»Tut mir leid, dass ich störe«, sagte Maike sarkastisch. »Aber zufällig wohne ich noch hier! Aber wie siehst du denn aus, mein Schatz?« Sie ging rasch auf ihren Sohn zu, nahm sein Gesicht in beide Hände und fragte besorgt: »Tut das nicht weh?«

»Das ist wohl so ne Art Augenentzündung«, sagte Matthies gelassen. »Es juckt nur wie irre. Bleib chillig, Mama.«

Matthies' Augen waren gerötet. Gleichzeitig war sein Gesicht punktuell gebleicht und fleckig. Die Augenbrauen und Wimpern waren so weißblond wie der Haaransatz über seiner Stirn.

»Was geht denn hier ab?«, sagte Nele und schaute Matthies entgeistert an. »Willst du etwa als Heino zu Bohlen ins *Supertalent*? Und wo ist dann deine Sonnenbrille?« Tatsächlich wirkte Matthies wie ein Akteur aus einem Science-Fiction-Film, in dem Kinder Invasoren aus dem All mimen. Überall im Gesicht hatte er weiße Flecken, und die Innenflächen seiner Hände waren ebenfalls weiß und gerötet.

Maikes Blick fiel auf Neles blondierte Stoppelfrisur, und sie schrie: »Sag mal, tickst du noch richtig? Mit *deinem* Kopf kannst du ja machen, was du willst, aber meinen

Sohn so zu entstellen, das grenzt an Körperverletzung. Ich rufe jetzt sofort einen Arzt an.«

»Seid ihr alle irre hier?« Auch Nele verlor jetzt die Contenance. »Ich tue deinem Ex den Gefallen und passe auf eure Gören auf, damit er mal entspannen und runterkommen kann - und werde hier in einer Tour nur fertiggemacht. Matthies! Was soll der Scheiß, mich hier so reinzureiten. Was hast du denn mit deiner Haut gemacht?«

»Nichts. Ich war zu Hause.«

»Überleg nochmal ganz genau, mein Schatz«, fragte Maike jetzt ganz mütterlich. Sie kniete sich vor ihren Sohn: »Habt ihr in der Schule ein Physikexperiment gemacht?«

»Nö, der Lehrer ist doch schon seit Wochen krank. Ich war gestern nur noch kurz im Garten und habe die Rasenkanten geschnitten. Ich wollte Papa eine Freude machen. Seitdem juckt es.«

»Matthies, war der Rasen vielleicht frisch gedüngt?«, wollte Maike wissen.

»Nee, die kleinen blauen Kügelchen hätte ich doch gesehen, Mama. Und Papa macht keinen Chemiescheiß auf seinen Rasen. Es war nur wahnsinnig heiß. Und na ja, ich hab mir nur noch mal kurz die Hände und das Gesicht gewaschen.«

»Wo denn?«

»Na, in Oma Veigeles Regentonne.«

»Iiih, darin wäschst du dich?« Nele schüttelte sich. »Meine Oma kocht mit dem Wasser doch immer Kaffee. Gut, dass du deine Mauken nicht auch noch reingehangen hast. Bahh.«

Neles Handy klingelte. Sie ging ran und hörte gebannt zu. »Ja, warum rufst du mich denn an? Ist was mit Oma?« Nele lief aufgeregt durch die Küche und strich immer wieder nervös über ihren kurzen Haarschopf. »Scheiße. Ich komme sofort ins Stoltze. Danke, Bruno.«

Nele steckte ihr Handy in die Hose zurück, zog sich hastig die Jacke über und sagte zu Maike: »Meiner Oma geht es nicht gut. Die hat was Ähnliches wie Matthies. Sie ist jetzt im Krankenhaus. Ihr ist nach dem Kaffetrinken schlecht geworden. Bleibst du jetzt hier bei den Kindern? Zu essen ist im Kühlschrank. Und Adil, mein Freund, kommt gegen 16 Uhr zurück.« Nele war jetzt im Überlebenskampfmodus für ihre Oma und hatte keinen Platz mehr für weibliche Animositäten: »Möchtest du dann mitessen? Dann rufe ich Adil noch schnell an, wenn du auch eine Pizza willst.«

»Danke nein«, antwortete Maike, nun auch ein wenig zahmer.

»Ich komme mit«, sagte Matthies zu Nele.

»Nichts da, Freundchen!«, Maike bremste ihren Sohn. »Wir beide gehen jetzt erst einmal zu Dr. Conrad. Du siehst ja schrecklich aus mit diesen Flecken im Gesicht!«

50

Was ist hier denn los?, wunderte sich Rüdiger und starrte auf seine Sonja. Er war den Tränen nah. Seine Rosen sahen aus wie ein Wellensittich in der Mauser. Die Blüten- und die Strauchblätter lagen gelb und matt im Beet. Die Äste kahl. Ein Anblick des Jammers. Rüdiger war kurz davor, die Fassung zu verlieren. Bei diesem Anblick gab es auch für ihn keinen tröstenden Zen-Spruch mehr. Jahrelange liebevolle Pflege, in einer Nacht zerstört. Aber auch sein Rasen war über Nacht in einen erbärmlichen Zustand geraten. Bräunlich und traurig lag er wie ein alter Teppich vor ihm.

Aber Rüdiger war nicht der einzige Geschädigte im Stoltze. Die Gärten der Anderen wirkten auch, als wäre ein Nebel der Zerstörung über sie hinweg gefegt. Als wäre ein vorzeitiger Herbst über den Garten hereingebrochen.

Bruno Bender stand belämmert da, war aber im Gegensatz zu sonst erstaunlich ruhig. Nur für ein leises »Scheiße« hatte er noch Kraft. »Wenigstens gehts der Erna wieder einigermaßen, de Helfried hat mich grad angerufe«, berichtete er.

Die beiden wurden in ihren Betrachtungen plötzlich von einem weißen Lieferwagen abgelenkt, der langsam den Zeisigweg hinauffuhr. Er hielt vor Kuddels Parzelle. Fünf Männer in Schutzanzügen aus Papier stiegen aus. Sie trugen gelbe Skibrillen und hielten Schäufelchen und schwarze Plastiktüten in den Händen. Zielstrebig begannen sie mit ihrer Arbeit.

»Na, des passt ja. Die Chemiepolizei. De Weltunnergang fängt aa«, sagte Bruno. Er und Rüdiger gingen zu den Männern hinüber und trafen dort auf die anderen Stoltzegärtner, die sich von der Ankunft der »Außerirdischen« ebenfalls hatten anlocken lassen. Es war unheimlich still. Die Männer schaufelten die feuchte Erde schnell in ihre Beutelchen.

»Darf ich frage, was Sie hier mache?«, rief Bender jetzt wieder in seiner gewohnten Lautstärke. Die Männer ignorierten ihn.

»Hallo!«, Bender setzte nach. »Von wem komme Sie? Wer hat Sie beauftragt?«

Endlich schob einer der Männer die Skibrille auf die Stirn und sagte: »Darüber geben wir keine Auskunft.« Er streifte seine Papierkapuze ab und legte einen schmucken Pferdeschwanz frei. »Reine Routinekontrolle. Machen Sie sich keine Sorgen. Bodenprobenanalyse.«

Alle Augen richteten sich auf den weißen Lieferwagen. Kein Firmenemblem. Ein Mietwagen? Welches seriöse Labor trat dermaßen anonym in so einem Wagen auf? Sonderbar.

Rüdiger sagte zu Bruno: »Das muss heute Nacht so eine Art saure Wolke gewesen sein.«

»Klar«, entgegnete Bruno. »Un von was für einer Firma? Einem Chemieriese? Naa, naa, naa, des kommt mir alles sehr komisch vor. Verschwörung, ja? Und widder kei Silb davon in de Nachrichte, wie damals in Tschernobyl! Guck doch emal genau hin. Hundekackbeutelcher für die Bodenprobe. Wo gibts dann so was. Wenn de mich fragst, des stinkt. Und zwar nach Kilago und dene ihrne Entmietungsmethoden.«

Bruno brüllte Richtung Papiertruppe: »Heißt Ihr Auftraggeber zufällig K-I-L-A-G-O?«

»Samstag nicht. Wieso?«, erwidert der Zopfmann, eine Spur zu schnell. Und ohne zu merken, dass er eben verraten hatte, wo er von Montag bis Freitag in Diensten stand. Am Ende war Matze eben doch nur ein Pförtner. Mit schönem Haar zwar, aber eben doch nur ein Pförtner. Undercoveraufträge konnte man ihm nicht erteilen. »Heute bin ich für ein Chemieunternehmen da.«

»Und warum darf man nicht wissen, für welches?«, rief Rüdiger jetzt. »Weil sie es selber vielleicht nicht so genau wissen, oder? Und nur Panik verbreiten sollen. Das wird die Presse sehr interessieren!«

Da öffnete sich die Tür zu Kuddels Gartenhäuschen. Aha. Toddi hatte mal wieder die Nacht hier verbracht und wollte auf die Toilette des *Grünen Baums*. Er blinzelte durch geschwollene Augenlider in die Sonne. Der Anblick der Menschenmenge irritierte ihn: »Was soll das denn? Papierwichtel! Hat mich jemand gefragt, ob ihr hier buddeln dürft?«

Die »Chemiker« wichen zurück. Toddis bestickte Kutte tat wie üblich ihre Wirkung.

»Wenn ihr noch ein einziges Schippchen von Kuddels Muttererde in eure Eimerchen tut, dann ramme ich euch sowas von ungespitzt ins Gurkenbeet, dass ihr zum Atmen einen Strohhalm braucht.« Toddi sprang auf Matze zu: »Buh!«

Zum ersten Mal war Toddi sogar Bruno sympathisch. Auch die Meuserkinder lachten los. Die Papieranzüge ließen ihre Schäufelchen fallen und flohen in Richtung Lieferwagen: Das konnte nun niemand von ihnen verlangen! Sich für Müllers mickrige sechs Euro Stundenlohn auf eine Prügelei mit einer Rockerbande einlassen. Ein bisschen im Garten graben, okay. Aber sich die Visage polieren lassen? *No way.*

51

Nicht denken! Nicht auszudenken!

Carlo musste jetzt wohl so eineinviertel Stunden auf der Matte gesessen haben. Zumindest schlug die Klosterturmuhr einmal. Seit dem siebenfachen Schlag war also eine Viertelstunde vergangen: viertel nach sieben also.

Die Schmerzen in seinem Knie hatten ein ungeheuerliches Ausmaß erreicht. Unterhalb seiner Hüfte schrieen, nein bettelten seine Gelenke und Knochen ihn an: Carlo, hör auf mit dem Scheiß! Sein linkes Bein hatte als erstes aufgegeben – und war eingeschlafen. Gut. Dann hatte er wenigstens von dieser Seite Ruhe!

Nicht denken. Ausatmen … *fff* … einatmen … *fff* … ausatmen … *fff* … einatmen.

Stattdessen kalkulierte er das heutige Projekt. Tag zwei. Der Haupttag der Einführung. Dreizehnmal eine halbe Stunde reglos auf den Knien sitzen, unter dem Hintern nur ein winziges schräges Bänkchen Marke »Sieben Zwerge«. Er befand sich erst in Runde drei und war jetzt schon am Ende.

Wenigstens war nach dieser Runde Frühstück angesagt. Aber sogar dieser Gedanke hellte seine Stimmung nur wenig auf. Denn danach hieß es »Samu«. Arbeitsdienst. Und da er vergessen hatte, sich rechtzeitig einzutragen, war für ihn nur das Kloputzen in der gesamten Anlage übrig geblieben.

»Wie schön!«, hatte ihm sein Tischnachbar beim Abendessen, als Sprechen noch erlaubt war, gesagt. »Das ist die traditionelle Samu der Zen-Äbte: die Latrine. Es gibt dir die Chance wahrzunehmen, wie du dich fühlst, wenn du Dinge tust, die du für unter deiner Würde hältst. Eine wunderbare Möglichkeit der Selbsterfahrung!«

Das war genau das Gelaber, das Carlo so hasste: Jeder Situation noch etwas abgewinnen, egal wie beschissen sie auch immer sein mochte.

»Genau darum geht es aber doch hier, jede Situation zu akzeptieren«, hatte ihm der Klugscheißer auf diesen Einwand geantwortet. Ein Klugscheißer übrigens mit einer schicken Breitling-Uhr. Genau das Modell, das Carlo sich im vergangenen Jahr fast selbst noch gegönnt hatte. Das viele Kloputzen hatte diesen Herrn also vom Geldverdienen nicht abgehalten.

Ausgerechnet beim Schrubben war es Carlo dann gelungen, diese Aufgabe zu erfüllen, ohne an etwas anderes zu denken. Dabei half, dass sich die kultivierten Gäste am Franziskushof auch sanitär zu beherrschen wussten. In einer U-Bahntoilette wäre das Ganze weiß Gott anders ausgegangen.

Während er so gelassen einen Brillenrand nach dem anderen polierte, hatte er sogar die Vögel wahrgenommen, die im Klostergarten vor sich hinlärmten. Und: Da war es auch wieder, dieses alte, lang vermisste Gefühl, das er auch am ersten Abend im Stoltze gespürt hatte. Wenn da nur die Angst vor der nächsten Sitzrunde und der juckende Daumen seiner rechten Hand nicht gewesen wären. Oder wenn man sie gemütlich in seiner Hollywoodschaukel mit einem Fläschchen Bier, seinetwegen auch einem japanischem, hätte abhalten können. Er musste diese Art der Meditation bei Gelegenheit einmal der Meisterin vorschlagen. Kuschel-Zen. Carlo schaute sich seinen Daumen an. Der war so weiß wie bestimmte Körperteile von Michael Jackson. Jedenfalls war ihm jetzt klar, warum die Friseurinnen nie ohne Gummihandschuhe Haare bleichten. Hoffentlich hinterließ das Zeug keine bleibenden Schäden.

Die Meisterin empfing ihn zum Dokusan, dem obligatorischen Einzelgespräch, mit einem fröhlichen Lachen. »Hallo! Schön, dich zu sehen! Wie geht es Dir?«

Carlo widerstand dem Drang, ›beschissen‹ zu sagen. Es wäre auch plötzlich gar nicht wahr gewesen! Er fühlte sich nicht beschissen. Er fühlte sich – anders. Völlig anders als sonst. Die große Nähe zur Meisterin und ihr offenes Lächeln irritierten ihn.

»Ich habe große Schwierigkeiten mit den Schmerzen«, hörte er sich sagen. »Ich hoffe, dass die bald vorbeigehen.«

»Ich kann dir da keine Hoffnung machen«, sagte die Meisterin.

»Was?«, entfuhr es ihm. »Wie soll ich denn da eine Erleuchtung haben, wenn es mir überall wehtut?«

»Vergiss die Erleuchtung. Wir meditieren hier absichtslos. Erleuchtung erreichen zu wollen, ist eine Absicht. Wir sind vielmehr hier, um zu lernen, das Leben zu akzeptieren, wie es ist. Auch ohne Erleuchtung. In jedem Augenblick. Und da helfen Schmerzen. Sie erinnern dich permanent an das Hier und Jetzt. Und dass du es aushalten lernst.«

»Aha«, sagte Carlo skeptisch. »Und die Langeweile? Die gehört dann wohl auch dazu?«

»Natürlich! Dies ist der langweiligste Ort der Welt! Nur an einem solchen Ort kannst du dich selbst einmal beim Leben beobachten. Willkommen in der Wüste!«

Irritiert nahm Carlo wieder seinen Platz auf dem Kissen ein, nachdem er das Dokusan-Zimmer verlassen hatte. Jeder Teilnehmer hatte die Gelegenheit, einmal mit der Meisterin alleine zu sprechen. Beim *Schnellen Gehen* in der Morgendämmerung hatte Carlo noch Sorge gehabt, worüber er sich mit ihr unterhalten sollte.

Jetzt war er erschüttert. Ohne zu wissen, weshalb. Er war zwar selbst nicht erleuchtet, hatte aber soeben einer Frau gegenübergesessen, von der er ahnte, dass sie es war. Und dann spürte Carlo, wie ihm Tränen über das Gesicht liefen!

»Zum Teufel! Die kochen mich hier an einem Tag weich.«

Gott sei Dank achteten die Anderen, die um ihn herum an den Wänden saßen, nicht auf ihn. Er konnte heulen, so viel er wollte – das interessierte niemanden. Jeder trocknete hier seine eigenen Tränen.

Alle warteten diszipliniert und regungslos auf den erlösenden Gongschlag, der jeweils das Ende einer Sitzrunde signalisierte. Dann hieß es *Kinhin*, langsam im Kreis gehen – bis der Assistent des Meisters wiederum mit dem Schlagen zweier Hölzer den Beginn der nächsten Runde ankündigte. Das konnte doch alles nicht wahr sein. Warum machte er das nur mit? Carlo wurde wütend auf sich selbst. Sonst machte er doch auch nicht gleich, was man ihm sagte!

Eine lange Ewigkeit später, gefühlte vier Wochen, also abends um fünf in Runde neun oder zehn, hatte der Kampf endlich ein Ende. Unglaublich! Carlo saß noch immer wie am frühen Morgen zwischen derselben jungen Frau mit dem Blutschwämmchen an der Schläfe links von ihm und dem fünfzigjährigen Sportlehrer rechts von ihm. Er hatte mittlerweile das Gefühl, die beiden gut zu kennen, obwohl er noch kein Wort mit ihnen gewechselt hatte. Außerdem hatte »Schwämmchen« ihm beim Zazen geholfen. Denn: Wenn sogar das Mädchen das hier durchhalten konnte, gab auch ein Rümmel nicht so schnell auf. Aber: Es war sauschwer. Waren denn hier alle querschnittsgelähmt oder mit Propofol vollgepumpt? *Seine* Beine und *sein* Rücken jedenfalls schlugen, wie in jeder Sitzrunde, seit fünfzehn Minuten Großalarm: Steh auf, Carlo!, hauchten die Sehnen ihm zu. Aber in Stunde zwölf zwangen sie ihn zu einer Entscheidung: abhauen oder aufhören zu leiden!

Carlo entschied sich für letzteres – und mit einem Schlag wurde alles besser. Die Schmerzen waren zwar immer noch da, deutlich wahrnehmbar, aber er litt nicht mehr! Sollte sein Führungskräftehirn etwa in der Lage sein, nicht nur Schrebergärtner zu vertreiben, sondern auch Schmerzen?

Es kehrte eine besondere Ruhe ein. Ein Vor-sich-Hinleben, das er so noch nicht kannte.

Keine Gleichgültigkeit. Sondern Gleichmut. Er beobachtete sich tatsächlich selbst beim Leben. Es gelang Carlo, einige Augenblicke nicht zu denken. Er nahm den Wind im Klostergarten jetzt ebenso wahr wie das leise Sockenschlurfen des Assistenten, der sich anschickte, die Sitzenden mit einigen rituellen Stockschlägen auf die Schulter wach und bei der Stange zu halten.

Doch dann kamen Gefühle auf. Intensive Gefühle. Brennendes Heimweh. Und Liebe – Liebe für seine Frau und seine Kinder. Und jetzt musste er wieder Kraft, viel Kraft aufbringen, nicht sofort aufzuspringen und nach Hause zu fahren.

Carlo litt wieder. Aber nicht unter den physischem Schmerz, sondern unter der quälenden Ahnung, dass er im Laufe der Jahre zuhause einiges zerstört hatte. Jetzt liefen nicht mehr Tränen, sondern Angstschweiß über sein Gesicht. Er erinnerte sich an die Worte der Meisterin: »Wenn du Angst bekommst, verdränge sie nicht! Nimm sie wahr, ertrage sie, und vor allem: Sitze! Sitze tapfer durch die Angst hindurch.«

Jetzt war es soweit. Carlo Rümmel war am Nachmittag des zweiten Tages mitten drin im Sesshin. Und bedrohliche Dämonen, die Kinder seiner Selbstsucht und Rücksichtslosigkeit, neckten und zwickten ihn an jeder Stelle seines Körpers und seiner Seele. Das war also die heilsame Hölle des Sesshin, von der Rüdiger so viel gesprochen hatte.

52

»Erst hat es nur gebrannt in den Mundwinkeln, und dann bekam ich diese schlimmen Flecken.« Die Stoltzianer im *Grünen Baum* waren alle still, als Oma Veigele von ihrem Klinikaufenthalt berichtete. Nur Paul klapperte wie üblich in der Küche mit den Edelstahltöpfen herum. »Nun, der Doktor hat so was auch noch nie gesehen. Als ob ich Haarfärbemittel trinken würde, hat er noch gesagt.« Oma Veigele zupfte aufgeregt an der Decke, die Nele ihr gereicht hatte.

»Wie beim Matthies Rümmel!«, sagte die kleine Leonie Meuser.

»Schhschh«, versuchte ihre Mutter sie zu maßregeln.

»Lass se ruhig mal erzähle«, ging Bruno Bender dazwischen. Und zu der Kleinen gewandt: »Also, Leonie, was hat dann der Matthies für Probleme?«

»Auch so ganz blasse Lippen. Der hat erst hier gearbeitet, und dann war ihm richtig schlecht. Der hat sich noch das Gesicht nass gemacht in Omas Regentonne und dann hats gebrannt.«

Jetzt brummte Toddi aus seiner Ecke: »Ne richtig feine Familie, diese Rümmels.« Alle Köpfe drehten sich zu ihm. »Vielleicht hat das ja damit zu tun, dass der Vadder hier vorgestern Nacht so rumgemacht hat.«

»Was heißt en des?«, wollte Bruno Bender wissen. Alle Hälse reckten sich in Richtung Toddis Stammplatz auf der Eckbank, um ja nichts zu verpassen. Toddi genoss diese Aufmerksamkeit und ordnete mit einem kurzen Schulterzucken seine Kutte. »Was der genau gemacht hat, kann ich euch auch nicht sagen, aber es hat Stunden gedauert. Eins ist klar, gepflegt hat der hier nichts.«

Alle schauten sich verwundert an. Seit wann interessierte sich Toddi für was anderes als sein Bier oder seine Maschine..

»Ja! Jetzt glotzt ihr wie die Quizkandidaten beim ollen Jauch. Aber mir gefällt das eben auch hier. Und im Gegensatz zum Kuddel finde ich euch gar nicht so spießig. Und deshalb sagte ich auch, jeder, der hier was kaputt macht, und ich seh das , der kriegt es mit mir zu tun.«

»Was hat er denn gemacht?«, wollte Mutter Meuser wissen. »Der ist doch sonst immer so höflich.«

Toddi trank erst noch einen Schluck aus seiner Flasche, bevor er antwortete.

»Erst dachte ich, der sprengt den Rasen. Dachte, das ist so ein Freak, so ein Vollmondtyp. Aber in der Nacht war das Einzige, was voll war, ja ich! Und seit wann trägt man denn sein Wasser in so einer Kiepe auf dem Rücken rum, wenn man einen Anschluss im Garten hat. Vollmond oder Halbmond, egal, du drehst doch einfach den Hahn auf und pumpst nicht da rum wie ein Irrer am Wagenheber beim Reifenwechsel!«

Alle schauten sich verdattert an. Carlo Harmlos hatte nachts – gepumpt? »Deshalb hat er mich gewarnt, dass uns jemand beim Schmusen filmt …«, sinnierte Nele etwas zu laut.

»Wo isser dann eigentlich?«, brüllte Bender jetzt.

»Im Kloster«, sagte Rüdiger zaghaft. »Meditieren.«

53

»Guck mal, der da drüben. Ist der nicht sexy?« Susanne nuckelte an ihrem Cocktail und rollte mit den Augen. »Wieviel Spaß du wieder haben könntest, wenn du diesen egoistischen Trottel endlich vergessen würdest. Nimm dir dein Stück vom Kuchen, Maike. Boah, hast du die teure Uhr an seinem Arm gesehen?«

»Ja, dann arbeitet der bestimmt auch Tag und Nacht, genau wie Carlo.«

»Mensch, jetzt zieh doch nicht dauernd diese Flunsch. Ich habe dir das Gästebett schon frisch bezogen. Du musst nur noch ja sagen zu deiner neuen Freiheit. Wurde auch Zeit, mir hat der Carlo nie gefallen.«

»Undine und Matthies brauchen uns aber noch.«

»Erziehe sie lieber alleine als mit diesem Fremdgänger. Also, ich wäre schon längst weg.«

»Deshalb hast du ja auch keinen, Susanne.«

Susanne schaute beleidigt ins Glas. »Lieber alleine, als gefangen mit einem Frosch, der sich beim Küssen leider doch nicht verwandelt hat.«

Die Freundinnen schwiegen sich schmallippig an. Nur George Michael säuselte sein *I never wanna dance again* aus den Clubboxen.

»Ich weiß, dass Carlo mich enttäuscht hat, Susanne. Und ich weiß, dass er in den letzten Jahren auch wenig Zeit für uns hatte. Aber wir haben doch ein Leben zusammen aufgebaut. Es gibt so viele glückliche Momente, an die ich in den letzten Tagen immer wieder denken muss. Ich kann mit ihm lachen, und mit welchem Mann geht das schon?«

Susanne befürchtete, dass ihre Freundin gleich in Tränen ausbrechen und der Armbandtyp sie für ein lesbisches Pärchen kurz vor der Trennung halten könnte.

»Guck mal!«, Susanne stupste Maike an. »Der kommt echt rüber.«

Beide kicherten wie mit vierzehn auf der Eislaufbahn.

»Oh Gott, mach was, ich bin doch völlig aus der Übung, und meine Haare sehen heute schlimm aus.« Maike versteckte sich hinter ihrem großen Glas.

»Überlass das, nur mir, Schnuckelchen. Ich checke den schon für uns.«

54

Nele fummelte mit ihrem Dietrich an dem Vorhängeschloss herum. »Abus. Bonzenmarke. Da brauche ich eben etwas länger«, sagte sie entschuldigend über ihre Schulter zu Bruno, Rüdiger und Toddi.

Letzterer bot Hilfe an: »Komm, lass mal. Ich trete die Tür ein.«

»Ich hab es doch gleich«, erwiderte Nele.

Das Innere von Carlos Gartenhäuschen sah unverdächtig aus: Geerbte Gartengeräte seines Vorgängers standen überall an den Wänden herum. Nur der Miniaturkühlschrank war neu. Eine Flasche Bier und ein Ladegerät lagen darauf. Und ein Kanister mit einem auffälligen orangen Chemiewarnzeichen stand mitten auf dem alten Perserwebteppich.

»Guck doch mal einer an«, sagte Bruno. »De nette Herr Nachbar. Bunkert hier heimlich Gift.«

»Vielleicht wollte er nur etwas desinfizieren«, sagte Rüdiger und inspizierte spitzfingrig die Bierflasche.

»Den Fischteich vielleicht, Rüdiger? Den Fischteich, den er zufällig gar net hat? Hör endlich uff, an des Gute in dem Herrn zu glaube. Des spricht doch hier Bände.«

Auf dem Teppich prangte ein großer heller Fleck.

Toddi nahm den Kanister hoch und las laut vor: »Wasserstoffperoxid. Fünfunddreißig Prozent. Nicht in die Hände von Kindern gelangen lassen.«

»Hammer. Mein Färbezeug hat höchstens zwölf Prozent.« Nele nahm Toddi die Flasche ab. »Will der sich mit Gewalt eine Mönchsfrisur zulegen? Für ne Glatze nimmt man doch ne Maschine. Mit diesem Zeug hier verpasst er sich ja einen chemischen Radikalhaarschnitt. Und die Ohren fallen gleich mit ab.«

Nele beugte sich zum Teppich. »Der Fleck sieht aus wie die Flecken auf meinem Handtuch nach dem Färben. Definitiv.«

»Dem zieh ich die Eier lang!«, schrie Toddi. »Der wollte uns eiskalt ausradieren.«

Alle starrten jetzt auf Rüdiger. Carlos Freund. Bruno fand zuerst seine Sprache wieder. »Na, en schönen Zenschüler hast du da.« Dabei blinzelte er auch kurz zu Nele hinüber. »Ich war ja immer misstrauisch. Fasst bloß nix hier an, des is Beweismaterial.«

Toddi hob die Bierflasche an und sagte triumphierend: »Mit Fingerabdruck.« Und richtig, auf dem Etikett war nur noch *Hennige* zu erkennen – *r Bräu* war unter einem Fingerabdruck völlig verblasst.

Sie gingen aus Carlos Parzelle direkt in Richtung Omas Hütte. Bruno schaute in die Regentonne.

»Kinner, guckt euch des emal an. Kei Wunner, dass se in de Klinik war.« Die Wände der ehemals dunklen Regentonne waren bis drei Zentimeter über dem Wasserspiegel hellgrün. Blitzbank. Entfärbt vom Wasserstoffperoxid.

»Des is Entmietung. Des passt doch haargenau zu den Chemikern un den Rockern. Die solle uns all Angst einjage.«

»Ja, glaubt ihr, wir sind wegen der Blümchen da, oder was?« Alle drehten sich zu Toddi um.

»Was!«, schrie Bruno. »Seid ihr etwa aach uff de Payroll von Kilago?«

»Payroll? Was ist das? Kohle? Keine Ahnung. Das macht Kuddel. Wir sollen hier nur feiern, bis der Arzt kommt. Aber Kinders, mal ehrlich. Seid ihr dösig? Wann holt man sich denn Rocker?«

»Ach!« Brunos Kopf erinnerte jetzt an seine Hagebutten im Spätsommer. »Mer wurd ja geholt, gelle? Un von wem, wenn ich frage derf?«

»Keine Ahnung, aber Giftattacken gehen auch mir zu weit. Ich hab mich nämlich an die Hängematte hier gewöhnt. Und: Ich mag euch sogar alle schon ein bisschen. Euch und das irre Grünzeug. Sagt das nicht dem Kuddel! Der hält mich sonst für einen Mokickfahrer. So, Nele, wir beide schleppen euch jetzt den Carlo ran hier. Pronto! Dann kann er uns mal Rede und Antwort stehen! Wo hat er sich verkrochen?«

55

Carlo Rümmel hatte sich überschwänglich von den Kursteilnehmern verabschiedet. Die hübsche junge Dame, neben der er immerhin fast vierzig Stunden seines Lebens verbracht hatte, war dabei ganz anders gewesen, als er vermutet hatte. Natürlich hatte sie ihn während des Sesshins nicht im Geringsten beachtet. Das war aber hier kein Zeichen von Missachtung gewesen, sondern der Ausdruck von Konzentration.

Als am Ende alle bei Kaffee und Kuchen wieder reden durften, hatte sie sich als sehr nette Frau entpuppt, die offen und freundlich zu ihm war.

»Na, mit dem Sitzen ists noch schwer, oder?«, hatte sie gesagt. »So wie du die ganze Zeit rumgezappelt hast …«

Hatte er? Komisch. In seiner Erinnerung hatte er den ganzen Tag lang geradezu abartig reglos verbracht.

Plötzlich bemerkte er, wie glücklich er hier in der Klosterkantine war. Das Gefühl, niemanden beindrucken zu müssen, entspannte die Situation auf das Schönste. Hier saßen lauter Menschen, die sich vorgenommen hatten, ein paar Tage lang die Hierarchien und Bewertungen des Lebens außen vor zu lassen. Auf dem Parkplatz mochten ein Porsche oder ein alter Golf stehen. Hier spielte das keine Rolle.

Carlo war aber auch angeknackst. Irgendwie weich. Seine harte Business-Schale fühlte sich an wie ein aufgeweichtes Brötchen. Ob das mal gut geht bei Kilago, schoss es ihm durch den Kopf.

Die Meisterin, nach »Dienstschluss« jetzt nicht mehr in ihrer Robe, sondern in Jeans, kam auf ihn zu: »Na, du unruhiger Geist! Hat es dir bei uns gefallen? Sehen wir uns wieder?«

»Oja«, sagte Carlo. Und hörte sich zu seiner Verwunderung hinzufügen: »sehr bald …«

Carlo warf den Zimmerschlüssel in das dafür vorgesehene Loch im Rezeptionstresen.

Als er sich umdrehte, fiel sein Blick auf abgeblätterten schwarzen Nagellack.

»Nele! Du hier?«, rief er aus.

»Na, da guckst du? Hoffe, du bist richtig gut entspannt, denn jetzt gehts ab für dich. Wir wissen Bescheid, Carlo. Im Stoltze sieht es aus wie in der Wüste Gobi.«

Nach den ruhigen Stunden im Sesshin schlug Neles Anwesenheit wie ein Blitz ein. Sie katapultierte ihn gleichsam vom japanischen Garten direkt in das Gewühl der Frankfurter U-Bahn. Aber er erinnerte sich: *Zen heißt, die Dinge so zu akzeptieren, wie sie wirklich sind.* Nun, jetzt aber war hier heftigstes Akzeptieren angesagt, denn Nele riss seine rechte Hand an sich und schaute sie genau an.

»Juckt das?«, wollte sie wissen. »35 Prozent ist auch zuviel, sogar für dich, du Schwein. Du wolltest Oma umbringen.«

Carlo spürte, wie ihm der kalte Schweiß ausbrach.

Eine bekannte Stimme rief laut: »Was isn das hier? Ein Futonshop, oder was? Ich suche einen Rümmel. Hängt der hier rum?« Und noch lauter: »Finger weg von meiner Kutte!«

Diese Stimme gehörte einer Person, die auf Carlos Festplatte unter »Spam/delete« stand: Toddi! Toddi, der sich offenbar auch von der Stille eines Zen-Zentrums nicht beeindrucken ließ.

Gleichzeitig hörte man eine verunsicherte Frauenstimme im Treppenhaus, das zum Rezeptionsbereich führte: »Herr Dr. Rümmel ist bestimmt schon abgereist! Oder noch in der Buchhandlung! Ich muss Sie aber dringend bitten, sich hier wirklich ruhig zu verhalten!«

Toddi kam jetzt durch die Tür, mit der blassen Frau Kallheim im Schlepptau.

»Da isser ja!«, brüllte Toddie. »Versteckst dich hier bei den Betschwestern, Digger? Beichten is ja wohl auch nötig, nach dem, was du alles aufm Kerbholz hast!« Toddi kam ihm so nah, dass Carlo dessen Atem riechen konnte: Frikadellenbrötchen mit Zwiebelringen.

Toddi schrie in die Stille: »Du hast da ja was verbockt mit deinem Wasserstoffzeuch! Hier aufn Knien rumrutschen, einen auf heilig machen – und zuhause Leute vergiften! Das is ja wohl der Hammer!«

Frau Kallheim eilte in Richtung Telefon.

56

Brausewang stellte seine Nescafe-Tasse erschrocken ab. Er scrollte im Handelsblatt-App einen Text immer wieder rauf und runter. Die Überschrift, die ihn beschäftige, lautete:

Frisst die Subprime-Krise auch US-Großinvestor Turner? Scheiße, dachte Brausewang, wenn das stimmt, können wir *Dreamland* begraben. Er drückte auf seinem Blackberry die Nummer 1, auf der seit letzter Woche Müller abgespeichert war, und wählte die Nummer.

»Ja, Müller.«

»Sind sie auf dem neuesten Stand, Müller? Was ist da los bei Turner?«

»Sie meinen die gestrige Pleite-Meldung? Alles Enten und miese Stimmungsmache, Chef. Die kommen, da bin ich sicher. Die internen Zahlen, die sie mir noch gestern gemailed haben, sind top.«

57

Carlo fuhr hinter Toddis donnernder Maschine durch den lieblichen Spessart. Nele schwieg wütend auf dem Beifahrersitz. Sie waren auf dem Weg zurück ins Stoltze.

Ich lass mich hier von einer Ersatz-Lara-Croft und einem versoffenen Hirni regelrecht verhaften!, dachte er. Früher hätten diese Wichte sich mal ganz hinten für einen Termin anstellen müssen. Obwohl, wenn sie tatsächlich Beweise haben, dann wäre es besser, erstmal den Ball flach zu halten und zu schauen, wie sich die Sache für mich entwickelt …

Denn ihm war klar: Carlo Rümmel vorbestraft, das wäre der Todesschuss für seine Existenz. Das würde sogar seinen mühsam erworbenen Doktortitel neutralisieren. Guttenberg ließ grüßen! Also folgte Carlo zunächst lieber artig der kurvenreichen Landstraße und der bestickten Lederweste, die vor ihm fuhr.

In der Einfahrt zum *Grünen Baum* vollzog Carlo eine Vollbremsung. Die an den Parkplatz angrenzenden Parzellen sahen wirklich schlimm aus. Alles verdorrt! Zumindest war sein Handeln effektiv gewesen. Wie man es von ihm gewohnt war. Hier wuchs tatsächlich kein Gras mehr! Brutal. Dass sich Frauen *das* auf den Kopf schütteten …

Nele und Toddi eskortieren ihn regelrecht in das Gartenlokal. Es fehlten nur noch Handschellen. Als die Tür sich öffnete, schlugen ihm ein Raunen, Pfiffe und sogar vereinzelte Buhrufe entgegen. Der Gastraum war bis auf den letzten Platz gefüllt. Carlo hatte die Situation offenbar unterschätzt. Es ging nicht darum, mit den Vorstandsmitgliedern im engen Kreis eine freundschaftliche Aussprache zu haben. Dies hier war ein Gerichtsverfahren, ein Tribunal. Bestimmt würde ihm gleich jemand einen orangefarbenen Overall hereinbringen.

Nele und Toddi führten Carlo durch den Versammlungsraum zum Vorstandstisch. Stille. So musste sich Strauss-Kahn auf dem Weg zum amerikanischen Haftrichter gefühlt haben. Carlos sonst so trockene Hände waren klamm und feucht. Seine Knie zitterten. Carlo hatte Angst!

Bruno ergriff gleich das Wort: »Na, herzlich willkomme. Jetzt sin mir aber mal sehr gespannt, was dir zu deiner Verteidigung einfällt. Wir erwarten eine lückenlose Aufklärung.«

Carlo schaute hilfesuchend zu Rüdiger, der seinem Blick aber auswich. Er wusste, dass Leugnen keinen Sinn mehr hatte. » Nichts«, sagte er.

Ein Raunen ging durch die Stoltzianer.

»Nichts!«, brüllte Bruno los. »Wenn *nichts* für dich Zerstörung is, dann haste ja ganze Arbeit geleistet. Ich zeig dir gern mein Nichts auf dem vergiftete Komposthaufe. Tote Hortensie, tote Rotbuche und en verderrte Rasen.«

Carlo spürte keine Kraft für Widerstand. Das war neu. Sein Kopf war vollkommen leer, er verstand selber nicht mehr, wie er auf Idee gekommen war, das hier anzurichten.

»Kilago hatte mir einen Monat gegeben, euch zu überzeugen, und Argumente stießen ja bei euch auf taube Ohren«, sagte er halblaut und schaute hilfesuchend zu Nele hinüber.

»Carlo. Du warst bereit, uns zu vergiften. Jetzt hör auf mit dem Gelaber. Komm zur Sache.« Alle Anwesenden nickten wie Wackeldackel auf der Ablage, als Nele das in den Raum rief.

»Und uns noch die gefährlichen Rocker auf den Hals zu hetzen«, mischte sich Frau Meuser hastig ein.

»Mit denen habe ich nichts zu tun!«, rief Carlo und wandte sich Toddi zu.

Doch Toddi zuckte nur mit den Schultern.

»Und die Chemiker, die uns so erschreckt haben«, legte Frau Meuser nach.

»War ich auch nicht. Ich habe nur das Wasserstoffperoxid ...«

»Aha, jetzt hat ers zugebbe!« Bruno beugte sich aufgeregt über die Tischplatte.

»Okay. Ich habe Scheiße gebaut. Aber ich stand unter Druck, Druck, von dem ihr alle überhaupt gar keine Ahnung habt.« Carlo fehlte die Kraft, weiter verbissen seine Ziele zu verteidigen. Die drei Tage im Sesshin hatten ihn weich gekocht.

»Geiler Job, in Gartenanlagen Leute verstümmeln.« Nele stand auf und redete sich in Rage. »Harmlose Gärtner, die dir vertraut haben, Carlo! Rentnerinnen vergiften. Und das Gesicht des eigenen Sohnes verätzen. Bist du arm, Dr.

Rümmel. Du bist die hässliche Fratze des Raubtierkapitalismus! Jawohl, genau das bist du nämlich.«

Alle schwiegen, wie vom Donner gerührt. Nur Paul bewegte in der Küche ein paar Gläser hin und her, und Toddi zog lautstark seine Nase hoch.

»Wir verklagen dich auf Schadensersatz, und die Koste für die Sanierung trägste selber. Mei Hortensie, Rüdigers Rose, das ganze Programm zahlste.« Bruno war in Fahrt.

Da öffnete sich die Tür zum Gastraum. Maike und Matthies! Sie schauten sich irritiert um und verstanden schnell, dass Carlo im Mittelpunkt dieser Versammlung stand. Und dass er es, im Gegensatz zu sonst, absolut nicht genoss.

Er sagte: »Ich sage euch jetzt was ganz Komisches. Und ihr müsst mir auch nicht glauben: Es tut mir wahnsinnig leid, was ich getan habe. Ich fühle mich doch wohl bei euch. Ich scheiße auf die Kilago-Kohle und ich scheiße auf den Job und hoffe, dass ihr mir verzeiht.«

Carlo sah einige Kinnladen herunterfallen. Damit hatte nun keiner gerechnet. Oma Veigele fand als erste die Sprache wieder: »Na, so schnell geht das nicht. Das ist nun auch ein bisschen viel verlangt, wenn du das alles hier wirklich getan hast, mein Junge.«

»Das kommt nicht in die Tüte, so ein bisschen Reue zeigen, und alles ist wieder wie früher!«, schrie ein Anderer aus der hinteren Ecke.

Jetzt brach der Aufruhr los. Alle redeten wild durcheinander und diskutierten. Da war er wieder, der sympathische Parzellennachbar Carlo. Der nette Kerl, dem sie schon einmal auf den Leim gegangen waren.

Matthies ging zu seinem Vater und kuschelte sich an ihn. Er schaute ihn mitleidig unter seinen blondierten Wimpern an. »Tja Papa, das war dein Gießwasser mit Schuss. Geht aber schon wieder. Nur in der Schule rufen sie mich Scooter. Aber das ist mir egal. «

»Hast du ein Rad ab?« Helfried stand auf und beugte sich ganz nah zu Carlo rüber. »Du glaubst doch nicht im Ernst, dass du noch für einen Tag Mitglied im Stoltze bleiben kannst. Du kannst froh sein, dass wir dir nicht die Lichter ausblasen.« Carlo stand vor dem Tribunal wie Christus vor Herodes.

Plötzlich erhob sich Rüdiger und schaute in die aufgebrachte Runde, bis endlich Ruhe einkehrte. »Freunde«, hob er an. »Lasst die Kirche mal im Dorf. Immerhin traut sich Carlo hierher.«

»Nicht ganz freiwillig«, grunzte Toddi von seinem Platz.

Rüdiger fuhr fort: »Ich habe mit ihm meditiert. Er hat ein gutes Herz. Carlo ist ein Mann am Scheideweg. Helft ihm, die richtige Richtung einzuschlagen.«

»Komm uns jetzt net mit deiner verständnisvolle Buddhistescheiße«, brüllte Bruno.

Rüdiger hob schweigend die Hand: »Ein böser Mensch erforscht nicht seine Seele an der Wand. Ich stehe ihm bei.«

»Oh, bitte nicht, Rüdiger«, stöhnte Helfried. Maike schluchzte leise auf.

»Denkt an Rumis Spruch!«, sagte Rüdiger.

Toddi platzte dazwischen: »Wer ist das denn schon wieder? Spielt der bei der Eintracht?«

»Ein islamischer Philosoph, aber das tut jetzt nichts zur Sache. Jedenfalls sagt er sinngemäß und treffend, wie ich finde: Komm mit unserer Karawane, auch wenn du deine Schwüre schon tausendmal gebrochen hast.« Rüdiger setzte sich wieder hin und strich sich über die Stirn.

Die nachdenkliche Stille wurde jetzt durchbrochen von Motorengebrumme.

»Oh, jetzt kommt die Polizei«, Frau Meuser blickte Richtung Tür.

»Neuerdings auf Harleys?«, fragte Toddi, der das Motorengeräusch seiner Kumpels sofort erkannte. Und richtig. Kuddel und Konsorten betraten den *Grünen Baum* wie einen Westernsaloon. Es fehlte nur der Zahnstocher in Kuddels Mundwinkel. Er schaute sich ruhig um.

»Na, kriegste die Eier rasiert, Carlo?«, fragte er und lachte lauthals. »Paul! Ich nehme einen Jacky und ein Bier. So. Und mach ne Ansage, wer hat denn nun unseren Garten gebleicht? Carlo, ne? Im Auftrag von Kilago, was? Hat er schon gebeichtet? Oder sollen wir nachhelfen?« Keiner traute sich etwas zu sagen, noch nicht einmal Bruno.

»Dann ist ja gut, dann sind wir mal dran, setzt euch, Jungs, das kann dauern. Hiermit verkünde ich: Wir sind auch geschickt worden von Kilago, das hat ja wohl jeder Depp gemerkt. Aber wenn hier richtiger Terror läuft, dann ohne uns. Dafür grillen wir hier zu gerne. Ab jetzt sind wir auf eurer Seite!«

Matthies Augen leuchteten auf: »Geil, kann ich dann bei euch mitmachen?«

»Mach du erst mal den Einser-Führerschein, Heino.« Kuddel trank seinen Whisky in einem Zug aus. »Und? Wie bestraft ihr jetzt den feinen Doktor da?« Er lehnte sich zurück, wie um sich das weitere Schauspiel genüsslich anzusehen.

»Genau!«, traute sich Bruno jetzt zu sagen.

»Also, ich würde ihn ja rauswerfen. Aber wenn ihr anderer Meinung seid, bin ich dafür, dass er etwas für uns alle tun muss.«

»Oma hat den meisten Schaden genommen«, meldete sich Nele zu Wort, ohne Carlo eines Blickes zu würdigen. »Sie war in der Klinik. Er müsste ihr zuerst helfen, sich um ihren Garten kümmern oder ihr den Gärtner bezahlen, oder sonst was.«

Und Toddi fiel noch ein: »Und wenn er schon blecht, dann kann er uns auch noch einen Anschluss zu Benders Videoüberwachungsanlage legen, damit wir auch mitkriegen, was nachts so in den Hütten getrieben wird.« Bender lief knallrot an, und Nele verstand plötzlich, warum Carlo über sie und Adil so genau Bescheid gewusst hatte.

»Und er muss«, rief Kuddel jetzt und lachte, »hier und jetzt und vor uns allen bei Kilago anrufen und denen verklickern, dass ihr Projekt endgültig gestorben ist. Wir sind nicht mehr käuflich.« Alle applaudierten.

»Na, eine richtige Abstimmung ist ja sicher net mehr nötig«, setzte Bruno noch nach.

Paul stellte sein Gigaset auf die Theke. »Der Anruf geht aufs Haus.« Er wählte Brausewangs Nummer. Zweiundfünzig Augenpaare folgten seinem zitterndem Zeigefinger.

»Kilago Investments. Vorzimmer Brausewang. Mein Name ist Dagmar Nörk – Guten Tag. Kann ich Ihnen behilflich sein?«

»Hallo, Dagmar, hier ist Rümmel.«

»Hallo, Chef!« Ein Raunen ging durch die Stoltzianertruppe. »Na ausgebetet? Sind Sie jetzt ein besserer Mensch?«

»Noch nicht. Muss erst mit Brausewang sprechen.«

»Ist so hallig bei Ihnen. Ich versuche mal, ob er Zeit für Sie hat.« Aus dem Hörer klang jetzt Katy Perrys *You don't really wanna stay, no no, but you don't really wanna go …*

»Moment noch, Chef.« Carlo schaute Maike in die Augen. Ihr Blick verriet die gleiche Besorgnis wie damals im vw Bulli bei der Zollkontrolle 1992 an der holländischen Grenze. Würde sie noch an seiner Seite sein, wenn diese Sache hier in die Hose ging? *…you're hot and you're cold, you're yes and you're no, you're in and you're out, you're up and you're down …*

»Brausewang! Na, Rümmel, wieder unter den Lebenden? Wie läufts mit den nervigen Laubenpiepern, hamse se weich?«

»Nicht direkt, Dieter. Ich rufe an, um dir zu sagen, dass ich raus bin.«

»Aus dem Kloster, weiß ich doch, Mensch. Jeder braucht doch mal eine Auszeit. War für uns halt ein bisschen ungünstig, dein esoterischer Boxenstopp.«

»Nein, jetzt höre mir doch mal zu. Ich meine, raus aus dem *Dreamland*-Projekt. Ich will nicht mehr. Ich steige aus.«

»Was?« Ein kurzes hysterisches Lachen drang durch Pauls Lautsprecher. »Du machst Witze Carlo. Schlappmachen kurz vor dem dem Ziel? Das ist doch gar nicht dein Stil. Du hast doch bis jetzt noch jeden mit Geldzuscheißen rumgekriegt. Mensch, Carlo, Endspurt! Beiß die Zähne zusammen. Die Nummer mit dem Blondiermittel hat doch funktioniert. Müller war gestern ganz neidisch.«

Die Stoltzianer raunten und schauten sich fassungslos an.

»Wo bist du eigentlich, Carlo? In der Kantine? Egal! Mach den Sack zu, dann hätten wir endlich freie Fahrt für die Bagger. Übermorgen kommen die Amis. Bald gehen wir beide im *Dreamland* einen schönen Latte trinken – und keiner denkt mehr an den Ärger mit diesen Gartenzwergen. Du bist dann doch auch froh, dass du die Idioten nie wieder sehen musst und endlich aus den hässlichen Lehrerklamotten rauskommst.«

Im *Grünen Baum* gab es jetzt kein Halten mehr. Eine Geräuschkulisse, wie sonst nur am Faschingsdienstag. Empörte Zwischenrufe von allen Seiten. Carlo versuchte mit der Hand zu beschwichtigen.

»Carlo, hörst du mich?«, kläffte es kaum noch hörbar aus dem Lautsprecher. »Wer ist denn da mit dir im Raum? Bist du bei der Eintracht?«

»Nein, Dieter. Ich bin bei deinen Gartenzwerg-Idioten. Die haben alles mit angehört. Sag den Amis ruhig, dass die Nummer gestorben ist. Wir – und ich sage noch mal wir – verkaufen nicht.«

Jetzt brach Jubel aus.

Die Quäkstimme schrie aus dem Hörer: »Was heißt hier: Wir verkaufen nicht? Wir? Bist du irre? Lutschts du Magic Mushrooms, oder was? Komm sofort ins Büro, oder Müller übernimmt!«

»Dieter! Ich bin raus!«

»Dann bist du tot für Kilago, Carlo.« Tütütüt.

Carlo schaute sich mit dem Hörer in der Hand vorsichtig um. Einer nach dem anderen begann zu applaudieren.

Bruno rief: »Und wenn du jetzt noch de Oma ihrn Garte widder in Ordnung bringst, dann drück ich beide Augen zu.«

Matthies schaute seinen Vater von unten an: »Ich helf dir auch dabei, Papa.« Und Maikes Blicke sagte ihm: und ich dir auch.

58

Das Stoltze-Haupttor quietschte laut, als sich ein Mann, schwerbeladen mit zwei Kästen Bier, hindurchdrängte.

Getränkelieferung um diese Zeit? Hatte Paul mal wieder nicht genug geordert? Ungewöhnlich, dachte Carlo. Er hatte sich kurz für eine winzige Verschnaufspause in die Hollywoodschaukel gesetzt, während Maike weiter die abgestorbenen Blätter der Geranien aus den Blumentöpfen fischte.

Der Mann mit den Kästen kam näher. Er trug einen taubenblauen Businessanzug. Diesem Getränkehändler schien es gut zu gehen, dachte Carlo. Maike richtete sich auf, drückte den Rücken durch und schaute den Amselweg entlang.

Der Mann mit dem Bier war kein Unbekannter. Dieter Brausewang! Und im Schlepptau: Müller!

Beide bewegten sich auf Carlos Parzelle zu. Müller hatte schon eine Flasche in der Hand und ließ ganz ungeniert seinen Chef die Kästen schleppen. Na, ob das mal gutgeht, schoss es Carlo in einem alten Angestelltenreflex durch den Kopf.

Und jetzt kam auch noch Elvira um die Kirschlorbeerhecke. »Wartet!«, rief sie und stolperte mit ihren High Heels direkt über den frisch vertikutierten Rasen. Prompt sackte sie von giraffenhafter Topmodellgröße auf Frauennormalmaß zusammen, da sich ihre Stilettos tief in den Mutterboden bohrten.

»So wirken ihre Waden aber auch kräftig«, bemerkte Maike spitz. Elviras Schuhe sahen jetzt aus wie Ballerinas, bei denen zu schnelles Trocknen auf der Heizung die Spitzen nach oben gebogen hatte. Tausend Euro kosteten diese Dinger. Und sie waren nicht für einen Cent alltagstauglich.

Carlo wusste genau, was in seiner ehemaligen Partnerin vorging: Scheiß auf die Schuhe. Wenn man bei einer First-Class-Demütigung dabei sein konnte. Aber wofür das Bier? Offenbar wollten sie seinen Untergang noch richtig feiern. Wahrscheinlich würde er ihnen noch einen Öffner leihen müssen.

»Dolle Nummer, Carlo! Lass dich umarmen.« Brausewang setzte die Kästen auf den Boden und strahlte Carlo an. In seinem Businessanzug erinnerte er stark an Boris Jelzin in seinen besten Tagen. Dieter kam ihm jetzt so nahe, dass Carlo sich an seinen Selbstverteidigungskurs in Bornheim erinnerte. Dann aber ließ er die Zärtlichkeiten zu. Was sollte er auch tun? Denn wer vermöbelt schon mit einem Kung-Fu-Sichelschlag seinen Chef?

Dieter ist einfach durchgedreht, dachte er. Das war wohl zuviel für ihn, der ganze Stress mit den Amis, Nörks Fehler mit dem Kaffeegewürz und Elviras abendliche Zudringlichkeiten: Das schlaucht selbst Jüngere! Das kann einen schon in die Klapsmühle treiben.

Brausewang lehnte sich zurück, ohne Carlo loszulassen, und schaute ihm tief in die Augen: »Du, Fuchs, du!«

Moment. Das hatte doch Methode! Das war das Vorspiel zu einer Kündigung, die es so bei Kilago noch nie gegeben hatte. Ein Festival der Gemeinheit. Alle waren gekommen, um ihn fallen zu sehen. Carlo sah sich schon auf den langen Gängen der Arbeitsagentur sitzen und dabei eines dieser kleinen Nummerzettelchen nervös in der Hand rollen. Gleich würde das ganz große Gelächter ausbrechen. Und die arme Maike, die Liebe seines Lebens, würde seine Hinrichtung mit ansehen müssen. Sie beobachtete ihn angespannt von der Seite. Was würde er tun? Die Antwort: nichts. Carlo tat einfach nichts.

»Tolle Arbeit!«, sagte jetzt Müller jovial und fischte eine Flasche Henninger aus dem Kasten. Elvira war jetzt auch endlich bei Ihnen angekommen. Auf Nylons. Die verdreckten Louboutins hielt sie in der Hand.

»Carlo!«, zischte Maike. »Jetzt zeig mal ein bisschen Stolz. Steh aufrecht im Untergang!«

»Betrügerischer Bankrott!«, bellte Brausewang ihm ins Gesicht.

Was? Was wollen die mir anhängen?, dachte Carlo. »Ich habe damit nichts zu tun!«, bellte er zurück. »Die Parzelle gehört doch *euch*! Hier ist der Schlüssel!« Carlo kramte hastig in seiner Cordhose herum.

»Quatsch, Carlo! Jetzt hör doch erst mal zu«, kam es jetzt beruhigend von Brausewang. »Turner Investments sind völlig am Ende! Waren schon vor Wochen den Bach runter. Eine Immobilienblase schärfster Sorte!«

Der alte Turner, begriff Carlo langsam. Unweigerlich kam ihm Bernard Maddoff in den Sinn.

»Wenn wir hier alles gekauft hätten, wären wir jetzt dran! Und das war knapp davor! Nochmal: Danke, Carlo! Du warst der einzige, der das geahnt hat. Und alles cool verzögert hat!«

»Genial!«, warf Müller rasch ein. »Wie wirs von dir gewöhnt sind, Carlo!« Die einzige, die ein wenig Charakter zeigte und schwieg, war Elvira. Ihr fehlte offenbar dann doch die Kraft zu so viel Heuchelei. Immerhin rückte ja auch das Eckbüro für sie wieder in weite Ferne.

Dieter schaute Carlo tief in die Augen. »Das ist diese Chinesennummer von dir, stimmts? Ich hab gleich zum Müller gesagt – stimmts Müller? -, lass mal Müller, hab ich gesagt, der Carlo wirkt jetzt zwar ein bisschen konfus, oder konfuzius, habe ich sogar gesagt«, er schaute, ob dieses Witzes Beifall heischend in die Runde, »in Wirklichkeit hat der noch ne ganz ganz dicke Nummer im Ärmel! Hab ich in allen Sitzungen immer gesagt. Und so war es ja dann auch.«

»Das Stoltze haben wir begraben!«, schrie Müller euphorisch.

Genau wie beinahe unsere Ehe, schoss es Maike durch den Kopf. Müller kicherte, während er mit Blicken fast hündisch Brausewangs Zustimmung suchte.

»Ja! Du kannst die Hannovernummer jetzt wieder voll in Angriff nehmen, Carlo. Und ich sag dir jetzt noch was. Das Stoltze bleibt uns erhalten, was sagst du dazu? Und« – jetzt folgte eine typische gravitätische Chefpause – »wenn diese Meditiererei solche Erfolge erzielt, dann müssen wir das jetzt alle machen! Und du, Carlo, darf ich Meister zu dir sagen? Du zeigst uns, wie das geht. Wie heißt das noch gleich …?«

»Zen«, beeilte sich Müller.

Carlo nickte müde: »*Ssenn.* Mit einem weichen ›s.‹«

»Genau. Dieses *Ssenn* von mir aus. *Ssenn* für mehr Produktivität. Doll! Genau das will ich für mein Team: Meditieren! Im Kleingarten! Genau mein Ding, das.« Brausewang war jetzt der Ekstase nah.

»Klar. Super!«, diese Bemerkung konnte sich Carlo nicht verkneifen. »Wenn dir der beruhigende Sound von Kuddels Harley und der Geruch von Altöl und verbrannntem Gummi hilft – ?«

»Na prima!«, rief Brausewang, der die Anspielung offenbar nicht verstand. »Dann ist doch alles gut! Dann machen wir alle Zen! Zen, hat Zukunft.«

»Na toll«, ergänzte Maike, »Zen im Gurkenbeet!«

Von der Rasenfläche kam ein spitzer Schrei.

»Voll krass!« Mathies starrte gebannt auf sein Display. »Undine ist weiter! Dieter Bohlen hat gerade gesagt: Sie singt wie eine chinesische Bachstelze auf Ecstasy. Mama? Maamaaa! Was ist Ecstasy?«

Dank

Wir danken Katrin Vögeding und Michel Friedman, unseren Ehepartnern, für ihre geradezu heilige Geduld.

Sowie Rainer Weiss für das sorgfältige und wohlwollende Lektorat und Doris Zölls, Myô-en An, vom Benediktushof Holzkirchen für ihre Inspiration.

Natürlich auch Isabelle Routisseau für Schreibobdach und Getränke, sowie Susanne Kober fürs kritische Lesen.

Schließlich Rifka Ajnwojner für die finale Durchsicht. Und Wolfgang Kaus für die Übersetzungen ins Hessische.

Bärbel Schäfer / Achim Winter
Zen im Gurkenbeet
Roman

Konzept Design
Gottschalk+Ash Int'l

Umschlaggestaltung
Julia Borgwardt, borgwardt design
Illustration Burkhard Piller
Motive fotalia.de/hugolacasse, fotalia.de/007

Foto der Autoren
© Jürgen Bauer

Druck und Bindung
Grafica Veneta S. P. A., Trebaseleghe

Printed in Italy
Erste Auflage 2012
ISBN 978-3-940888-12-9

baerbel-schaefer.de
achimwinter.com
weissbooks.com

zenimgurkenbeet.de